DER
RHEINHESSEN-KRIMI

1

Walter Passian wurde 1949 in Kassel/Hessen geboren. Bis 1995 arbeitete der gelernte Kartograph bei der Deutschen Bundesbahn, in Kassel, Frankfurt/Main und Mainz.

Heute lebt er in Worms und ist vorwiegend schriftstellerisch tätig. Er veröffentlichte bisher drei Musicals: »Bühnenträume«, »Tandaradei« und »Adam und Evas« (Musik von Alexander Talmon).

Ferner schrieb er viele Komödien für die Wormser Volksbühne und das Theater Hemshofschachtel in Ludwigshafen. Mit »E Lied fer die Palz« gewann er den 3. Preis beim Mundartwettbewerb der Stadt Frankenthal 1998. Passian spielte in einigen Stücken mit und führte auch Regie.

Außer seinem Erstling »Mord am Geiersberg«, der hiermit wieder vorliegt, erschienen von Walter Passian im Kehl-Verlag die Rheinhessen-Krimis »Tief im Rhein ...«, »Höhlengesänge« und »Die Mörder vom Kellerweg«. In der gleichen Reihe erscheint demnächst ein weiterer Lui Fischer-Krimi: »Endstation Mäuseturm«.

Ferner soll bald als Hardcover die Sammlung mit phantastischen Kurzgeschichten unter dem Titel »Passians Nachtwelten« erscheinen.

Walter Passian

Mord am Geiersberg

VERLAG STEFAN KEHL
HAMM AM RHEIN

Impressum

Umschlagzeichnung
Renate Böhm-Schewe, Worms

Kartographische Zeichnung
Walter Passian, Worms

Lektorat
Christa Storf-Kitter, Gimbsheim

Gesamtherstellung
Druckerei Stefan Kehl, Hamm am Rhein

1. Auflage: 12/2000
2. Auflage: 05/2001
3. Auflage: 08/2006

ISBN 3-935651-06-6

In Erinnerung an Irmgard und Ruth

Oppenheim
nach Mainz
HESSEN
Dienheim
Ludwigshöhe
B 9
Guntersblum
Gimbsheim
B 9
Alsheim
RHEIN-
Mettenheim
Eich
B 9
HESSEN
GEIERSBERG
Rhein
Bechtheim
Hamm
Ibersheim
Osthofen
Rheindürkheim
nach Worms
B 9

Erster Tag

1.

Freitag 15.22 Uhr, Am Geiersberg bei Bechtheim

Es war ein Herbsttag wie aus dem Bilderbuch. Alisa nahm ihn wahr, wie sie schon lange keinen Tag mehr wahrgenommen hatte. Wie bewusst man doch leben konnte, wenn man eine Perspektive hatte.

Den Fahrtwind, der ihren ungeschützten Kopf mit dem langen, schwarzen Zopf umspülte, empfand sie als erfrischend, während sie mit längst verschollen geglaubter Kraft in die Pedale trat. Kleine Kältewölkchen bildeten sich vor ihrem Mund, die der Fahrtwind an ihren Wangen vorbei ins Vergessen trieb.

Alisas altes Herrenfahrrad raste mit beängstigender Geschwindigkeit über den betonierten Feldweg und rasierte die engen Kurven. Die Reifen drückten kleine Steine beiseite und jagten, wasserverdrängend, durch die wenigen Pfützen, die der letzte Regen übriggelassen hatte. All die neuen Energien übertrugen sich von der Fahrerin auf ihr Rad.

Alles wurde gut, konnte nur noch gut werden, nach der unendlich langen Zeit des Hoffens und Wartens.

Der Wingertsweg lief jetzt, gesäumt von Weinstöcken, im schrägen Winkel auf die Landstraße zu, die von Bechtheim kommend zur B9 führte. Das Rad rauschte in hohem Tempo in eine Senke und schoss, ohne dass Alisa sich mehr anstrengen musste, wieder aus ihr empor, der Schwung reichte aus. Jetzt ging es noch steiler bergab.

Vor Alisa lagen weite Felder, die sich kilometerlang bis zur Eisenbahnlinie und zur B9 erstreckten, nur unterbrochen von der Straße aus Mettenheim, die von links kommend gleich den Zubringer zur B9 kreuzen würde.

Jetzt konnte Alisa auch das Malzsilo von Osthofen sehen. Dort hinten, am Osthofener Bahnhof, wurde sie erwartet. Hinter Osthofen, im Talschatten, lag Worms, die Nibelungenstadt mit ihrem mächtigen Dom, der von hier aus merkwürdig klein wirkte. Dahinter ahnte man mehr, als dass man sie sah, die groteske Silhouette der BASF-Anlagen von Ludwigshafen. Am Horizont bildeten die sanften Berge des Odenwaldes den Abschluss dieses einmaligen Bildes.

Der freie Blick berauschte Alisa.

Noch wenige Meter bis zur Einmündung des Feldweges in die Mettenheimer Straße, unmittelbar neben der Kreuzung.

Ein moderner Nahverkehrszug mit Doppelstockwagen, in leuchtendem Rot, aus Richtung Worms kommend, kreuzte gerade in einem Kilometer Entfernung die Schranke des B 9 Zubringers.- Alisa hätte in diesem Moment um keinen Preis mit den Passagieren des Zuges tauschen wollen.

Die stickige Luft in der Regionalbahn zwischen Osthofen und Mainz hatte sie jahrelang eingeatmet, auch als er noch schlicht Personenzug genannt wurde und keine Etage besaß. Sie konnte sehr gut auf diese Fahrten verzichten.- Hier war die Freiheit. Hier und heute, draußen im Wingert.

Alisa bremste ihre halsbrecherische Fahrt ab. Ein Gebüsch auf der rechten Seite verdeckte noch den Blick auf die Kreuzung, dann hatte Alisa die Mettenheimer Straße erreicht.

Sie hielt an, blickte nach links Richtung Mettenheim und nach rechts über die Kreuzung zum Osthofener Malzsilo, das von hier unten aus halb von einem Hügelausläufer verdeckt wurde. Worms und Ludwigshafen waren jetzt nicht mehr zu sehen, wohl aber die abgeernteten Felder Richtung Eisenbahnstrecke und B9.

Alisa atmete tief durch. Alle Straßen waren frei. Kein Fahrzeug, das sie daran gehindert hätte sofort weiter zu fahren. Und dennoch fuhr sie nicht. Etwas zwang sie, sich umzudrehen, zurückzusehen in die Richtung, aus der sie gekommen war ... zum Geiersberg.

Und dort, auf dem gleichen Weg, auf dem sie eben noch gefahren war, sah sie den Geländewagen. Ein hellgraues japanisches Modell, dessen Typenbezeichnung sie sich nie hatte merken können.

Die euphorische Stimmung fiel von ihr ab, als hätte eine brutale Hand sie einfach weggewischt.

Wie hatte sie glauben können, dass ein Entkommen möglich war? Was hatte sie verleitet, ihre Erfahrungen zu vergessen und sich einem Gefühl der Freiheit hinzugeben? -

Natürlich würde alles beim alten bleiben. Natürlich würde sie nach kurzem Widerstand zurückgehen, natürlich würde der alte Trott wieder einsetzen. Und selbstverständlich würde sie schon ab Montag wieder an jedem Wochentag in die Regionalbahn nach Mainz klettern, einer ungeliebten Arbeit entgegen fahren und dabei die stickige Luft einatmen.- Sicher würde sie beim Ein- und Aussteigen in Osthofen noch ab und zu an den denken, der jetzt am Bahnhof auf sie wartete, aber ...

Alisas Atem ging stoßweise. Und diesmal hielten sich die Wölkchen ihres Atems sekundenlang in der Luft vor ihrem Gesicht, wie unsichtbare Mauern, bis sie zäh weiter wanderten und neuen Wölkchen Platz machten.

Plötzlich veränderten sich für Alisa das Blau des Himmels und das Grün der Weinberge, das Gelb der Sonnenblumen und die vielen Braun- und Rottöne der wenigen Bäume ... alle Farben schienen sich zu verdüstern. Es war, als würde das Auto dort auf dem Feldweg sein Grau über die ganze Landschaft ausbreiten ...

... Es war ein Herbsttag wie aus dem Bilderbuch, nach wie vor, doch für Alisa war dieses Buch zugeklappt worden.

Der Geländewagen fuhr aufreizend langsam. Der Fahrer ließ sich Zeit, sein Opfer wieder einzufangen. Alisa wusste, dass er sie einholen konnte, ganz egal, ob sie sich nach Bechtheim, Mettenheim, Osthofen oder zur B9 wenden würde. Die einzige Konsequenz war Aufgeben. Also stieg sie von ihrem alten Herrenrad, nahm es am Lenker, drehte sich um und schob es dem grauen Wagen entgegen.

Das Auto stoppte ungefähr zehn Meter von Alisa entfernt. Niemand stieg aus, der Motor lief.

Vor langer Zeit hatte ein Psychologe Alisa gesagt, dass sie einen Drang zur Selbstbestrafung habe, dass jeder Versuch einer Flucht vor ihren Lebensumständen unweigerlich zur Entdeckung und Vereitelung dieser Flucht führen würde und dass sie das im Grunde so wolle.

»Sie sind eine Gefangene, die durch halbherzige Fluchtversuche die Verschärfung ihrer Strafe erreichen will«, hatte der Psychologe nach wenigen Sitzungen behauptet.

Vielleicht hatte er ja recht. Vielleicht musste sie diesen Moment der Freiheit teuer bezahlen. Aber hatte sie das wirklich gewollt?

Alisa war neben der Fahrertür des Wagens angekommen, ihre Hände krampften sich um die abgeschabten Gummischoner des Fahrradlenkers, sie wagte nicht, durch die blaugetönten Scheiben ins Innere des Geländewagens zu blicken. Wieso forderte er sie nicht auf einzusteigen? Warum hielt er sich nicht an das übliche Ritual?

Sie hätte diesen Brief nicht schreiben sollen. War das nicht geradezu eine Einladung zur Verfolgung gewesen? Hatte der Psychologe am Ende doch recht behalten?

Hinter ihr, auf der Straße nach Mettenheim, fuhr ein Auto vorbei. Alisa hörte einen Dieselmotor, dessen Geräusch sich rasch entfernte. Warum erhielt sie keine Aufforderung zum Einsteigen? Sie sah immer noch nicht zu dem grauen japanischen Geländewagen hin. Ein albernes Wortspiel fiel ihr ein. *Japanisch. Ja,* sie war *panisch.* Zu keinem vernünftigen Gedanken fähig.

Sie hörte das Surren, mit dem sich die automatisch steuerbare Seitenscheibe des Autos hinabsenkte. Sie hörte die verhasste Stimme. Aber diese sagte etwas, das Alisa nicht erwartet hätte: »Von mir aus.« Nur diese drei Worte. Und sie klangen sehr gleichgültig. Dann summte die Scheibe wieder nach oben. Alisa hörte gleichzeitig, wie der Schalthebel betätigt wurde, sah aus den Augenwinkeln, wie sich das Gefährt rückwärts in Bewegung setzte und wagte noch immer nicht aufzublicken ...

Als sie schließlich, nach sehr langer Zeit, den Kopf hob, war der Wagen schon mindestens zwanzig Meter entfernt, in halber Höhe des Weinberges. Alisa blieb dort stehen, wo sie stand, erstarrt wie Lots Weib, das Fahrrad haltend, und blickte dem Wagen nach, wie er allmählich kleiner wurde.

Diese Fahrt hatte etwas Groteskes. Ein schleichender Rückzug, ohne das Objekt aus den Augen zu lassen.

Alisa hätte jetzt umdrehen können. Sie hätte ihr Fahrrad besteigen und wie von Furien gehetzt nach Osthofen fahren können, zu ihrem eigentlichen Ziel.- Der Psychologe aber hätte zufrieden genickt, wenn er Alisas tatsächliche Reaktion gesehen hätte... Sie bestieg das Rad und fuhr dem grauen Geländewagen nach. Bergauf war es jetzt wesentlich mühsamer als vorhin bergab.

Es wurde eine lange Fahrt. Bei jeder Kurve verschwand der Wagen für einige Zeit aus Alisas Blickfeld. Vor der letzten Biegung, als es noch einmal steiler bergan ging, war der Wagen so lange nicht zu sehen, dass Alisa dachte, sie würde einem Spuk hinterher fahren. Erst auf dem Gipfel, an der Gemarkungsgrenze zwischen dem Kandelberg auf Mettenheimer und dem Geiersberg auf Bechtheimer Seite, sah sie ihn wieder. Er stand dort, in mindestens fünfzig Metern Entfernung, hinter einer mehrfachen Weggabelung, als würde er auf Alisa warten.- Sehr langsam und zögerlich radelte sie auf den Geländewagen zu.

Sie sah sich um. Überall Weinstöcke in langen Reihen, weiter vorn die Kreuzung. Von der ging es links Richtung Bechtheim, rechts nach Mettenheim und in die Weinberge am »Mondschein«. Diese Wege waren betoniert. Die Fortsetzung des Weges aber, auf welchem der Geländewagen stand, wurde hinter der Kreuzung zum Feldweg mit tiefen Reifenspuren und Graskämmen.

Alisa stieg an der Kreuzung, neben einem Walnussbaum mit dünnem Stamm, vom Rad. Am liebsten hätte sie sich erschöpft auf die einfache Holzbank hinter dem Baum fallen lassen, aber sie ging, das

Rad schiebend, wie eine Marionette über die Kreuzung hinweg, betrat den Feldweg und stoppte erst dann.

Der Wagen war noch zehn Meter entfernt.

Die Fahrertür war geöffnet worden, aber von ihrem Standort aus konnte Alisa niemanden sehen.

Wartete er auf sie? Hatte er sie von der Straße weglocken wollen, um sie hier zu bestrafen? Oder wollte er sie tatsächlich gehen lassen? Alisa bückte sich und nahm instinktiv einen großen, scharfkantigen Stein vom Feldweg auf in ihre rechte Hand.

Und dann rief jemand ihren Namen.

2.

Freitag 19.00 Uhr, Bechtheim, Privathaus Fleischermeister Möhring

Die kleine, alte Dame hatte für ihre Zierlichkeit eine gewaltige, tief tönende Stimme.

»Herr Fischer, Herr Möhring erwartet Sie.«

Das war formvollendet und klang nach einem Zimmermädchen der Jahrhundertwende, obwohl sich Fischer nicht der Illusion hingab, die Dame könnte jemals die Bedienstete irgendeines Herren gewesen sein, nein, ein solcher Typ war immer Herrin. Außerdem wusste er aus seinen Unterlagen, dass Frau Bose die Schwiegermutter seines seit kurzem verwitweten Auftraggebers war.

»Danke«, sagte er ohne Zusatz, obwohl ihm ein altmodisches ›gnä Frau‹ auf der Zunge lag. Er zog die schwarze Strickmütze vom Kopf und steckte sie in die Seitentasche seiner Lederjacke, was ihm einen missbilligenden Blick der alten Dame einbrachte.

Er kümmerte sich nicht darum, bemerkte auch nicht, dass ein Zipfel seiner Mütze aus der Tasche hervorlugte, nahm seine schwarze Aktenmappe und ging an der Frau, die ihm die große Tür aus Mahagoniimitat offenhielt, vorbei in einen Raum, wie er ihn nur aus Filmen kannte.- Alles war rotbraun, alles war getäfelt, alles war stilvoll... und nichts war echt, genauso wenig wie die glänzend weißen Zähne des Hausbesitzers, der gerade aus einem Lederstuhl hinter einem monströsen Schreibtisch aufsprang.

Metzgermeister Möhring trug eine blau gestreifte Hose und einen weißen Kittel, der an einigen Stellen Blutflecken aufwies. Er passte mindestens ebenso wenig in diesen Raum wie Fischer in seinen Jeans, seinem Ringelpulli und seiner Lederjacke.

»Herr Fischer, was bringen Sie Gutes?«, fragte Möhring laut polternd im Bechtheimer Dialekt, der sich um etliches von dem unterschied, den man in Alzey sprach, wo Fischer zur Zeit wohnte.

»Ich habe die Entwürfe«, antwortete Fischer und ergriff die rote Hand des Metzgers, der kräftig zudrückte. Der Mann war klein wie seine Schwiegermutter, wirkte trotz des Trommelbauches drahtig und war Besitzer einer spiegelblanken Vollglatze, die nicht den geringsten Ansatz irgendeines Flaumes aufwies.

»Nehmen Sie doch Platz«, forderte Möhring ihn auf, rückte mit übertriebener Höflichkeit den Besucherstuhl vor dem Schreibtisch zurecht, der selbstverständlich kleiner war als der Lederstuhl hinter dem Schreibtisch und wieselte dann zu einem Sekretär, der sich als gut gefüllte Hausbar entpuppte.

Fischer blickte staunend auf das Arsenal an Wein- und sonstigen Flaschen, während er sich langsam setzte. Er verzog dabei etwas den Mund.

»Ein Wehwehchen?«, fragte der kleine Fleischer mit dem vegetarischen Namen und griff dabei wie selbstverständlich zu einer Flasche Wein.- Fischer legte sich seine Aktenmappe auf die Knie.

»Der Meniskus«, sagte er knapp.

»Damit ist nicht zu spaßen«, sagte Möhring und hob die Flasche.

»Ein Schöppchen vom Guten?« »Danke, wenn Sie ein Pils hätten?«

Fischer wusste, was jetzt geschehen würde, er hatte es schon oft erlebt.- Rheinhessen, die etwas auf sich hielten, schienen den Verzehr von Wein in allen Lebenslagen für gottgewollt zu halten. Die Möglichkeit, dass jemand *kein* Weintrinker sein könnte, war ihnen so fremd, dass ihre Reaktionen von ungläubigem Erstaunen bis zu blankem Entsetzen reichten, wenn einer mal was anderes verlangte.

Möhring hatte sich für höfliche Verachtung entschieden. Die fröhlichen Gesichtszüge froren ein, und die bis dato rosige Haut bekam einen Stich ins Gelbliche. »Bier!«, sagte er in dem Ton, in dem

Kriemhild das Wort ›Speer‹ ausgesprochen haben musste, als sie von Siegfrieds Ermordung erfuhr.

Fischer gab seine übliche Erklärung ab.

»Ich bin in Gernsheim aufgewachsen und das Kinderzimmer lag zur Odenwälder Seite hin, da konnte ich die Weinberge nicht sehen.«

Möhring lachte ihn so an wie er einen Japaner angelacht hätte bei dessen Frage, ob er auf der Möhringschen Auslegeware Harakiri begehen dürfe. Dann rief er nach seiner Schwiegermutter, die so schnell die Türe öffnete, als sei sie mit ihr verwachsen, und bat sie nachzuschauen, ob im Küchenkühlschrank noch eine Dose Bier auf einen möglichen Abnehmer warte.- Fischer hörte Schwiegermutters Schnauben, hatte den Eindruck, dass das Schließen der falschen Mahagonitür recht heftig vonstatten ging ... und blieb äußerlich auffallend ruhig.

Möhring selbst goss sich ein Glas mit Rotwein voll und setzte sich, Fischer gegenüber, in seinen hohen Lederstuhl, was es ihm trotz seines geringen Wuchses ermöglichte, auf Fischer hinunterzublicken.

»Dann zeigen Sie mal«, forderte er und trommelte mit den Fingern seiner fleischverarbeitenden Rechten auf die Schreibtischplatte.

Fischer entnahm seiner Mappe einen offenen, weißen Umschlag, legte ihn auf den Tisch und holte einige Blätter heraus. Eines davon hielt er Möhring hin.

»Hübsch«, kommentierte der Metzger, und bei jedem Blatt, dessen er ansichtig wurde, es handelte sich um insgesamt fünf Entwürfe, wiederholte er dieses Wort.

Fischer hatte nichts anderes erwartet.- Er erwartete ohnehin nicht allzu viel von seinen Mitmenschen, was ihm sehr oft Enttäuschungen ersparte. Die fünf Entwürfe, die hauptsächlich von Edgar, Fischers Neffen, stammten, zeigten Variationen des gleichen Plakatentwurfs. Fischer selbst hatte nur am Rande mitgewirkt und sich darüber hinaus eher widerwillig als Bote anheuern lassen. In den Farben Rot, Weiß und Blau gehalten, wechselten sich unterschiedliche Schrifttypen und Schriftgrößen ab. Das optische Zentrum jedes Entwurfes bildete ein aufgeschnittener Schinken.

Werbung für ein Fleischermeister-Fachgeschäft zu betreiben war Fischers Sache nicht, immerhin versuchte er sich seit fast zwei Jahren als Vegetarier. Aber es steckte nun mal ein großer Teil seines Geldes in Edgars Agentur, und so musste er die eine oder andere Kröte schlucken.

»Finde ich hübsch, wirklich«, resümierte Möhring mit Gönnermiene und nahm einen Schluck vom roten Wein, »aber ... geschafft habt Ihr mich noch nicht. Der Herr Zimmermann wollte mich von diesem Schinkenkonzept überzeugen, hübsch, wirklich, aber ich finde immer noch die Idee meiner Schwiegermutter am besten.«

Fischer sagte todernst: »Das lachende Schwein?!«

Möhring nickte heftig: »Ich weiß gar nicht, was Sie und Ihr Neffe dagegen haben.- Es ist doch eine Lust Schweinefleisch zu essen.«

»Für das Schwein nicht«, sagte Fischer.

Möhring wirkte ärgerlich: »Wie meinen Sie das jetzt?«

Fischer sprach mit der Geduld des Lehrers, der einem Schüler den Lauf der Zeit erklären will: »Wenn das Essen von Schweinefleisch Lust ist, dann müssten wir einen lachenden Esser zeigen, nicht aber das lachende Schwein!«

»Sind Sie Vegetarier?«, argwöhnte Möhring.

Der arme Kerl tat Fischer beinahe leid. Der Fleischermeister und Weinfreund hatte einen Mann vor sich, der nicht nur schnöden Gerstensaft der heimischen Traube vorzog, sondern darüber hinaus das Erzeugnis verschmähte, dem Möhring seinen Wohlstand verdankte. Und von so einem wollte er sich seine Werbung gestalten lassen?

»Hm, ich bin ein Dreiviertelvegetarier«, sagte Fischer mit mildem Lächeln. »Seit ich damals von der Polizei weg bin, versuche ich es fleischlos. Aber Hühnereier esse ich schon.- Und ein- bis zweimal im Jahr schlachte ich selbst ein Huhn, das esse ich dann auch.«

»Aha«, meinte Möhring. Er schien nicht sonderlich beeindruckt. Gerade wollte er etwas sagen, da öffnete sich die Tür und Frau Bose, Möhrings Schwiegermutter, brachte eine Dose skandinavisches Bier sowie ein ehemaliges Senfbehältnis in Bierglasform, das sie mit Todesverachtung vor Fischer auf die Schreibtischplatte knallte.

»Sehr zum Wohl«, sagte sie laut und tieftönend.

Fischer bedankte sich, wartete, bis sich die Tür hinter seinem Rükken wieder geschlossen hatte, was nicht ohne einen weiteren Knall vonstatten ging und sah in die Augen seines Gegenübers.

»Herr Zimmermann, mein Neffe, isst Fleisch«, sagte er zur Beruhigung des Metzgers, »aber auch er ist der Ansicht, dass man das fertige Produkt zeigen sollte und nicht die lachende Urfassung.«

Möhring nippte an seinem Glas, wartete dann aber mit einem Mindestmaß an Höflichkeit, bis Fischer seine Bierdose aufgerissen und sich den Inhalt eingegossen hatte. Erst dann trank er, nach einer halbherzigen Geste des Zuprostens, einen richtigen Schluck vom Rotwein.

»Sie arbeiten doch für mich.- Sollten Sie da nicht meine Wünsche berücksichtigen?«

Der Satz kam leise und Fischer musste sich regelrecht anstrengen, ihn zu verstehen, aber er verstand ihn, sowohl die einzelnen Worte als auch die Drohung, die darin lag.

»Wir sind allerdings verpflichtet, unsere Kunden zu beraten, wenn wir, aufgrund unserer Erfahrung, merken, dass sie sich in die falsche Richtung bewegen.« Fischer sagte das mit ungerührtem Gesichtsausdruck. Er wusste, dass sein Neffe ihn für diesen Satz gesteinigt hätte. »Der Kunde hat immer recht«, hätte Edgar gesagt, »und wenn er kein Recht hat, muss man ihn dazu bringen, das selbst einzusehen und aus der Sache rauszukommen, ohne dass er sein Gesicht verliert.«

»Sie reden da von Ihrer Erfahrung«, sagte Möhring und versuchte nicht mehr, seine Feindseligkeit zu verbergen. »Haben Sie nicht gerade selbst gesagt, dass Sie vor ein paar Jahren noch Polizist waren? Meine Schwiegermutter hat mir vorhin erzählt, dass Sie über ein paar Ecken mit den Schlossers hier aus Bechtheim verwandt sind.«

»Um sehr viele Ecken«, gab Fischer zu. Wieder einmal ahnte er, wohin das Gespräch führen würde, und diesmal würde er nicht mehr so ruhig sein können.

»Von Schlossers Lisbet hat sie gehört, dass Sie beim Tod ihres Vaters etwas geerbt haben.«

Fischer unterdrückte den Impuls, den Inhalt des ehemaligen Senfglases auf Möhrings Teppich zu gießen.

»Und was hat das mit Ihrem lachenden Schwein zu tun«, fragte er stattdessen.

Der Fleischermeister ging nicht darauf ein.

»Als sie das damals erfahren hat, die Lisbet Schlosser, da hat sie so bei sich gedacht: ›Da hat er aber Schwein gehabt, der Fischer Ludwig.‹ «

Möhring war jetzt so offen feindselig, dass es Fischer schon wieder beruhigte. Ein echter Gegner war besser einzuschätzen als ein falscher Freund.

» ›Da ist er bei der Polizei unehrenhaft entlassen worden ...‹ « fuhr Möhring fort, wobei sich Schweißperlen der Wollust auf seiner spiegelnden Glatze bildeten » ›... und genau da stirbt sein Vater und hinterlässt ihm was, das ihm über das Gröbste hinweghilft‹ ... das hat die Lisbet so bei sich gedacht.«

Möhring gönnte sich eine Pause, wohl auch weil er dachte, Fischer würde etwas erwidern.- Der aber schwieg und blickte Möhring in die Augen.

»Na, ja und dann sind Sie zum Compagnon Ihres Neffen geworden.- Mit dem Ererbten.- Und dann hat sich die Schlosser Lisbet wieder was gedacht, oder besser gesagt, gefragt: »Lernt der das Geschäft jetzt von der Pike auf, wie der Herr Zimmermann, oder sahnt der nur ab?«- Sie wissen ja, wie das ist mit der weitläufigen Verwandtschaft hier bei uns auf dem Land.- Es sickert immer was durch.-Und wenn dann einer im Hessischen drüben, auf der anderen Rheinseite, geboren ist ... dann hört man ganz besonders gut hin, wenn was nicht so ist, wie es sein soll.«

Möhrings Lippen schienen trocken geworden zu sein. Er führte das Rotweinglas jetzt schnell, beinahe hastig zum Mund, bevor er weitersprach.

»Tja, und dann hat Lisbet gehört, dass der Herr Zimmermann die ganze Arbeit macht, mit dem Computer und so, zusammen mit seiner Freundin ... und dass der Herr Fischer nur manchmal ein paar Botengänge macht, so wie heute ... und dass er dann den Wagen vom Herrn Zimmermann fahren darf ... und auch sein Handy kriegt ... und dass er sonst den lieben Gott einen guten Mann sein lässt.«

Fischer trank sein Bier aus, stellte das Glas ab und wiederholte seine Frage von vorhin: »Was hat das alles mit Ihrem lachenden Schwein zu tun, Herr Möhring?- Versuchen Sie da mal eine vernünftige Verbindung hinzukriegen. Wenn Sie das nicht können, muss ich alles, was Sie gesagt haben, als Beleidigung auffassen.«

»Ich will Sie nicht beleidigen«, sagte Möhring und hielt dem Dauerblick Fischers sehr gut stand. »Ich kann es nur nicht leiden, wenn sich hier einer als Fachmann aufspielt und es nicht ist.- Sie haben von Werbung genauso wenig Ahnung wie ich, und nur weil Sie kein Fleisch essen...«, lautes Rufen auf der Straße unterbrach ihn.

Mehrere Stimmen brüllten durcheinander, dann war die Hausglocke zu hören, kurz darauf übertönte das laute Organ der Möhringschen Schwiegermutter den Tumult. Der Fleischermeister war aufgesprungen, Fischer entspannte sich.- Gleich darauf wurde hinter Fischers Rücken die Tür aufgerissen.- Frau Bose sprach noch lauter als sonst: »Draußen sind die Schlossers und der Hilpert.- Da ist was am Geiersberg passiert.«

»Was?«, fragte Möhring.
»Irgendeine Leiche!«

Möhring wiederholte ungläubig: »Eine Leiche? - Wer denn?« -Möhrings roter Kopf verdoppelte seine Farbintensität. Seine Schwiegermutter wies ihn zurecht: »Das weiß noch keiner so genau ... die Schlossers wollen ...«

Was die Schlossers wollten, erklärten sie jetzt selbst. Arno Schlosser, ein Bauer mit blauem Anzug und Schildkappe, stürmte in den Raum, noch weniger zum Mahagoniimitat passend als alle bisher Versammelten, und überfiel Fischer mit einem gewaltigen Händedruck, mit dem er ihn vom Besucherstuhl hochriss.

»Ich bin ja so froh, dass du hier bist, Lui«, dröhnte er.

»Und ich erst!« Das war die Stimme Lisbet Schlossers, jener Dame, die Möhring in seinen Ausführungen vor wenigen Minuten als Kronzeugin für Fischers Unfähigkeit herangezogen hatte. Lisbet trug ein gepunktetes Kopftuch und hatte ein knochiges, wetterbraunes Gesicht mit einer spitzen Nase. Fischer kannte sie und ihren Mann Arno nur von gelegentlichen, familiären Festen wie Kindstaufen, Hochzeiten und Beerdigungen. Er erinnerte sich vage, dass auch diese beiden gehofft hatten, beim Tod seines Vaters vor zwei Jahren, etwas zu erben, von wegen der weitläufigen Verwandtschaft ... aber der Bechtheimer Zweig der Familie war dem alten Fischer wohl doch etwas *zu* weitläufig erschienen, so dass er sie nicht bedacht hatte.

Lisbet drückte ihm schmallippig einen salzigen Kuss auf den Mund und schüttelte seine linke Hand, weil die rechte noch von Arno in Beschlag genommen wurde.

»In Osthofen, auf der Polizei, haben sie schon Feierabend gemacht«, sprudelte Arno hervor ... »und, und, und da ist mir eingefallen, dass *du* ja heute bei Oskar bist.« Mit Oskar meinte er Möhring.

»Und was erwartet Ihr jetzt von mir?« Fischer sah sich außerstande, freundlich in die aufgeregten Gesichter zu blicken.

Über die Schultern des Ehepaares Schlosser nahm er Frau Bose, einen fremden Mann, wahrscheinlich war es der, den Möhrings Schwiegermutter Hilpert genannt hatte, und noch ein paar undeutliche Gestalten wahr. Bechtheim im Ausnahmezustand.

Das alles entbehrte für Fischer nicht einer gewissen Komik, obwohl es wahrscheinlich hier nicht nur für Schweine nichts zu lachen gab.

»Der Stephan hier«, Arno Schlosser wies auf den mutmaßlichen Hilpert, »der war eben drüben am Geiersberg mit seinem Traktor, und da hat er die Leiche gefunden.- Und das Auto ... und das Fahrrad ...«

»Und hier gibt es weit und breit keine Polizei?«, fragte Fischer. Ohne sich dessen bewusst zu sein, zog er die Strickmütze aus der Tasche seiner Lederjacke und zog sie sich über den Kopf.

»Nix«, bestätigte Arno Schlosser. »In Osthofen geht keiner mehr dran und bis einer aus Worms kommt ...«

Fischer warf einen Blick über den aufgeregten Menschenauflauf hinweg durch die offene Tür in den Bechtheimer Abendhimmel.

»Habt ihr Taschenlampen?«

»Klar, und mein Traktor steht ja auch noch draußen«, rief der ältere, kräftige Mann namens Stephan Hilpert, der die Leiche gefunden hatte, »der gibt Licht genug.«

»Dann los!« Fischer wusste nicht, wie ihm geschah, er handelte vollkommen automatisch. Aber seine zur Schau gestellte Entschlossenheit hatte einen unvermuteten Nebeneffekt. Während er an Frau Bose, die wieder die Tür aufhielt, vorbei in den Flur ging, hinter Arno, Lisbet und Hilpert her zur Eingangstür, wo die anderen, noch anonymen Bechtheimer, warteten, zupfte jemand an seinem Ärmel.

Möhring hüpfte an ihm vorbei ... er grinste freundlich ... dabei rollte er mit den Augen in Richtung Lisbet: »Nichts für ungut, Herr Fischer.«

Fischer hätte selbst ohne gestiegenen Adrenalinspiegel nicht gewusst, was er darauf erwidern sollte, so aber fiel ihm gar nichts ein.

Schweigend, in dem Wust durcheinander wirbelnder Wortfetzen der anderen, ging er an Möhring vorbei, raus auf die Straße, in die Dämmerung.- Es war empfindlich kalt geworden.

3.

Freitag 19.30 Uhr, Osthofener Bahnhofsgaststätte

Es war ein Herbstabend wie aus einem der schwarz-weißen Fernsehkrimis der sechziger Jahre. Die Beleuchtung im Bahnhofslokal von Osthofen war spärlich, die Farben verwaschen, die Luft voller unterschiedlicher Gerüche.

Vor Peter stand ein leerer Teller, auf dem Reste der Tomatensoße, schon fast eingetrocknet, ein Bild der Vergänglichkeit auf das weiße Porzellan zeichneten. Peter stocherte mit der Gabel in den Spuren seines vergangenen Hungers herum und veränderte ständig die roten, abstrakten Bilder.- Die Spaghetti waren schon fast verdaut, ein neues Hungergefühl begann sich aufzubauen.

Peter starrte auf das Foto, das neben dem Teller lag. Die junge Frau mit dem schwarzen, zu einem Zopf geflochtenen Haar lächelte ihn an. Die Fotografie war abgegriffen, die Schicht auf dem Bild wies an den Rändern einige Risse auf.

Peter blickte auf seine Armbanduhr. Er wusste nicht, wie oft er das in den letzten Stunden, seit 15.30 Uhr, getan hatte.- Kurz nach halb acht.- Nein, es konnte nicht wahr sein. Peter weigerte sich, an irgendein Unheil zu glauben, das hinter dieser Verspätung lauerte.

Nicht hier, nicht heute, nicht an diesem Tag, der so vielversprechend angefangen hatte, und dem er seit Jahren entgegenfieberte. Heute sollten sich neue Perspektiven ergeben, ein ganz neues Leben sollte beginnen. Nie mehr allein oder mit fremden, ungeliebten Männern in einer Zelle hocken. Keine Gewalttätigkeiten, keine Drogen und vor allem keine perversen Mitgefangenen und gleichgültigen Wärter und auch keine Psychologen mehr - besonders keine Psychologen.

Peter saß so, dass er an den Spitzengardinen der Fenster vorbei auf den Vorplatz hinaus sehen konnte.- Immer wenn er die Zeit kontrollierte, blickte er auf, sah durch die Scheiben nach draußen, fieberte dem Fahrrad entgegen und der jungen Frau mit dem schwarzen Zopf.

Er stellte sich vor, dass sie das Rad einfach achtlos zu Boden fallen lassen würde, sah sie vor seinem geistigen Auge in das Lokal stürmen, ihre Arme weit ausgebreitet, sah ihre großen, strahlenden, lachenden Augen ... und dann fühlte er die Küsse, unendlich viele, stürmische Küsse, die sie beide ihre Umgebung vergessen lassen würden. Er sah weiter im Geist die italienischen Kellnerinnen, die wenigen Gäste und die Reisenden, die sich wahrscheinlich die Nasen an den Milchglasscheiben plattdrücken würden, die zu dem kalten Bahnsteig führten, während sie beide in heftiger Umarmung krachend, aber ohne sich zu verletzen, auf dem Fußboden landen würden ...

»Noch etwas zu trinken?«, fragte eine der Kellnerinnen.
Nun, er hatte sich lange genug an seiner dritten Cola aufgehalten.
»Ja, bitte. Noch eine.«

Er reichte ihr das Glas. Auch sie war eine Frau mit schwarzem Haar. Auch sie gehörte zu dem Teil der Menschheit, den er in den letzten Jahren nicht allzuoft gesehen hatte. Sie war zweifellos hübsch. Ihr Lächeln war zwar kühl, aber der Blick, den sie kurz auf ihm ruhen ließ, verriet ein gewisses Interesse.

Oder bildete er sich das nur ein? Egal, es ging hier nicht um eine Kellnerin. Und sie war auch schon wieder hinter der Theke verschwunden, um die Cola zu zapfen. Peter blickte zur Tür des Lokales.- Durch die Kellnerin abgelenkt, hatte er nicht gleich bemerkt, dass neue Gäste gekommen waren.- Drei Personen in seinem Alter. Zwei Männer, eine Frau. Sie trugen altmodische Anoraks, alle in bleichem Grün. Sie hatten schmale Gesichter und lange Haare, alle drei.- Wie Geschwister. Die Frau, die in der Mitte stand, hielt etwas in der Hand, das wie ein Foto aussah. Sie blickte darauf, dann in Peters Richtung, und gab den beiden Männern ein Zeichen mit dem Kopf.

Sie kamen auf Peter zu.

Seine Muskeln spannten sich. Die drei blieben vor dem Tisch stehen. Das Foto in der Hand der Frau war seines.

Die Frau, bei näherem Hinsehen war sie doch mehr ein junges Mädchen, zog sich einen Stuhl heran und setzte sich. Ihr Anorak roch muffig, obwohl sie gerade aus der kalten Luft des Herbstabends gekommen war.

»Du bist Peter!?«
»Ja!« Er starrte dem Mädchen in die Augen.
»Ich bin Claudia!«
Die junge Frau lächelte.
Peter antwortete nicht.

Jetzt setzten sich auch die Männer. Beide waren mittelblond, ihre Haare waren unterschiedlich lang und der, der sich rechts von Claudia hinsetzte, hatte eine größere Nase als der andere. Sonst waren sie sich wirklich sehr ähnlich.

Der linke sprach als erster.
»Du suchst Alisa?«
Dabei wies er auf das Foto neben Peters Teller.
Claudia nickte zu dem Linken hin.

»Das ist Oliver und das hier«, sie nickte dem Rechten zu, »ist Kai.- Na, ja, und du bist Peter, aber das weißt du ja.«
Sie lachte ein angenehmes, aber etwas albernes Lachen.

War sie nur verlegen...oder hatte sie Angst vor ihm? - Immerhin, wenn sie seinen Namen kannte, wusste sie sicher auch mehr über ihn. Über seine Strafe, über sein Verbrechen.- Er wollte nicht, dass man noch einmal Angst vor ihm hatte.- Das war vorbei. Ein neues Leben ...

»Wo ist Alisa?«, fragte er. »Ich warte hier seit halb vier.«

Während Peter sprach, sah er die Ringe an den Händen der drei jungen Leute. Sie hatten alle die gleiche Form, silbrig glänzend, schmal, wie geflochten wirkend, eigentlich wie zwei parallel verlaufende Stricke.

Claudia verfolgte seinen Blick und nahm plötzlich die Hand mit dem Ring vom Tisch, legte sie in den Schoß. Oliver und Kai reagierten nicht.

»Wir sind wegen Alisa hier«, sagte Oliver. »Ich glaube, es wäre gut, wenn du mit uns kommen würdest. - Wir haben einen Wagen draußen.«

»Was ist mit ihr?«, Peter sprach sehr laut, und seine Stimme klang hart. Oliver versuchte, sehr sanft zu sprechen: »Das können wir dir hier nicht sagen. Glaub mir, es ist besser, du kommst mit uns.«

»Wenn ihr überhaupt was wisst, dann könnt ihr es mir auch hier sagen.« Peter wusste nicht, dass er wieder einmal sehr gefährlich wirkte.

»Hab Vertrauen, Bruder«, sagte Kai.

Das war allerdings nicht der Spruch, der Peter beruhigen konnte. Das Wort Bruder war im Gefängnis zu oft missbraucht worden. Er sprang auf, seine Hand krallte sich in Kais Hemd, quetschte den Kragen, riss den jungen Mann vom Sitz hoch.

»Mach das Maul auf!«

Neben Peter erschien die italienische Kellnerin mit dem Colaglas. »Bitte, scusi, tun Sie ihm nix. Nix Randale!«

Claudia berührte sanft Peters Hand, die nach wie vor Kais Kragen festhielt.

»Bitte, Peter, wir sind Freunde. Und wenn du nicht glaubst, dass wir auch deine Freunde sind, glaube mir, Alisas Freunde sind wir ganz bestimmt.- Bitte komm mit.- Vielleicht musst du ihr helfen.«

Peter zögerte einen Augenblick, dann ließ er Kai los.

»Okay, okay, kein Grund zur Panik.« Damit meinte er hauptsächlich die Kellnerin. Er nahm ihr das Colaglas ab, stürzte den Inhalt in einem Zug hinunter, bezahlte und sah dann die anderen drei an.

»Worauf warten wir?«

Er holte seine Jacke vom Garderobenhaken, hob seinen Rucksack vom Boden auf und verließ das Bahnhofslokal ohne sich umzudrehen. Auf dem Parkplatz vor der Gaststätte stand ein einziges Auto.- Ein grauer, japanischer Geländewagen.

4.

Freitag 19.40 Uhr, Am Geiersberg bei Bechtheim

Der Mörder war jetzt vollkommen ruhig. Nicht aufgewühlt und außer sich über seine Tat oder gar dem Irrsinn nahe, wie man es oft lesen konnte, nein, er war erfüllt von dem Gefühl absoluter Normalität, als sei dieser Mord etwas so alltägliches wie die Morgenrasur.

Selbst die Tatsache, dass er hier oben auf dem Geiersberg zwischen Weinstöcken kauerte, in unbequemer Haltung und mit einem stärker werdenden Hungergefühl, steigerte seine Nervosität keineswegs.

Er war sich natürlich dessen bewusst, dass es sich um eine Ausnahmesituation handelte; und irgendwie vermisste er das Gefühl, er hätte etwas Besonderes getan.- Aber es wollte sich nicht einstellen. Auch nach über drei Stunden nicht.- Er sah hinüber zum Weg, auf dem immer noch, mit offener Fahrertür, der Mitsubishi stand. Das Fahrrad des Mädchens lag wenige Meter vor der Fronthaube des Geländewagens. Beide Fahrzeuge waren gut zu sehen; die Augen des Mörders hatten Zeit gehabt, sich langsam an die Dunkelheit zu gewöhnen.

Mit Faszination beobachtete er den Wachtposten. Dem Mann, der am Tatort zurückgeblieben war, schien seine Aufgabe nicht zu gefallen. Er sah nur selten zum Auto und zum Fahrrad hin und so gut wie nie zu der Leiche, die wie ein schwarzer, undefinierbarer Haufen etwa zwei Meter neben der offenen Fahrertür am Wingertsrand lag. Der tote Klumpen Mensch sah aus, als habe ihn ein uninspirierter Künstler dort liegen lassen, um Zeit zu haben, sich einen geeigneten Ausstellungsort dafür zu suchen.

Der Wächter aus Bechtheim rauchte eine Zigarette nach der anderen, sah in Sekundenabständen auf seine Armbanduhr und blickte ständig in Richtung Bechtheim.

Der Mörder empfand Mitleid mit dem Mann.- Vor zehn Minuten war dessen Begleiter, der alte Weinbauer Hilpert, der mit ihm gemeinsam die Leiche entdeckt hatte, mit dem Traktor nach Bechtheim gefahren und hatte den Mann hier zurückgelassen.- Er war noch jung, höchstens dreißig. Dünn und lang, mit leichtem Buckel, sah er aus wie das berühmte Silhouettenbild Karl Valentins.

Der Mörder musste lächeln. Sicherlich hatte sich der Mann am Morgen dieses Herbsttages nicht vorgestellt, dass er am Abend im Bechtheimer Weinberg eine Leiche bewachen würde.

Der Mörder wunderte sich gerade wieder, dass von der Nervosität des Mannes nicht der geringste Funke auf ihn übersprang, als er die Lichter gewahrte, die auf dem betonierten Wingertsweg von Bechtheim her allmählich näher kamen. Gleichzeitig hörte er die Motorengeräusche mehrerer Fahrzeuge.

Der Konvoi näherte sich in irritierender Langsamkeit, was wohl daran lag, dass der Traktor, den der Mörder schon kannte, die Spitze bildete.

Die Zeile, in der sich der Mörder verbarg, lag nahe genug am Weg, so dass man von hier aus hören konnte, was der dünne Mann voller Inbrunst ausrief, als er die Wagenkolonne bemerkte: »Gott sei Dank.«

Der Mörder lächelte wieder. Er konnte die Reaktion ja so gut verstehen.- Eigentlich hätte er sich ärgern müssen. Der Eifer, mit dem die Finder der Leiche vorgegangen waren, hatte seine eigene Situation verschärft.

Unmittelbar nach der Tat, kurz vor 16 Uhr, hatte er den Geiersberg verlassen ... nicht in Panik, aber zügig. Er war wohl doch erregter gewesen als jetzt, Stunden danach. Dann, schon längst in Sicherheit, war ihm aufgefallen, dass er etwas Wichtiges vergessen hatte, etwas, das man als einen sehr deutlichen Hinweis auf seine Täterschaft werten konnte. Also musste er noch einmal hierher zurück.- Das war jetzt eine halbe Stunde her.- Nun, er hatte es mit knapper Not geschafft, das verräterische Indiz an sich zu nehmen, aber dann war der Traktor mit zwei Männern erschienen. Mit Hilpert, den der Mörder flüchtig kannte, und mit diesem dünnen, jungen Mann, der jetzt so erleichtert war, als die gesammelte Bechtheimer Streitmacht erschien.

Der Mörder hatte eingesehen, dass er nicht mehr heimlich verschwinden konnte. Er hatte nach einem Versteck gesucht, hatte zunächst den Walnussbaum an der Kreuzung im Auge gehabt, aber dessen Stamm war ihm zu dünn erschienen, und auch die Bank bot keinen genügenden Sichtschutz, wenn jemand aus Richtung Bechtheim kommen würde. Aber war es nicht ohnehin viel besser, sich in einer der Zeilen, hinter den Rebstöcken, zu verbergen als an einem so auffälligen Ort wie einem einzelstehenden Baum? So weit, so gut, aber es gab keine Möglichkeit, ungesehen zu entkommen. Die Dunkelheit war nicht dunkel genug, um ihn vor den Blicken des Dünnen zu schützen, dennoch war die Chance ungleich größer gewesen, als der junge Mann noch allein auf seinem Posten stand.

Jetzt sah der Mörder den Fehler ein, dass er den Versuch zu flüchten nicht gleich unternommen hatte, als Hilpert mit dem Traktor ins Dorf hinunter fuhr.- Das Augenpaar dieses ängstlichen und mit seiner Aufgabe offenbar überforderten Mannes hätte er täuschen können, aber jetzt waren viele Augenpaare hier oben. Ab sofort wäre jeder Versuch, ungesehen zu verschwinden, zum Scheitern verurteilt gewesen.

Aber noch fühlte er diese unnatürliche Ruhe in sich. Er überprüfte seine Gelenke, die noch nicht überanstrengt waren. Bald jedoch würde er die ersten Schmerzen verspüren.- Es konnte nicht schaden, wenn er sich in eine einigermaßen bequeme Lage brachte, in der er es länger aushalten konnte. Also richtete er sich langsam und vorsichtig auf, wobei diese Vorsicht unnötig war, denn der dünne Mann war voll und ganz damit beschäftigt, die Bechtheimer Wagenkolonne zu empfangen.

Der Dünne lief aufgeregt dem Traktor entgegen, musste ihm aber gleich darauf mit ein paar tänzelnden Schritten rückwärts ausweichen, weil er sich in seiner Erleichterung zu nahe an das noch in Bewegung befindliche Fahrzeug herangewagt hatte.

Jetzt, wo die Prozession an der Kreuzung zum Stehen kam, erkannte der Mörder die Größenordnung des Konvois. Er zählte beeindruckende fünf Fahrzeuge, Hilperts Traktor nicht mitgerechnet.

Der Traktor und die ersten zwei Wagen fuhren über die Kreuzung hinaus in den Weg, der nach Mettenheim führte und hielten dann an.

Da war zunächst ein heller, wahrscheinlich weißer Mercedes, dann ein dunkler Audi. Direkt auf der Kreuzung stoppte ein ebenfalls dunkler BMW und weiter hinten hielt ein VW-Bus mit einer Aufschrift, die man im Dämmerlicht und aus dieser Entfernung nicht lesen konnte, sowie ein Pritschenwagen, dessen Marke der Mörder nicht kannte.

Den Abschluss bildete ein Motorroller, auf dem zwei Jugendliche kauerten. ›Viel Feind, viel Ehr‹, dachte der Mörder und empfand so etwas wie Stolz für seine Tat.

Er hatte eine große Anzahl erwachsener Menschen dazu gebracht, zu Beginn der kühlen Nacht ihre warmen Häuser zu verlassen, um sich hier zu versammeln.- Und *er* hatte ihnen diese ungewöhnliche Form sozialer Begegnung ermöglicht.

Der Mörder musste sich zusammennehmen, um über diesem Gedanken nicht in hörbares Kichern auszubrechen.- Er sah sehr aufmerksam hin, als Hilpert vom Sitz des Traktors sprang und auch die Insassen der anderen Fahrzeuge ihre Gefährte verließen. Taschenlampen blitzten auf, gedämpfte Stimmen waren zu vernehmen.

Die meisten der Anwesenden waren Männer, nur aus dem BMW und dem VW-Bus stiegen je eine Frau. Auch die Person hinten auf dem Motorroller schien weiblich zu sein.

Der Fahrer des VW-Busses hatte eine Glatze und zappelte sehr aufgeregt herum. Den kannte er doch!?- Jetzt gelang es ihm auch, die Aufschrift des Wagens zu entziffern, *Fleischerei Möhring.*- Nun, der war immer da, wo was los war.

Der Fahrer des weißen Mercedes stieg sehr spät aus. Eigentlich waren fast alle anderen schon draußen, bevor dieser Mann seine Limousine verließ.

Der Mörder legte sich so geräuscharm wie möglich etwas tiefer, denn von seinem Standort aus hätte ihn der Mann, der da ausstieg, entdecken können.

Der Mercedesfahrer trug Jeans, eine schwarze Lederjacke und eine Strickmütze. Mit langsamen Schritten ging er zum Kofferraum seines Wagens und holte dort eine elektrische Lampe hervor, die wegen ihrer Größe die Bezeichnung Scheinwerfer verdient hätte.

Dann ging er zu Hilpert, zu dem sich der dünne Wachposten gesellt hatte. Alle anderen trauten sich nicht so recht nach vorne zur Kreuzung.

Der Mörder musste sich wieder etwas aufrichten, um sehen zu können, was sich auf dem unbetonierten Feldweg abspielte.

Ohne etwas zu sagen, schaltete jetzt der Mann mit der Mütze die Lampe an und leuchtete in den Feldweg hinein.

Der starke Lichtkegel erfasste sofort das liegende Fahrrad und streifte den Geländewagen. Dann schwenkte er zum Wegrand zwischen Rad und Auto und beleuchtete mit greller, gnadenloser Helligkeit die Leiche.

Der Mann mit der Mütze machte ein paar Schritte in diese Richtung, blieb dann kurz stehen und rief über die Schulter zurück: »Bleiben Sie mal alle dort, wo Sie sind!« Die anderen hörten auf ihn. Nur Möhring kam von seinem Bus aus nach vorne gelaufen, hielt dann aber bei Hilperts Traktor an. Der Mann mit der Mütze trat näher an die Leiche, beugte sich hinunter.

»Wer ist es, Lui?«, rief eine der Frauen. Es war die aus dem BMW, neben der ein Mann mit blauer Schirmmütze stand.

»Brüll doch nicht so, Lisbet«, rief die Frau aus Möhrings VW-Bus und klang dabei noch wesentlich lauter als die Gerügte.

»Wieso, er ist doch schon tot, den stört's nicht mehr«, gab Lisbet zurück.«

»Ist es ein Mann?«, fragte jetzt Möhring.

Der Mützenträger, den die Frau namens Lisbet »Lui« genannt hatte drehte sich aus gebückter Haltung heraus zu den Rufern um.

»Ja«, sagte er knapp.

Ein Gemurmel ging durch die Menge. Der Mörder überlegte. Er kannte diesen Lui nicht. Einige der anderen schienen ihn aber durchaus zu kennen.- Ob das der Dorfpolizist war?- Oder, andere Frage: Hatte Bechtheim überhaupt einen eigenen Polizisten? Der Mörder sah ein, dass die Ausführung einer Mordtat einen nicht automatisch zum kriminalistischen Fachmann machte.

»Hat jemand inzwischen die Polizei in Worms alarmiert?«, fragte Lui.

Aha, er war also nicht der Dorfpolizist, sonst hätte er es selbst getan ... oder? ... Allerdings ... so wie es aussah, konnte dieser Lui erst jetzt hundertprozentig davon ausgehen, dass hier oben auf dem Geiersberg eine echte Leiche herumlag, und so war es vernünftiger gewesen, die Lage erst einmal selbst zu sondieren, bevor Maßnahmen ergriffen wurden.

Hilpert antwortete jetzt auch in diesem Sinne.

»Ich hab erstmal abgewartet, was Sie sagen.«

»Hast du ihm den Puls gefühlt?«, rief Lisbet, »vielleicht ist er gar nicht tot, vielleicht ist er nur ohnmächtig. Vielleicht ist er nur zusammengeklappt mit'm Kreislauf, oder so.«

Der »Lui« genannte Mann ging zur Kreuzung zurück. Er sprach jetzt leiser, so dass man nur Wortfetzen verstehen konnte. »...Wunde an der Schläfe ...«. Das, was er sagte, war ausführlicher, aber der Mörder hatte nicht nur deswegen Schwierigkeiten alles mitzubekommen, weil der Mann leiser sprach, sondern auch, weil fast alle anderen anfingen zu reden.

Die meisten waren jetzt nach vorn zur Kreuzung gekommen und bildeten einen Pulk um Lui.

»Herr Fischer«, donnerte die Stimme der alten Dame, die mit Fleischermeister Möhrings VW-Bus gekommen war, über alle Stimmen hinweg, »ist er einfach nur tot oder ist er umgebracht?«

Den Mörder schockierte es, dass die Frau nicht »umgebracht worden« gesagt hatte. »Wahrscheinlich Fremdeinwirkung«, antwortete Lui Fischer.

Dass er von Fremdeinwirkung sprach, ließ den Mörder annehmen, dass dieser Lui Fischer doch kein normaler Bechtheimer Bürger sein konnte ... vielleicht ein Anwalt? Fischer holte ein Handy aus der Tasche seiner schwarzen Lederjacke und tippte etwas umständlich eine Nummer ein, die er offensichtlich auswendig kannte. Während dieses Vorgangs entfernte er sich wieder von der Gruppe.- Er ging noch einmal hinüber zur Leiche, leuchtete die direkte Umgebung und das Fahrrad ab, dabei lauschte er, ob sich sein gewünschter Gesprächsteilnehmer meldete.

Das Durcheinandergerede der Leute aus Bechtheim hatte fast ohrenbetäubende Lautstärke erreicht, bevor Hilpert sie mit einer Handbewegung zum Schweigen brachte.- Alle verstummten, verharrten, beugten sich unwillkürlich vor und lauschten. Lui Fischer schien irritiert von der plötzlichen Stille.- Er drehte sich kurz zu der Meute um, ging dann von den neugierigen Bechtheimern weg an Fahrrad und Leiche vorbei zum Geländewagen und sprach so leise ins Handy, dass der Mörder kein einziges Wort verstehen konnte.

Während Fischer sprach, drehte er sich zu dem Fahrrad um, leuchtete es noch einmal an, um dann den Lichtkegel des Handscheinwerfers gründlicher als beim ersten Mal über den Weg und die angrenzenden Weinstöcke wandern zu lassen. Hier oben war der Wein noch nicht gelesen worden. Wenige Wochen später hätte der Betrachter ein Geflecht symmetrisch angeordneter Reihen von leeren Weinstöcken vorgefunden, so aber bot der Anblick der üppig behangenen Stöcke ein grünes, saftiges Bild. Jedenfalls bei Tag; im Dunkeln, vom Scheinwerfer Fischers beschienen, sah der Weinberg künstlich und irgendwie gespenstisch aus, gerade seine Üppigkeit gab ihm etwas Dschungelhaftes.

Fischer schien nach Lücken in der Bewachsung zu suchen, einem

Anhaltspunkt dafür, dass eventuell noch eine zweite tote oder verletzte Person hier lag.

Er würde keine weitere Leiche finden.- Einen Moment lang erhöhte sich der Adrenalinspiegel des Mörders. Wie, wenn Fischer mit seiner Leuchte den Radius seiner Erkundungen vergrößerte? Aber das war unwahrscheinlich.- Der Mann mit der Strickmütze und der Lederjacke würde keine Spur im Gehölz finden, die ihn zum Mörder führen könnte. Der Mörder war vorhin nicht einfach wild durchs Gelände geflüchtet.

Er hatte sich, von der Kreuzung ausgehend, innerhalb der Zeile bewegt. Da gab es keine Spuren.

Fischer näherte sich wieder dem Mitsubishi. Er sprach immer noch leise in das Handy.- Er leuchtete in das Innere des Wagens, beugte sich hinein, aber der Mörder merkte, dass sich Fischer bemühte, nichts zu berühren.- Also doch ein Fachmann?

Der Mörder konnte sich nachträglich dazu gratulieren, dass er den verräterischen Hinweis aus dem Wagen entfernt hatte. Es war sicherlich kein Fehler gewesen, hierher zurückzukommen, trotz der Unmöglichkeit, sich jetzt wieder ungesehen entfernen zu können.

Spätestens in diesem Augenblick hätte Fischer den Hinweis gefunden. Der Mörder atmete kräftiger ein und aus als vorhin.- Allmählich, ganz langsam, wurde diese unnatürliche innere Gleichmütigkeit von einer Erregtheit abgelöst, die der Situation angemessen war.

Es lag eindeutig an diesem Mützenträger.- Gleichgültig, welchen Beruf er ausübte, es ging von dieser fast stoischen Ruhe Fischers eine größere Gefährlichkeit aus als von all den Möchtegernkommissaren aus dem Bechtheimer Konvoi.

Jetzt ließ Fischer das Handy in seiner Jackentasche verschwinden und ging hinüber zu Hilpert und den anderen.

»Der Tote ist wahrscheinlich der Fahrer des Wagens. Der Fahrer des Fahrrades ist nicht aufzufinden. Mit an Sicherheit grenzender Wahrscheinlichkeit hat er, oder sie, den Tatort schon längst verlassen.« Fischers Stimme war nun wieder laut genug, um hörbar zu sein.

»Dann hat der Fahrradfahrer den Mann umgebracht?«

Das war Hilpert.
»Wen haben Sie denn angerufen?«, fragte Möhring jetzt neugierig, »die Polizei in Worms?«

Fischer ging auf die Fragen nicht ein. Er fragte stattdessen: »Kennt jemand eine Organisation oder eine Firma in dieser Gegend, die einen Ring mit zwei Stricken als Wappen führt?«

Der Mörder zuckte zusammen. Woher wusste Fischer von dem Ring?- Das war unmöglich!!! Der Ring war genau der verräterische Hinweis, den der Mörder wieder an sich genommen hatte.

»Zwei Stricke?«, fragte der dünne Wachtposten zurück.
»Ja, und sie berühren sich nur an zwei Stellen«, bestätigte Fischer. »Es liegen Broschüren in der Ablage im Wagen mit diesem Zeichen.«

Vor Erleichterung hätte der Mörder beinahe aufgeschrien. Ach so, natürlich, die Hefte.- Das hätte er sich eigentlich denken müssen ... scheinbar hatte er die Stärke seiner Nerven doch um einiges überschätzt.

»Einen Ring mit zwei Stricken, die sich an zwei Stellen berühren?«, fragte nun auch Hilpert, worauf Fischer nur nickte.

In der Zwischenzeit hatten sich alle Leute aus der Wagenkolonne um Hilperts Traktor versammelt, auch das Pärchen vom Motorroller. Das Mädchen sprach jetzt:

»Äh, das ist das Zeichen der *Wingertschützen.*«
»Ein Schützenverein?«, fragte Fischer.
Der Mörder lächelte wieder. Diesmal nervös. Klar, er hatte mit dem Entwenden des Ringes, der seine Initialen trug, zwar das Indiz beseitigt, das eindeutig auf ihn wies, aber die Organisation selbst würde unter die Lupe genommen werden, also auch er.- Er war somit keineswegs aus dem Schneider, wie er angenommen hatte.

»Ach, die *Wingertschützen«,* ließ sich Lisbet vernehmen. »Das ist so'ne Sekte.«
»Wo ansässig«, fragte Fischer sofort, »in Bechtheim?«
»Nein«, antwortete das Mädchen vom Motorroller, »die sitzen überall in Rheinhessen.« Die haben ihr Zentrum in Oppenheim, aber die

gibt's auch in Osthofen und bis runter nach Bobenheim-Roxheim. Der Leiter von denen wohnt aber schon in Bechtheim.«

»Jetzt fällt mir's auf«, rief Möhring, »der Wagen kam mir gleich so bekannt vor. Die fahren ja alle die gleiche Marke.«

Dabei drehte er sich zu der alten Dame um, die mit ihm gekommen war und die sich nun auf die Holzbank unter den Nussbaum an der Kreuzung setzte.

»Der Leiter wohnt in Bechtheim?«, fragte Fischer das Mädchen. Die bestätigte: »Ja, unten an der Lambertuskirche.«
»Name?« »Weiß ich nicht, nee, Moment, Prengel, ja, Prengel heißt der.« Das Mädchen klammerte sich an seinen Freund, als wäre es besonders unangenehm, sich an diesen Namen zu erinnern.

»Den kenne ich auch«, sagte Hilpert laut, und der Mörder hörte, wie die anderen Bechtheimer ähnliches von sich gaben.

Fischer sah Hilpert an.

»Kommen Sie bitte mal mit«, sagte er zu dem Weinbauern.
Der folgte Fischer bis zu der Leiche.- Das Gesicht des Toten war im Strahl von Fischers Lampe für Hilpert gut zu sehen, nur der Mörder sah es von seiner Position aus nicht. Er war froh darüber.

»Ich werd' verrückt«, rief Hilpert, »das ist er!«
»Wer?«, fragte Fischer.
»Na, der Prengel.« Hilpert schien außer sich.
Fischer fragte ihn sanft: »Sie haben ihn doch vorhin entdeckt. Sie und der junge Mann«, er wies mit dem Kopf in die Richtung des dünnen Wachtpostens. »Haben Sie da nicht gleich gesehen, um wen es sich handelt?«

Hilpert rang einen Moment lang nach Worten, was sehr komisch aussah, weil er das innerliche Ringen mit verzweifelt umständlichen Handbewegungen illustrierte. Dann brach es aus ihm heraus: »Ich hab' ihn bloß liegen sehen und das Fahrrad und die offene Tür ... das Gesicht wollte ich gar nicht sehen.« Er machte eine Pause.

»Das Gesicht haben wir nicht gesehen, stimmt's, Hubert?« Hilpert ging zu dem Dünnen hin und knuffte ihm mit dem Ellbogen in die kurzen Rippen. Der nickte übertrieben heftig.

Der Mörder war froh, dem Dünnen jetzt den Namen Hubert zuordnen zu können. Das machte ihn menschlicher.

»Gut!«, sagte Fischer knapp, dann fügte er lauter hinzu, »da hinten, der Pritschenwagen. Haben Sie zufällig was dabei, mit dem wir den Tatort absperren können?«

»Ein paar Stangen«, rief ein kleiner, runder Mann, der einen Kittel trug.

»Ich habe Stricke dabei«, meldete sich Möhring sehr eifrig zu Wort.

»Pass auf, dass hinterher keine fehlen«, rief die ältere Dame mit der lauten Stimme von ihrer Bank aus, »die klauen doch hier alle wie die Raben.«

»Das ist eine Unterstellung, Frau Bose«, entrüstete sich der Mann mit der Schirmmütze, der offenbar zu der Frau mit dem Namen Lisbet gehörte.

»Getroffene Hunde bellen«, gab Frau Bose zurück, wobei ihr eigener Ton einem Bellen nicht unähnlich war. Der Mörder wurde sich in diesem Augenblick wieder einmal bewusst, warum er seinerzeit seinem Vater gefolgt war und der sogenannten normalen menschlichen Gesellschaft entsagt hatte.

Dass sein Leben in der Gemeinschaft der *Wingertschützen* inzwischen auch nicht mehr seinen Träumen von einem sinnvolleren Dasein entsprach, stand dabei auf einem anderen Blatt. Seit dem Tod seines Vaters, einem der Gründer der Sekte, hatte sich für ihn einiges verändert.

Inzwischen luden der Pritschenwagenfahrer und Möhring die von Fischer gewünschten Gegenstände aus ihren Autos und schleppten sie mit Hilfe der anderen zu Fischer, der mit einem stummen Wink ihnen voraus zu dem Fahrrad, der Leiche und dem Mitsubishi ging.

Das Aufstellen der Stäbe und das Befestigen der Stricke ging rasch und wortkarg vonstatten.- Fischer gab knappe Anweisungen, und die Bechtheimer arbeiteten präzise im Kegel von Fischers Handscheinwerfer.- Kaum einer blickte dabei auch nur einmal zu dem Toten, alle beeilten sich, wieder zurück zur Kreuzung zu kommen, die eine natürliche Grenze zum alltäglichen Leben zu bilden schien.

Auch Fischer gesellte sich, nach getaner Arbeit, zu den anderen. »Wir brauchen hier oben höchstens zwei Männer, bis die Beamten aus Mainz eintreffen«, sagte er.

»Aus Mainz«, keifte Frau Bose, »das ist doch viel zu weit weg, die aus Worms wären doch schneller.«

Fischer antwortete bedächtig: »Ich habe lieber gleich in Mainz die Kriminalpolizei benachrichtigt, die Wormser würden die sowieso herbeirufen.«
»Wieso?« Frau Bose gab sich noch nicht zufrieden.
»Weil die für Mord zuständig sind«, antwortete Lui Fischer.

Das Wort »Mord« bewirkte bei dem Mörder einen seltsamen Stimmungsumschwung. War seine Ruhe durch das Auftreten Fischers ohnehin schon weitgehend geschwunden, so reichte dieses Wort aus, ihm zum ersten Mal seit der Tat klar zu machen, was er getan hatte.- Er hatte ein Leben ausgelöscht.

Unwiederbringlich, endgültig.- Der Schauder, der ihn jetzt überlief, war mit keinem Schauder seines bisherigen Lebens vergleichbar. Aus der Ahnung, etwas Ungeheuerliches getan zu haben, war eine schreckliche Gewissheit geworden, die ihm buchstäblich den Atem nahm.

Er bekam eine Weile nichts von den Vorgängen auf dem Wingertsweg mit ... er fühlte etwas, das er nur mit dem Begriff »plötzliche Einsamkeit« beschreiben konnte.- Es würgte ihn buchstäblich, ein säuerlicher Geschmack breitete sich in seinem Mund aus, seine Hand fuhr zum Hals.

Kein Geräusch machen! Um Himmelswillen kein Geräusch machen.- Er spürte, wie ihm Speichel aus dem rechten Mundwinkel sickerte. Sein Magen begann sich zu heben und zu senken. Eine Art Schüttelfrost überkam ihn, ließ ihn zittern wie bei einer schweren Erkältung.- Bloß kein Geräusch machen, nicht laut würgen, kein Erbrechen!- Nein!

Er erinnerte sich an die Konzentrationsübungen in der Gruppe. Den Atem unter Kontrolle bringen. Ruhige Gedanken denken. Muskeln einsetzen. Sich bewusst machen, dass man diesen Zustand beenden wollte.

Es gelang.

Es gelang bis zu dem Zeitpunkt, an dem ihm klar wurde, wer mit ihm diese Übungen gemacht hatte.- Es war der Leiter der Gruppe gewesen, Hans Herbert Prengel, der Mann, der dort vorne, mit dem Gesicht nach oben, in der provisorischen Absperrung lag.

Jetzt gab es kein Halten mehr. Der Mörder würgte alles nach oben, was in seinem Magen war. Und dieser Vorgang war keineswegs geräuschlos.

5.

Freitag 20.05 Uhr, Am Geiersberg bei Bechtheim

Die Frage kam von Frau Bose, und wurde in gewohnter Lautstärke vorgetragen: »Und jetzt sollen wir einfach unverrichteter Dinge wieder abziehen?« Fischer setzte die Frau nun endgültig auf die Liste der hassenswertesten Personen, die er in den letzten vierundzwanzig Stunden kennengelernt hatte. Sie errang auf Anhieb Platz eins, noch vor Fleischermeister Möhring, ihrem Schwiegersohn.

»Wollen Sie Totenwache halten?«, fragte Fischer.

Frau Bose, der er in Gedanken zwei ö-Striche über dem o verlieh, pumpte sich auf wie ein Maikäfer kurz vor dem Abflug und holte zu einer Erwiderung aus ... da drang etwas an Fischers Ohr, was ihn verwunderte, ein Geräusch, das er hier nicht erwartet hatte, und das er noch nicht bestimmen konnte.

Und es kam eindeutig nicht von der Menschengruppe. Irgendwo vor ihm, im Wingert, musste die Quelle des Geräusches liegen. Eine Art Röcheln...tierischen oder auch menschlichen Ursprungs. Ein weiteres Opfer? Zwischen den Rebstöcken? Vielleicht der Fahrradfahrer?

Aber er hatte doch alles so gewissenhaft wie möglich abgeleuchtet. Es war nicht sehr laut, wirkte unterdrückt und war auch schon wieder vorbei. Die anderen schienen nichts davon mitbekommen zu haben, jedenfalls reagierte keiner von ihnen.

»Herr Fischer«, sagte Frau Bose mit Ironie in der kräftigen Stimme, »Sie können uns nicht einfach heimschicken. Sie waren mal bei der Polizei, aber ...«, es schwang jetzt unverhohlener Triumph in ihrer Stimme mit, »... Sie sind es nicht mehr.«

»Mutter, wir können ja nicht viel machen, hier oben«, meldete sich plötzlich Möhring, wobei er Fischer leutselig zuzwinkerte.- Fischer hatte Probleme mit Leuten, die ihre Schwiegermutter mit Mutter anredeten.- Aber natürlich kam ihm diese Hilfe gelegen, zumal Frau Bose hierfür die Worte fehlten.

Da hörte er wieder das Geräusch.

»Wer soll denn hier bleiben?«, fragte Hilpert, ohne sich um Frau Bose zu kümmern.

»Sie und ich!«, gab Fischer unkonzentriert zurück.

Er bemühte sich, den Handscheinwerfer so beiläufig wie möglich noch einmal über den Wingert rechts und links vom Feldweg kreisen zu lassen. Er streifte auch Baum, Bank und Kreuzung, wobei Frau Bose mit einem unwilligen Laut den Arm vor die Augen hielt.

»Ja, gut!«, sagte Hilpert zu Fischer und dann zu dem schlanken jungen Mann, der vorhin den Posten gespielt hatte: »Du kannst ja mit den Schlossers runterfahren, Hubert.«

»Klar kann er!«, riefen Arno und Lisbet Schlosser wie aus einem Munde.

Fischer versuchte weiter zu lauschen, folgte mit den Augen dem Lichtkegel, der gerade wieder über die Rebstöcke auf der rechten Wegseite glitt. Aber er konnte sich nicht konzentrieren.

Er traute auch seiner eigenen Wahrnehmung nicht, weil keiner der Dorfbewohner etwas gehört zu haben schien.

»Also, ich gehe runter in den Schwan«, sagte Möhring, »kommt Ihr mit?«

Es war typisch für Fischer, dass er bei der Verbindung von Möhrings Namen mit einem Tier automatisch ans Schlachten dachte. Armer Schwan. War es überhaupt üblich, Schwäne zu essen? Und wenn ja, wie schmeckten sie? Eher wie Huhn oder Pute ... oder ... Fischer ärgerte sich über diese unsinnigen Überlegungen. Aber er kannte das

Phänomen aus seiner aktiven Zeit bei der Polizei. In Stresssituationen suchte sich das Hirn gerne Ablenkungsthemen, die oft absurd, meistens völlig banal und unkreativ waren.

Die meisten Bechtheimer stimmten Möhrings Vorschlag zu.
Man würde sich im »Schwan« versammeln und hoffte, dass Hilpert ihnen Bescheid geben würde, wenn die Polizei eingetroffen war und irgendein Ergebnis vorweisen konnte.

Hilpert versprach, genau das zu tun, dann bestiegen die Bechtheimer ihre diversen Autos. Selbst Frau Bose sagte nichts mehr, als ihr Möhring auf den Beifahrersitz des VW-Busses half.

Der Motorroller mit dem Pärchen fuhr als erster. Fischer fragte Hilpert, ob er die Adresse des Mädchens wüsste. Sie schien einiges über das Opfer zu wissen, was vielleicht für die Ex-Kollegen aus Mainz von Interesse war. Hilpert wusste alle Adressen von denen, die mit auf dem Geiersberg waren.

Während sich der Konvoi auf den Rückweg machte, schwiegen beide Männer. Die Autos fuhren nacheinander rückwärts zum Wenden in den Weg, der hinunter zur Bundesstraße führte, um dann vorwärts in den Weg nach Bechtheim biegen zu können.

Hilpert und Fischer sahen den Rücklichtern nach. Die Motoren waren noch lange zu hören. Sonst herrschte Stille. Obwohl die Scheinwerfer von Hilperts Traktor und Fischers Mercedes noch brannten, war es doch wesentlich dunkler geworden, nachdem die vielen fahrbaren Lichtquellen verschwunden waren. Fischer versuchte herauszubekommen, wie er sich fühlte. Es gelang ihm nicht. Der »Schwan« kam möglichen, ordnenden Gedanken immer wieder in die Quere.

Hilpert ging zu seinem Traktor, zog sich hoch zum Fahrersitz und ließ sich schwerfällig darauf fallen. Er zündete sich ein Zigarillo an. Erst dann fragte er Fischer: »Auch eins?«
Der schüttelte den Kopf. »Nein, danke, im Augenblick nicht.«

Das Geräusch war jetzt schon seit einigen Minuten verstummt.- Fischer fragte sich immer mehr, ob er einer akustischen Täuschung erlegen war. Er kam zu keinem Ergebnis, weil sich der Schwan, Frau

Bose und ihr Schwiegersohn immer wieder in seine Gedanken mischten. Fischer lehnte sich an die Kühlerhaube des weißen Mercedes, der seinem Neffen gehörte, und starrte in die dunklen Weinberge, die vor ihm lagen.

»Die *Wingertschützen*- welche Art Sekte ist das?«, fragte er Hilpert, der oben auf seinem Traktor hockte und Qualmwolken in den kalten Herbsthimmel blies. Einen Moment lang kam nichts als ein Schwall Zigarillodampf, dann folgten die Worte: »Ich kannte den Prengel ... von seiner Gruppe oder Gemeinschaft weiß ich nichts.«- Er zögerte:

»Oder jedenfalls kaum etwas.«
»Würden Sie mir das Wenige sagen?«
»Die spinnen halt.«

Fischer fand diese Form der Konversation nicht sehr ergiebig, aber er hatte nichts besseres.

»Beten die irgend etwas oder irgend jemanden an?«, fragte er ruhig.
»Sie wissen doch, was ein Wingertschütz ist«, begann Hilpert.
»Ist? Gibt's die noch?«
»Nur vereinzelt. Ich denke, der Prengel war ihr Leiter.«
Hilpert antwortete wieder nicht sofort. Dann: »Sie sind in Gernsheim aufgewachsen, hat mir die Lisbet erzählt.«
»Stimmt!«
»Das ist doch nur über'n Rhein, da konnten Sie doch die Weinberge sehen. Sie sind doch kein Norddeutscher.«

Fischer hatte nicht die geringste Lust, seine Standardgeschichte mit dem Kinderzimmerblick zum Odenwald zu wiederholen, also sagte er nur: »Ich hab mich noch nie für Wein interessiert.«
»Schade, ist ein tolles Thema.- Na, ich will's kurz machen.- Früher gab's halt überall, wo Wein angebaut wurde, den Wingertschützen. Das waren meistens ältere Männer, zum Beispiel Rentner, die im Auftrag der Gemeinden die Weinberge bewacht haben. Ihr Geld haben sie von den Winzern gekriegt. Sie haben die Stare verscheucht und aufgepasst, dass keiner Trauben stiehlt.«

Fischer seufzte: »Was hat das mit Prengel zu tun?«
»Nun mal nicht so hastig«, forderte Hilpert und umhüllte Fischer

mit einem neuen Schleier aus Qualm.
»Die hatten alte Reiterpistolen, die mit Pulver geladen waren, und damit haben sie dann geknallt.«
»Einfach so? Nur um zu knallen?«
»Man sollte wirklich glauben, Sie wären ein Norddeutscher.« Hilpert klang fast beleidigt. »Natürlich haben sie damit die Stare weggejagt und die Traubendiebe haben sie auch erschreckt, wie ich schon sagte.«
»Nur Pulver, keine Kugeln?«
»Die wollten doch keinen Krieg führen, die wollten nur die Weinberge schützen. Ein Zündplättchen und Bumm!«
»Aha. Und ich nehme an, die waren nicht das ganze Jahr unterwegs, sondern nur im Herbst, bei der Ernte.«
»So ungefähr, immer nachdem die Weinberge geschlossen waren«, erklärte Hilpert und fügte hinzu, »aber es heißt nicht Ernte, es heißt Lese. Trauben werden gelesen.«
»Danke für den Unterricht. Aber nun zu Prengel ...«

Fischer ertappte sich dabei, dass sich sein Blick an einer bestimmten Stelle im Wingert, auf der rechten Seite des Feldweges, festsog.

Der Himmel über Mettenheim war nicht ganz so dunkel wie sonst überall, so dass dieser Teil des Wingerts in diffuses Licht getaucht war.

»Na, ich weiß wirklich fast nichts.« Hilpert druckste herum. »Ich kümmere mich nicht um solche Sachen. Ich gehe sonntags in die Kirche und baue beim Pfarrfest die Bühne auf, mit anderen Religionen hab ich nichts zu tun.« Er zögerte erneut. »Die machen halt irgendwas mit Schweinkram.«

Fischer stieß sich von der Kühlerhaube des Mercedes ab. Sein Körper spannte sich, er fühlte sich von dieser Wingertzeile magisch angezogen.

»Nächtliche Erweckungsnummern im Weinberg?«, sagte er zynischer als er wollte.

»Die Sekten machen doch alle was mit Sex«, sagte Hilpert.
»Ist das in Bezug auf die Wingertschützen eine Mutmaßung oder

wissen Sie doch was genaueres?« Fischer entfernte sich, während er sprach, vom Mercedes und ging die paar Meter in den Feldweg hinein, auf Rad, Leiche und Geländewagen zu.

Zwischendurch blieb er kurz stehen, wandte sich dem Traktor zu und machte eine Geste mit der Hand, um Hilpert zum Weiterreden aufzufordern und ihm zu zeigen, dass es dort, irgendwo zwischen den Rebstöcken, etwas gäbe, das man sich näher ansehen sollte.

Hilpert wirkte vielleicht auf Anhieb nicht sehr helle, aber er reagierte sofort. Während er sich sehr gemütlich vom Traktorsitz auf den Erdboden gleiten ließ, sprach er weiter: »Jedenfalls hat er sich manchmal nackig in seinem Garten gesonnt. Auch im Winter. Ein Nachbar hat mir erzählt, dass er so Kurse oder Freizeiten gemacht hat, oben in Oppenheim, wo sie dann auch in den Tunnels waren.«

Fischer war jetzt beim Fahrrad angekommen. Er begann, sich zwischen den Rebstöcken zu bewegen. Er wollte nicht mehr sprechen, um seine Richtungsänderung nicht zu verraten, obwohl er ohnehin mehr Geräusche verursachte als ihm lieb war.

Er machte eine aufmunternde Armbewegung zu Hilpert hin, damit der weitersprach. Hilpert kapierte.
»Sie kennen doch die Höhlen von Oppenheim?«

Blöd, das war eine Frage. Aber Fischer konnte nicht antworten. Er schob sich so leise wie möglich zwischen den Rebstöcken auf die erste Zeile zu. Hilpert schien seinen Fehler gemerkt zu haben, denn er redete weiter.

»Die ganze Stadt ist voller Höhlen und Tunnel, die haben schon die alten Raubritter gebaut, und im zweiten Weltkrieg waren das Luftschutzbunker ... und da sollen die *Wingertschützen* öfters ganz komische Rituale ... .« Hilperts strategischer Redeschwall wurde plötzlich unterbrochen, und Fischer zuckte zusammen, denn das Handy in seiner Tasche quäkte los. Die französische Nationalhymne. Fischer hasste Handys, er hasste den Klang, mit dem sie sich bemerkbar machten, und er hasste seinen Neffen, der ihm dieses Gerät immer wieder aufzwang.

Dieses Mal allerdings hasste er besonders den Zeitpunkt, an dem es losplärrte. In der zweiten Zeile sprang nämlich eine langhaarige Gestalt auf, die ebenfalls überrascht zu sein schien.

Aber diese Gestalt überwand ihren Schrecken schneller als Fischer.

Der Mann sprang Fischer an wie eine Katze, der man auf den Schwanz getreten hatte. Fischer fiel hinten über und landete auf dem harten Boden, den Fremden wie einen wahr gewordenen Albtraum auf sich fühlend. Die Hände des Mannes umklammerten in wilder Panik Fischers Hals. Es waren junge, knochige, sehr kräftige Finger, die ihn würgten.

Sein Gesicht war mit weit aufgerissenen Augen dicht vor Fischers Gesicht. Der atmete den säuerlichen Geruch von Erbrochenem ein. Der Ekel schaffte es, Fischer stark genug zu machen, um den Mann abzuschütteln. Er ergriff die würgenden Hände und riss sie in einem gewaltigen Kraftakt von seinem Hals. Halb im Unterbewusstsein hörte er die französische Nationalhymne. Dann trat er mit angezogenem Knie in die Genitalgegend des Mannes. Der schrie auf, fiel nach hinten über Fischers Füße, sprang mit unglaublicher Schnelligkeit auf und wollte wegrennen.

Aber plötzlich war Hilpert da. Wie eine Dampframme schoss er an dem noch liegenden Fischer vorbei und stürzte sich auf den jungen Mann. Er krallte seine Finger in den Anorak des Mannes, riss ihn an sich. Aber der andere war gelenkig wie zwei Zirkusartisten. Er wand sich blitzschnell mit beiden Armen aus dem Anorak und rannte durch die Zeile in Richtung Kreuzung davon.- Hilpert stand da, mit dem Anorak in seinen Händen, und sah aus wie eine Vogelscheuche, die einer anderen aus dem Mantel geholfen hatte.

Fischer war inzwischen wieder auf den Beinen und wollte hinter dem Flüchtenden herlaufen, der inzwischen den Weg nach Mettenheim erreicht hatte und nach links verschwand. Ein plötzlicher Schmerz im Meniskus ließ Fischer aufstöhnen. Hilpert rührte sich nicht vom Fleck und schaute abwechselnd zur Kreuzung und zu Fischer hin, der gekrümmt dastand.

Jetzt erst hatte die französische Nationalhymne aufgehört!
»Scheiße, das Ding ist feucht«, Hilpert ließ den Anorak zu Boden

fallen. »Was stinkt denn hier so?«
»Es ist das, wonach es riecht«, stieß Fischer hinter zusammengebissenen Zähnen hervor.
»Mein Meniskus ... es tut mir leid.«
»Er ist weg!«, stellte Hilpert fest.

Und so war es. Wie ein Spuk war alles vorbei. Nur der Anorak lag zwischen den Rebstöcken wie die heruntergerissene Flagge eines gestürzten Diktators. Hilpert kramte eine kleine Taschenlampe aus seiner Jackentasche und leuchtete die Umgebung ab. Als er die Lache mit Erbrochenem sah, rief er: »Iiih, was für eine Sau!«

Fischer hinkte zu der Stelle hin.

»Schon, aber damit können die Kripoleute einiges anfangen.«

Mit einem Stöhnen bückte er sich und hob den Anorak auf. Er untersuchte rasch die Innentaschen, dann die Außentaschen. Da war nichts außer einem Ring. Fischer bat Hilpert, den Ring anzuleuchten. Das Schmuckstück zeigte zwei Stricke, die sich an zwei einander gegenüberliegenden Stellen berührten. Auf der Innenseite des Ringes waren Initialen eingraviert. A.W.

6.

Freitag 22.00 Uhr, Osthofen, Am Eulenberg

Bruder Gerhard schien es gar nicht recht zu sein, dass die drei den Fremden angeschleppt hatten. Sein erster Satz, als sie an seiner Türe standen, war: »Hört mal, ihr Lieben, ich weiß ja, dass es sich um einen eklatanten Ausnahmefall handelt, aber ich sehe mich nicht in der Lage, euch Asyl zu gewähren.« Die beiden jungen Männer, Kai und Oliver, aber auch das Mädchen Claudia, schienen bereit zu sein, sich auf eine längere Diskussion über das Für und Wider einer möglichen Asylgewährung in Gerhards gutbürgerlichem Haushalt am Eulenberg einzulassen Aber Peter hatte die Sache rigoros abgekürzt.

Mit den Worten »Wo ist Alisa?«, hatte er den schmächtigen, weißgesichtigen Mann zur Seite gedrückt und war in den Flur gestürmt. »Ist er das?«, hatte Bruder Gerhard zaghaft gefragt und, mit sichernden Blicken nach links und rechts, die Tür hinter den Eindringlingen geschlossen. Claudia hatte bestätigend genickt und dann Gerhard Peters Foto gezeigt.

»Hm«, hatte Gerhard gemacht und dann nochmal, »hm!- Ja, das ist er wohl«, worauf Peter in sehr aggressivem Tonfall wissen wollte, wieso hier jeder über ihn informiert sei.

Claudia hatte sehr schnell gemerkt, dass sie, schon aufgrund ihrer Zugehörigkeit zum weiblichen Geschlecht, die besseren Karten bei Peter besaß. Sie hatte sich bemüht, in ruhiger, einfühlsamer Sprache von Alisa zu berichten. Claudia und einige wenige Eingeweihte wussten, dass sie mit ihm, Peter, ein neues Leben anzufangen gedachte.

Die Beschreibung von Alisas Hoffnung in diese Beziehung und ihrer Vorfreude auf Peter waren angetan, diesen sehr weich und milde zu stimmen. Natürlich hatte er auch alles über die Gemeinschaft erfahren wollen. Bei der Nennung des Gruppennamens *Die Wingertschützen* hatte er sich schier krank gelacht. Danach hatten alle, einschließlich Bruder Gerhard, beleidigt geschwiegen, bis sich Peter entschuldigt hatte.

Seine drängenden Fragen bezüglich des Aufenthaltsortes Alisas und seine Wissbegier, was die Gesamtsituation betraf, konnten oder wollten seine neuen Bekannten nicht befriedigen.

Inzwischen war es zweiundzwanzig Uhr geworden, und sie saßen alle schweigend in der Wohnküche Bruder Gerhards herum. Gerhard hieß mit Nachnamen Möller, war medizinisch-technischer Angestellter in Worms und legte Wert darauf, dass die Botschaft von seiner Zugehörigkeit zu den *Wingertschützen* nicht an die Ohren seiner Nachbarschaft und seiner Firmenkollegen drang. Und selbst seine Frau, die zur Zeit mit den Osthofener Landfrauen für eine Woche ins Thüringische verreist war, wusste nicht viel über seine religiöse Freizeitbeschäftigung.- Das alles hatte Bruder Gerhard bereitwillig erzählt. Nur über die *Wingertschützen* selbst war nichts aus ihm herauszubekommen.

Peter blickte auf die Wanduhr in der abgedunkelten Wohnküche. »Worauf warten wir eigentlich?«, fragte er in die Runde der Schweigenden. »Ihr habt die ganze Zeit über nur ständig Andeutungen gemacht. Ich will jetzt endlich mal wissen, was eigentlich los ist!«

Claudia, die ihren Anorak ausgezogen hatte und darunter ein verwaschenes, grau-grünes Kattunhemd trug wie ihre beiden männlichen Kollegen auch, suchte Blickkontakt mit Bruder Gerhard, der in seinem weißen Hemd und der dunklen Krawatte eher wie ein protestantischer Pfarrer wirkte.

Gerhard aber sah weg und überließ es Claudia, auf Peters Frage zu antworten. Sie rutschte etwas näher an Peter heran, der neben ihr auf der gepolsterten Küchenbank saß.

»Peter, jeden Moment muss einer unserer Leute kommen, der genaueres weiß.«

»Jeden Moment, jeden Moment«, äffte Peter sie nach, »ihr sagt schon seit Stunden, dass was passieren wird.«

Als sei es geplant gewesen, Peter an genau diesem Punkt des Abends den Wind aus den Segeln zu nehmen, klingelte in diesem Augenblick die Haustürglocke. Bruder Gerhard sprang diensteifrig von seinem Stuhl auf und wieselte zum Flur. Wenige Sekunden später stand er wieder in der Küche und machte einem riesigen, langhaarigen, vollbärtigen Mann Platz, der sich bücken musste, um durch die Türzarge zu kommen.

»Grüß dich, Schwester Claudia«, rief er dröhnend und hob die rechte Hand in Hüfthöhe. Peter sah die gleiche Art Ring wie ihn die anderen auch trugen. Selbst Bruder Gerhard trug den Ring, aber er hatte ihn erst mit seinem Ehering vertauscht, als die anderen vorhin angekommen waren.

Der Bärtige, dessen dichter Haarwuchs sowohl am Kinn und an den Wangen als auch auf dem Kopf mit grauen Strähnen durchsetzt war, grüßte auch Kai und Oliver mit Namen. Dann blickte er prüfend Peter an.

»Ist er das?«, fragte er die Übrigen.

Bruder Gerhard, Kai und Oliver nickten. Claudia stellte die beiden Männer einander vor: »Peter Schlemmer, Alisas Freund ... Bruder Ralph ... äh, Ralph Magnusberger, der Leiter der Sektion Worms.«

Der Bärtige streckte Peter seine gewaltige rechte Hand entgegen, an der der kleine Finger ab dem zweiten Glied fehlte. Peter erwiderte einen Händedruck, der nicht so kräftig war, wie er ihn eigentlich bei dieser Pranke erwartet hatte.

»Hallo«, sagte er dabei, und der Bärtige antwortete ebenso: »Hallo!« Dann fragte er den Hausherrn: »Hast du einen Stuhl und einen Mund voll Wein für mich, Bruder Gerhard? Ordnung muss sein«, fügte er hinzu und lachte.

Bruder Gerhard beeilte sich, eine Flasche Wein aus dem Wohnzimmer zu holen. Er hatte den anderen nur grünen Tee angeboten, und auch jetzt stellte er lediglich vor den Bärtigen einen Weinkelch. Er entkorkte die Flasche, während der Sektionsleiter sich einen Stuhl heranzog, der neben dem Gasherd gestanden hatte. Er behielt dabei seinen Anorak an. Nachdem Bruder Ralph mit Wein versorgt war, nahm er einen größeren Schluck, stellte das Glas vor sich auf den Küchentisch und sah dann alle der Reihe nach an.

An Peter blieb sein Blick haften.

»Sie haben dir nicht viel erzählt, gell?« Er wartete keine Antwort ab und sprach weiter: »Das war keine Unhöflichkeit, Peter. Sie wussten fast nichts. Und das wenige, was sie wussten, hätte dich nur verwirrt. Jetzt liegen die Dinge klarer, und ich kann dich einweihen.«

Er nahm einen weiteren Schluck.

»Ich war es, der dich holen ließ.«
Er wandte sich kurz an Gerhard: »Es tut mir übrigens leid, dass ich sie zu dir geschickt habe, ohne dich zu informieren, aber besondere Ereignisse erfordern ... du weißt schon.«
»Aber natürlich«, beeilte sich Bruder Gerhard zu versichern, »keine Frage ... überhaupt kein Problem...«

»Gut,« sagte Ralph. »Was wussten wir vorher? Wir wussten von Alisa selbst, dass sie die Gemeinschaft verlassen wollte. Und wir wussten, dass der Hauptgrund hierfür Hans Herbert Prengel war, nicht unser Glaube. Und nur deshalb konnten wir auf Alisas Seite sein und hatten keinen Grund, ihre Pläne zu melden. Denn wir selbst hatten Probleme mit Bruder Hans Herbert.«

»Claudia hat mir vorhin gesagt, dass dieser Prengel euer Führer ist«, warf Peter ein.
»Führer hörte er nicht so gerne«, sagte Ralph und trank wieder vom Wein.

Jetzt mischte sich Claudia dazwischen: »Du gebrauchst die Vergangenheitsform ...«

Ralph lachte plötzlich ein seltsam kicherndes, unfrohes Lachen.
»Ja, das was vorhin noch ein Gerücht war, hat sich bestätigt.«

Bruder Gerhard erhob sich im Zeitlupentempo von seinem Stuhl: »Bruder ... Ralph ... du willst doch nicht sagen ...«
»Ich will es nicht sagen, aber ich sage es: Unser Bruder Hans Herbert Prengel ist tot. Er liegt oben auf dem Geiersberg neben seinem Wagen, offensichtlich hatte er Alisa verfolgt, als sie hinunter nach Osthofen zu unserem jungen Freund hier wollte.«

Ralph legte Peter die Hand auf die Schulter, der so erstarrt war, dass er die Berührung duldete, was unter anderen Umständen niemals der Fall gewesen wäre.

»Und Alisa?«, stieß Peter hervor.
»Ihr Fahrrad lag neben dem Wagen«, erklärte Ralph.
»Und sie?- Wo ist sie?«
»Das ist zur Zeit nicht bekannt. Ich war drüben in Bechtheim, beim Schwan, dort sitzt das halbe Dorf herum und diskutiert den Fall. Die haben nur Hans Herbert gefunden, neben seinem Wagen, mit eingeschlagenem Schädel, und Alisas Rad, von ihr selbst keine Spur. Im Augenblick wird wohl die Kripo aus Mainz noch am Geiersberg sein und Spuren sichern. Die sind gerade angekommen, als ich ging.«
»Dann nichts wie hin!«, verlangte Peter und sprang auf, wobei er die immer noch auf seiner Schulter ruhende Hand Ralphs abstreifte.
»Das würde ich nicht empfehlen«, sagte Ralph mit ruhiger Stimme.
»Wieso nicht?«, Peter sah ihn wütend an.
»Versetz dich in die Lage der Polizei«, sagte Ralph und fuhr sich mit der Hand durch sein bis auf die Schultern reichendes Haar.
»Überleg doch mal: da kommen die Mitglieder der Sekte, deren Anführer das Opfer ist, noch während der ersten Spurensuche nachts auf den Geiersberg geschlichen und fragen nach einer Person, die offensichtlich in den Fall verwickelt ist ... .«

»Aber Alisa kann doch auch ein Opfer sein«, rief Peter dazwischen. Er hatte seine Stimme nicht so unter Kontrolle wie Ralph, der ganz sanft und besonnen sagte: »Sie kann aber auch die Täterin sein.«

Peter war sich in diesem Augenblick der Größe und der offensichtlichen Stärke Ralphs nicht bewusst. Er ging ihm an den Kragen. Vorhin im Bahnhofslokal bei Kai hatte es für Peter besser ausgesehen.

So schnell wie er nach vorne sprang, flog er auch wieder zurück auf die Küchenbank und landete mit seinem Kopf in Claudias Schoß. Ralph war nicht anzumerken, dass er sich überhaupt bewegt hatte. »Ich verstehe dich, Peter«, sagte Ralph und griff zu der Weinflasche, um sich nachzugießen.

Peter löste sich ruckartig von Claudia, die ihm zärtlich die Hand auf den Kopf gelegt hatte. Ralph sprach weiter, als hätte es den kleinen Zwischenfall nicht gegeben. Auch Kai und Oliver blickten gleichmütig, nur Bruder Gerhard schien sich um die Stabilität seiner Küchenmöbel ernsthaft zu sorgen.

»Aber Alisa litt sehr unter unserem Bruder Hans Herbert. Einen kaltblütigen Mord würde ich ihr zwar nicht zutrauen, aber im Affekt ... schau mal, sie wollte ihn und uns verlassen, war auf dem Weg zu dem Treffen mit dir ... und sehr wahrscheinlich wollte er sie zwingen zurückzukommen.

Wenn das kein Motiv für eine spontane Tat ist ... je länger ich überlege, desto wahrscheinlicher ist es, dass die Polizei sie zur Hauptverdächtigen erklären wird.«

Ralph hatte sein Glas vollgegossen, trank jetzt, und da keiner der anderen etwas erwiderte, fuhr er fort. »Na, ja, der zweite Grund warum wir, und ganz besonders du, Peter, auf gar keinen Fall zur Polizei auf den Geiersberg gehen sollten, ist dein Vorleben. Du bist frisch aus dem Gefängnis entlassen, du hast einen Menschen zum Krüppel gemacht, und du wolltest mit Alisa ein neues Leben beginnen. Das dehnt Alisas Motiv auf dich aus. Rein theoretisch könntest du sogar beteiligt gewesen sein. Du warst um 15 Uhr schon in der Gegend, und etwa um diese Zeit hat der Mord stattgefunden. Wohlgemerkt, ich denke nicht so, aber die Polizei könnte eine Möglichkeit sehen.

Dieser ehemalige Polizist, den sie mit auf den Berg genommen haben, der hatte mal was mit einer Sekte zu tun ... so munkelt man jedenfalls im Schwan. Der wird mehr in unserer Richtung nach dem Täter suchen ... oder nach der Täterin. Zumindest wird er seine Kollegen auf unsere Fährte setzen ..., meinen die Bechtheimer. Aber die

anderen, mit ihrem Beamtendenken, die freuen sich natürlich über so einen einfachen Grund wie ein Eifersuchtsmotiv und einen vorbestraften Täter.«
Claudia fragte: »Welcher ehemalige Polizist?«
Ralph lächelte: »Sie haben im Schwan über ihn gesprochen. Ludwig Fischer heißt er, er ist mit ein paar Bechtheimern verwandt. Er war zufällig bei Fleischer Möhring, als die Leiche entdeckt wurde.

Als die Mainzer Kripo kam, war er mit einem anderen Bechtheimer noch auf dem Berg. Ich hab ihn nicht gesehen.«

Als Ralph schwieg, sagte zunächst keiner etwas. Jeder der in Bruder Gerhards Wohnküche Versammelten schien seinen eigenen Gedanken nachzuhängen.

Endlich sagte Claudia: »Es wird sich bei uns einiges ändern, ohne Hans Herbert. Wer soll sein Nachfolger werden?«
»Macht euch nur Sorgen über euren Verein«, sagte Peter leise und gepresst, »ich will wissen, was mit Alisa passiert ist. Wo kann sie sein?
Denkt mal ein bisschen nach. Ihr müsstet doch besser als ich wissen, wo sie sein kann?« Ralph trank sein Glas leer.
»Ich habe eine Idee«, sagte er plötzlich, »Claudia, Kai und Oliver, ihr fahrt nach Oppenheim und meldet euch im Hauptquartier bei Bruder Friedrich. Sagt, dass ich euch schicke. Er weiß dann schon, was zu tun ist.«

Ralph und Claudia wechselten einen seltsamen Blick miteinander.

»Bruder Gerhard wird froh sein, wenn er uns los ist.«
Bruder Gerhard protestierte matt: »Nein, nein, Bruder Ralph, es ist ja nur ...«
Ralph stand auf und wiederholte seine Begrüßungsgeste. »Lass gut sein, Bruder Gerhard.«
Dann sagte er: »Peter, vertraue dich mir an. Wir beide fahren rüber nach Mettenheim zu Bruder Albert. Der hatte immer ein besonders gutes Verhältnis zu Alisa. Vielleicht hat sie sich an ihn gewandt.«

»Ihr geht mir mit eurem Bruder-Gequatsche ganz schön auf den Zeiger«, knurrte Peter, stand aber auf und griff zu seinem Rucksack.

»Wie gut ist denn das Verhältnis?«
Claudia erhob sich ebenfalls und berührte Peter wieder einmal mit ihrer Hand an der Schulter.
»Kein Grund um eifersüchtig zu sein, Peter. Bruder Albert ist nicht an Mädchen interessiert. Er war immer so eine Art Beichtvater für Alisa. Er gehört aber auf unsere Seite. Wir können ihm vertrauen.«

Peter atmete tief durch. Binnen einer Minute hatte er jetzt zweimal das Wort Vertrauen gehört. Dieser Begriff war noch nie ein Garant für wirkliches Vertrauen gewesen. Im Gefängnis war das Wort zu oft missbraucht worden.

»Okay, von mir aus!«, sagte er.

In der leicht ansteigenden Straße mit dem Namen »Eulenberg« standen jetzt zwei graue Geländewagen der Marke Mitsubishi neben Gerhards Opel Astra. Claudia, Kai und Oliver bestiegen den Wagen, mit dem sie Peter vom Osthofener Bahnhof abgeholt hatten, Ralph und Peter nahmen den anderen. Binnen einer Minute waren beide Fahrzeuge verschwunden, als wären sie nie da gewesen. Bruder Gerhard atmete auf ... schloss die Tür hinter dem unliebsamen Besuch und dachte nach. Er benötigte nur wenige Minuten, um sich über seine Zukunft klar zu werden.

Die *Wingertschützen* hatten ein Problem. Und wenn da noch ein paar Probleme hinzu kamen, was abzusehen war, würde die Situation eskalieren. Für Bruder Gerhard konnte das nur eins bedeuten: Koffer packen!!!

7.

Freitag 22.30 Uhr, Am Geiersberg bei Bechtheim

Die Szenerie war die gleiche wie vor wenigen Stunden, aber sie wirkte jetzt total verändert.

Der Tote, Hans Herbert Prengel, wurde von einem grellen, eigens für ihn installierten Scheinwerfer angestrahlt. Ein Mann mit einer Videokamera bewegte sich zwischen Fahrrad, Leiche und dem Mitsubishi hin und her, ein weiterer Mann hielt sich im Moment vorwiegend am und im Auto auf, um mit einer Fotokamera möglichst viele Fotos aus möglichst vielen verschiedenen Winkeln zu schießen.

Vorher hatte er sich bereits ausgiebig dem Rad und der Leiche gewidmet. Mehrere sehr helle Scheinwerfer auf mächtigen Stativen beleuchteten den gesamten Schauplatz, auf dem Zivilisten und Uniformierte eine pulsierende Statistengruppe bildeten. Trotzdem zollte man der späten Stunde ihren Tribut: Es wurde vorwiegend gedämpft gesprochen.

Die provisorische Seilabsperrung, welche die Bechtheimer Bürger, auf Fischers Veranlassung hin, errichtet hatten, war durch weiß-rote Bänder ersetzt worden, mehrere zivile Dienstfahrzeuge und drei Streifenwagen standen auf dem Bechtheimer Weg. Man hatte extra eine Absperrung an der Stelle aufgebaut, an der Fischer und Hilpert mit dem Unbekannten gerungen hatten. Dort waren zwei Beamte damit beschäftigt, Proben des Erbrochenen zu nehmen und nach verräterischen Spuren zu suchen. Fischer hatte sich von Hilpert nun doch ein Zigarillo erschnorrt und stand abseits auf dem Mettenheimer Weg hinter Hilperts Traktor. Sein Meniskus schmerzte, das Zigarillo schmeckte nicht, und seine Unzufriedenheit über sich selbst wuchs mit jedem Blick auf den routiniert ablaufenden Polizeieinsatz der Mainzer Mordkommission und ihrer uniformierten Kollegen von der Kripo aus Worms.

Die verwirrenden Gedanken an die Essbarkeit von Schwänen waren einer glasklaren, harten Abrechnung mit eigenen Unzulänglichkeiten gewichen. Was hatte er nicht alles falsch gemacht?! Die Wormser Polizei hätte er sofort unterrichten müssen, als er von dem Leichenfund erfuhr, noch unten in Fleischermeister Möhrings Haus in Bechtheim. Die hätten kommen und ihrerseits die Mordkommission in Mainz informieren müssen.

Eine Erstuntersuchung des Tatortes stand ihm nicht zu. Er war als Expolizist genausowenig wie irgendein anderer Bürger befugt, eine wie auch immer geartete Untersuchung vorzunehmen. Zwar hatte ihm bisher niemand einen Vorwurf gemacht, aber er selbst war sein schärfster Richter. Es konnte nur die pure Eitelkeit gewesen sein, die ihn getrieben hatte. Der ehemalige Streifenpolizist, der immer zur Kripo wollte und es nicht geschafft hatte ... lächerlich ...

Nur weil er das einzig greifbare Wesen in Bechtheim mit polizeilicher Erfahrung war, hatten ihn die Bürger hier zu ihrem Sheriff auf Zeit gemacht, und er hatte profilsüchtig mitgespielt.

Lui Fischer, der Meisterdetektiv.

Und dann die Sache mit dem Mann im Wingert. Keine Lampe, keine Waffe, kein Konzept. Dazu kam noch ein Handy, das zum unpassendsten Zeitpunkt loslegte, und ein Meniskus, der jede Verfolgung unmöglich machte. Nur der Geistesgegenwart und Wendigkeit eines alten Weinbauern war es zu verdanken, dass man wenigstens einen Hinweis auf die Identität des Mannes hatte.

Mitten in diese Gedanken hinein platzte die Erkenntnis, dass er noch gar nicht überlegt hatte, wer vorhin, zum falschen Zeitpunkt, angerufen haben könnte.

Als er glaubte, es zu wissen, beförderte er das Handy aus seiner Jackentasche und tippte die Nummer seines Neffen Edgar in Alzey ein. Es läutete nur einmal, dann meldete sich eine jugendliche, energische Stimme: »Ja, zum Henker, wo steckst du?«

Fischer verkniff sich die Frage, woher Edgar wissen konnte, wer ihn anrief. ›Die Zauberbuchstaben lauten ISDN‹, hatte Edgar in solchen Fällen stets geantwortet. ›Moderne Zeiten‹, zitierte Fischer dann stets einen Filmtitel von Charlie Chaplin, meistens mit nostalgischer Melancholie. Aber diesmal war keine Zeit für ein solches Ritual.
»Ich stecke hier in einem Mordfall!«, sagte Fischer knapp.
»Ich weiß!«
»Woher?«
»Lisbet Schlosser über e-mail.«
»Oh!«

Wenn etwas mit den modernen Zeiten überhaupt nicht in Einklang zu bringen war, dann diese beiden Begriffe. Aber Fischer wollte sich jetzt keine philosophischen Gedanken über ländliches Leben im 21. Jahrhundert leisten.

Außerdem wäre er gar nicht dazu gekommen, denn Edgar überschüttete ihn mit Vorwürfen: »Wieso hast du dich nicht gemeldet, nachdem ihr bei Möhring weg seid? Ich saß hier wie auf Kohlen, ob wir den Auftrag nun haben oder nicht. Und warum hast du nicht Bescheid gesagt, dass du den Wagen den ganzen Abend brauchst? Du weißt doch, dass ich mit Susanne zum Griechen wollte. Wir mussten dann schließlich mit dem Corsa fahren. Und dann bist du nicht dran gegangen, als ich dich angerufen habe.«

Einen Moment war Funkstille. Dann fragte Edgar mit wesentlich weniger emotional aufgeheizter Stimme, beinahe mit einer Spur Besorgnis: »Wieso steckst du in dem Mordfall? Die Polizei ist doch wohl jetzt da ... oder?«

Außenstehende hatten es oft schwer, aus den Dialogen zwischen Edgar Zimmermann und Ludwig Fischer ihre gegenseitige Zuneigung herauszuhören.

»Ich bin tätlich angegriffen worden«, sagte Fischer.

»Was ist passiert?«, und dann, noch bevor Fischer antworten konnte: »Wie geht's dir?«

»Alles wieder im Lot. Mein Meniskus hat Heldentaten verhindert. Und dein Anruf.«

»Gott sei Dank! Wieso mein Anruf?«

Manchmal liebte es Fischer, Edgar ein schlechtes Gewissen zu machen, und sei es nur, um dessen jugendlichem Überschwang eine Grenze zu setzen.

Er schilderte, mit viel Liebe zum Detail, die Rangelei mit dem langhaarigen Anoraktäger, wobei er die Auswirkungen des Handysignales auf den Kampf besonders ausschmückte.

»Die Marseillaise als Untermalung eines Kampfes im nächtlichen Weinberg ... die Idee könnte von mir sein, Onkel Ludwig«, kommentierte Edgar mit fast hörbarem Grinsen.

Er nannte Fischer immer Onkel Ludwig, wenn der Versuch mit dem schlechten Gewissen nicht geklappt hatte.

Diesmal machte es Fischer nichts aus. Eigentlich war er froh über den flachsenden Ton seines Neffen, er nahm dem Ereignis seine Gefährlichkeit. Wenn er ernsthaft darüber nachdachte, kam ihm der kalte Schauder. Dieser junge Mann im Wingert hätte ihn erwürgen können.

»Erzähl mir mal die ganze Geschichte von Anfang an«, forderte Edgar, »und streife bitte freundlicherweise auch den Teil, der sich mit Möhrings Fleischplakat beschäftigt.«

Fischer sah hinüber zu den im grellen Scheinwerferlicht arbeitenden Kripoleuten und zu Hilpert, der sich nicht vom Geiersberg vertreiben lassen wollte und sich angeregt mit einem Uniformierten aus Worms unterhielt.

Er trat den Zigarillo aus und berichtete Edgar von den Ereignissen der letzten Stunden.

Als er am Schluss ausführlich über die *Wingertschützen* sprach, hörte er ein leises Stöhnen aus der Hörmuschel.

»Lui«, so sprach Edgar Fischer an, wenn sie ernsthaft miteinander redeten, »der Fall ist bei der Mordkommission in den besten Hän-

den. Du hast deine Pflicht getan.«
Fischer schnaubte: »Du weißt, was ich dir jetzt antworten werde.«
»Ja, gerade weil ich es weiß ... Himmel, Lui, wenn sich einer aus einem Sektenfall heraushalten sollte, dann du.«
Fischer lachte bitter: »Wenn einer der Polizei in einem Sektenfall helfen kann, dann ich!«

Edgar ließ nicht locker: »Du bist einmal mit einem blauen Auge aus der Scheiße rausgekommen, so eine Chance kriegt man kein zweites Mal.«

»Ich habe mir zwei blaue Augen eingehandelt, und es wird Zeit, dass ich das verwerten kann, was ich daraus gelernt habe.«

»Wenn du dich da reinhängst, zeigt das nur, dass du gar nichts gelernt hast.«
»Gut«, Fischer hatte einen Entschluss gefasst: »Keine Diskussion. Ich beschäftige mich mit dem Fall. Du kannst entscheiden, ob du mich unterstützt oder nicht.«
Edgar schwieg, dann fragte er: »Wie soll die Unterstützung aussehen?«
»Zunächst mal brauche ich den Mercedes für ein paar Tage. Dann möchte ich, dass du im Internet alles raussuchst, was es eventuell über diese Sekte gibt. Und ... lass mir das Handy!«

Wieder sagte Edgar zunächst nichts. Dann hörte Fischer die Stimme von Susanne, Edgars Freundin, die wahrscheinlich die ganze Zeit mitgehört hatte: »Mach es, Edgar!«, sagte sie leise. Jetzt dauerte Edgars Redepause quälend lange.

»Du hast wie immer eine Fürsprecherin«, seufzte Edgar schließlich. »Ich werde sie kurz vor der Hochzeit fragen, ob sie nicht lieber dich heiraten will. Okay, ich helfe dir.«
»Danke!«, sagte Fischer.

»Nur eins noch«, Edgars Stimme klang nun so entschlossen wie Fischers Stimme, »ich möchte dich morgen treffen. Wo wirst du übernachten?«
Fischer musste nicht lange nachdenken: »Im Rondo in Oppenheim.«

Es war beiden unausgesprochen klar, dass er nichts, was diesen Fall

betraf, von Alzey aus unternehmen würde. Sie wohnten beide im gleichen Haus, und weder Edgar noch Susanne durften direkt mit hineingezogen werden.
»Um zwölf Uhr mittags. Ist das okay?«, fragte Edgar.
»Genau die richtige Zeit«, antwortete Fischer.
»Pass bis dahin auf dich auf! Gute Nacht!«
Ein Rascheln war zu hören, dann meldete sich Susannes Stimme: »Von mir auch, Lui«.

Bevor Fischer noch etwas sagen konnte, war die Leitung unterbrochen. Nachdenklich steckte er das Handy wieder in seine Jacke.

Es war ausgesprochen kalt geworden auf dem Geiersberg. Fischer zog sich die Strickmütze über die Ohren, dann ging er langsam rüber zu Hilpert, den Polizisten und dem grellen Licht.

8.

Freitag 22.45 Uhr, Mettenheim, nahe am Rathaus

Ralph Magnusberger jagte den Mitsubishi über die ehemalige B9, die jetzt Mettenheimer Straße hieß, als müsse er einen Geschwindigkeitsrekord brechen. Nach wenigen Kilometern erreichte er die Kreuzung. Die links ansteigenden Weinhänge lagen im Dunkel, umso mehr fiel Peter, der angespannt neben Ralph hockte, der Lichtschein auf, der sich hinter der Kreuzung weit oben links über einem höheren Weinberg ausbreitete.

»Der Geiersberg!«, sagte Ralph kurz angebunden.
»Da ist es passiert?«, fragte Peter.
»Genau da. Jetzt tobt sich dort die Staatsmacht aus.«
Ralph betätigte den Schaltknüppel. Die Scheinwerfer erfassten die Schilder an der Kreuzung. Links »Bechtheim«, rechts »zur B9«, geradeaus »Mettenheim«.

Ralph verlangsamte die Fahrt kurz vor der Kreuzung, und weil aus keiner der drei anderen Richtungen ein Auto kam, gab er wieder Gas und ließ den Wagen über die Kreuzung rauschen. Peter blickte an Ralph vorbei auf die unwirkliche Beleuchtung des Geiersberges. »Sieht aus wie ein Ufolandeplatz«, sagte er. Ralph antwortete nicht.

Jetzt passierten sie einen Wingertsweg, der von der Straße aus direkt in dieses bläulich-weiße Licht zu führen schien. An der Einmündung zur Straße stand ein Streifenwagen quer und versperrte die Einfahrt zu diesem Weg. Am liebsten hätte Peter ›Anhalten!‹ gerufen, denn er fühlte plötzlich eine Nähe zu Alisa, die ihn körperlich schmerzte. Aber da waren sie bereits vorbei, und Peter verdrängte das Gefühl.

Und schon tauchte das Ortsschild von Mettenheim im Scheinwerferlicht auf. Rechts stand ein einzelnes, flaches Haus, dessen hohe Fenster erleuchtet waren. Hinter diesen Fenstern konnte Peter sich bewegende Silhouetten wahrnehmen. Tanzende Menschen. Pärchen. Männer und Frauen in einer geselligen Umgebung, wie Peter sie sich in langen Gefängnisnächten erträumt hatte. Er und Alisa in diesem Haus. Unbeschwert tanzend, lachend, Wein trinkend ... küssend.

Ralph verringerte die Geschwindigkeit nur geringfügig, während er den Wagen erst nach links und dann scharf nach rechts in die Hauptstraße des Ortes Mettenheim lenkte.

»Gleich sind wir da!«, verkündete er.

Links war die Einfahrt zu einem großen Weingut zu sehen, weiter vorn, rechts, lag auf dem Straßenpflaster eine tote Katze. Beim Vorbeifahren sah Peter, dass dem Tier der Kopf fehlte. Aber ehe er sich Gedanken über das Schicksal der Katze machen konnte, bog Ralph in eine schmale Gasse ein, die links hinter dem Rathaus bergauf führte. Nach wenigen Metern hielt Ralph den Geländewagen an und sprang sofort hinaus. Peter folgte ihm um die Kühlerhaube herum zu einem schmalen Haus, das zwischen zwei anderen eingeklemmt zu sein schien.

Ralph ergriff einen ringförmigen Türklopfer und pochte an. Zweimal kurz, einmal lang, zweimal kurz.

»Bleib hinter mir«, forderte er Peter leise auf und blickte am Haus hoch. Peter folgte seinem Blick und glaubte hinter einer Gardine im ersten Stock eine Bewegung wahrzunehmen.

Es dauerte nicht lange, da wurde die Tür geöffnet. Der schlanke, fast dünne, junge Mann, der öffnete, verströmte einen penetranten Duft nach billiger Seife, den Peter aus dem Gefängnis kannte. Die langen, dunkelblonden Haare waren nass und zurückgekämmt. Der junge Mann schüttelte seinen Kopf wie ein Hund, dessen Herrchen ihn, gegen seinen Willen, in eine Badewanne gesteckt hatte. Dabei fiel Peter auf, dass er sein Haar im Nacken mit einem gewöhnlichen Gummiring zusammenhielt, wie man ihn für Einweckgläser benutzt. Sein Blick war etwas wirr, aber er bemühte sich sichtbar um Gleichmütigkeit, als er seine späten Gäste empfing.

»Bruder Ralph!«, sagte er zur Begrüßung und vollführte die gleiche Handbewegung, die Ralph bei Bruder Gerhard in Osthofen gemacht hatte.

»Können wir reinkommen?«, Ralph sprach auch jetzt noch leise.

»Selbstverständlich«, antwortete der junge Mann, gab aber nicht sofort die Tür frei, sondern lugte um Ralphs breite Schultern herum auf Peter.

»Ich stelle euch gleich einander vor, aber lasst uns erstmal von der Straße wegkommen«, raunte Ralph, dann erst trat der junge Mann einen Schritt zur Seite und ließ die beiden durch.

Der Flur roch nach orientalischen Gewürzen und Räucherstäbchen. Er war schmal wie das Haus und wurde von einer steilen Holztreppe mit ausgetretenen Stufen beherrscht.

Am Fuß der Treppe gab es eine Tür nach rechts, und hinten, links von der Treppe, befanden sich zwei weitere Türen. Die Flurbeleuchtung drang, äußerst spärlich, durch einen runden, orangefarbenen Papierlampenschirm, wie er in den frühen Achtzigern einmal Mode gewesen war.

Peter registrierte eine andere Wohnkultur als bei Bruder Gerhard, aber er stellte eine Gemeinsamkeit fest: die mangelhaften Lichtverhältnisse.

Der junge Mann schloss die Tür hinter Ralph und Peter, wobei er sich katzengleich und geräuschlos bewegte.

»Bruder Albert, das ist Peter Schlemmer!«, sagte Ralph etwas lauter als vorher und fixierte den jungen Mann dabei scharf.

»Ja, ja, ich erkenne ihn. Er sieht aus wie auf Alisas Foto.«

Alberts Stimme war weich und ein wenig lauernd, wie die von Klaus Kinski in den Edgar Wallace Filmen der sechziger Jahre, fand Peter.

»Ist Alisa hier?«, fragte er sofort.
»Alisa?«
Der Ton von Alberts Stimme war ein einziges Staunen.
»Sie war noch nie nachts bei mir.«
»Schon gut«, sagte Ralph, »er weiß schon, dass er bei dir nicht eifersüchtig sein muss.«
»Schade eigentlich«, Albert lächelte und seine großen Augen schienen mitzulächeln. »Sie ist ein besonders zauberhaftes Geschöpf.«

Peter forderte sich zur Disziplin auf. Er konnte nicht jedem, den er traf und der zu der Sekte gehörte, zur Begrüßung erst einmal an die Gurgel gehen. Das war nicht der Stil, nach dem er in Zukunft leben wollte.

»Hast du sie heute gesehen?«, fragte Ralph.
»Gesehen?«
«Ja, oder mit ihr am Telefon gesprochen.«
Alberts Augen verengten sich.
»Nein, nein, sie hat sich gestern von mir verabschiedet. Ich dachte, sie wäre bei ihm?«
Er wies mit dem Kopf auf Peter.
»Ist etwas geschehen?«

Sie standen immer noch alle drei im Flur, sehr nahe am Fuß der Treppe. Ralph fasste Albert an beiden Schultern.

»Du weißt noch gar nichts?«
»Was soll ich denn wissen? Ich war bis heute Vormittag im Hauptquartier in Oppenheim, dann bin ich kurz bei Hans Herbert in Bechtheim gewesen, und seit heute Nachmittag bin ich hier.«
»Du warst heute bei Hans Herbert?«, fragte Ralph, und seine Stimme wurde merklich lauter.
»Ja, ja, was ist denn?«, Albert versuchte, sich aus Ralphs Griff zu lösen, aber er gab dieses Unterfangen gleich wieder auf.

»Hans Herbert ist tot!«

Ralph ließ Albert los. Peter beobachtete Alberts Reaktion auf diese Nachricht genau.

»Hans Herbert?«, Alberts Stimme klang weinerlich, und sein Mund

blieb offen stehen, was ihm einen debilen Gesichtsausdruck verlieh.
»Er ist ermordet worden!«, sagte Ralph hart.
»Ermordet?!«

Es klang wie ein Echo.
Albert ließ sich langsam auf die zweite Treppenstufe gleiten.

»Wenn du bei Hans Herbert warst«, sagte Ralph und beugte sich zu Albert hinunter, »hat er über Alisa gesprochen?«
»Nein, er wusste ja nicht, dass sie fort wollte«, antwortete Albert sofort. Für einen, der gerade eine solche Meldung erhalten hatte, sprach er sehr schnell und normal, stellte Peter für sich fest.
Als wäre das auch Alberts eigener Eindruck, wurde seine Stimme wieder weinerlich.
»Wer macht denn sowas?«, fragte er und blickte auf, wobei er aber weder Ralph noch Peter ansah.
»Hast du Drogen genommen?«, fragte Ralph.
»Nein, nein, du weißt doch, dass ich keine mehr nehme, seit ich bei den *Wingertschützen* bin«, antwortete Albert, »warum fragst du?«
Ralph griff mit seiner großen, rechten Hand unter Alberts Kinn.
»Du gefällst mir nicht, Bruder«, sagte er, wieder leiser geworden, »du siehst seltsam aus. Entrückt. Und erzähl mir nicht, dass du gerade gebetet hast, du warst unter der Dusche. Also?!«

Peter kannte sich mit Drogen aus. Er sah sich das Gesicht Alberts ganz genau an, um Ralphs Verdacht des Drogenkonsums zu überprüfen. Die Pupillen waren normal groß. Der allgemein etwas tranige, verwaschene Eindruck, den Albert machte, war wohl mehr in der Natur dieses jungen Mannes begründet. Peter beschloss für sich, dass Ralph Unrecht hatte. Aber Ralph kannte ihn natürlich schon länger; wenn er ihm ungewöhnlich erschien, würde schon was dran sein.

»Irgendwas stimmt mit dir nicht!«, herrschte Ralph seinen Glaubensbruder an, und seine Finger drückten in Alberts Wangen, so dass dieser sein Gesicht schmerzhaft verzog.

»Wenn du nichts genommen hast, ist es etwas anderes, das dich verwirrt. Vielleicht die Lüge?«

Peter fühlte auf unangenehme Weise, warum Ralph in leitender Position in der Sekte war. Ralphs Gesicht befand sich unmittelbar vor dem Alberts, und seine Stimme war ein böses Knurren.

»Wieso Lüge?«
Alberts Stimme war hoch und fipsend geworden.
»Du hast nicht erst durch mich von Hans Herberts Tod erfahren«. Ralph spuckte dem jungen Mann die Worte förmlich ins Gesicht. »Erleichtere dich. Sag die Wahrheit und sag uns, wo Alisa ist.«
»Du tust mir weh«, quetschte Albert hervor, während sein Gesicht, zwischen Ralphs Daumen und Zeigefinger immer schmaler zu werden schien.

Plötzlich ließ Ralph ihn los und rannte an ihm vorbei die Treppe hoch. Dort riss er eine Tür auf.
»Alisa?«, rief er laut.
»Sie ist nicht hier!«, Albert heulte es fast heraus.
»Sie hat sich gestern verabschiedet.«
Ralph verschwand in dem Zimmer und kam sofort wieder heraus.
»Wieso sind deine Koffer gepackt?«

Albert erhob sich unsicher von der Treppe, sah rasch zu Peter hin, der sich nicht gerührt hatte, dann hob er den Kopf zu Ralph, der drohend wie ein Grizzly oben an der Tür stand.

»Ich wollte ein paar Tage ins Hauptquartier ...«, sagte Albert zaghaft.
»Mit drei Koffern?«, Ralphs Stimme donnerte, als würde sie vom jüngsten Gericht künden. Einen Moment herrschte Ruhe. Keiner sagte etwas, der Nachklang von Ralphs Worten hallte durch Flur und Treppenhaus.

Dann, urplötzlich, rannte Albert los, an Peter vorbei zur Tür.
»Halt ihn auf«, rief Ralph und war schon auf dem Weg nach unten. Peter trat zwischen Alberts Beine, der stürzte, und bevor er sich wieder aufrappeln konnte, war Ralph da und riss ihn hoch.
»Zieh dir was über, wir fahren nach Oppenheim.«
Dann drehte sich Ralph zu Peter um: »Es ist das Beste, du kommst mit, Peter. Dort finden wir die Antworten.

So oder so!«
Albert sagte kein Wort. Ralph stieß die Tür auf.
»Worauf wartest du? Zieh deinen Anorak an. Es ist kalt draußen.«
Albert sah jetzt wirklich aus, als stünde er unter Drogen.
»Er ist kaputt!«, sagte er mit kaum hörbarer Stimme.

9.

Freitag 22.30 Uhr, Am Geiersberg und Mettenheim, nahe am Rathaus

Hauptkommissar Hering stand vor seinem Dienstwagen, die Hände in die Hüften gestemmt und brüllte seinen Assistenten Kommissar Berndt an: »Wieso habe ich die Mitgliederliste nicht? Wenn ich jemanden sehen will, der schläft, betrachte ich mir meine Freundin, das ist ein erfreulicherer Anblick als ihr Tranfunzeln.«

Die ruhige, konzentrierte Arbeitsatmosphäre der letzten Stunden war dahin. Hilpert, der neben Fischer stand und die Aktion mit Interesse beobachtete, knuffte ihn in die Seite: »Das ist bestimmt noch nicht lange her, dass der beim Barras war!«

Seit Hering sich vorgestellt hatte, beäugte ihn Fischer ohne jede Sympathie. Einen Ausbruch wie eben hatte er sich zwar bisher nicht geleistet, aber die Art, mit seinen Untergebenen umzugehen, war auch mit leiseren Tönen kaum zu ertragen.

Sie beide hatten sich nie zuvor gesehen, und Fischer hatte auch noch nichts über den Hauptkommissar gehört, aber er dachte ernsthaft darüber nach, wie er wohl auf einen Vorgesetzten reagiert haben würde, der sich so daneben benahm wie Hering.

»Kennen Sie diese Ölgötzen auf den Osterinseln?«, fragte Hering seinen Assistenten. Der antwortete nicht, entweder weil er seinen Chef kannte und wusste, dass diese Frage nur rhetorischer Natur war, oder weil er sich, im Gegensatz zu seinem Vorgesetzten, mit den Osterinseln auseinander gesetzt hatte.

»Sie glotzen genau wie die!«, sagte Hering. »Mann, Berndt! Es kann doch nicht so schwer sein, diese Liste von Prengels Haus in Bechtheim hier rauf zu schaffen.«

Berndt ging stumm zu seinem Wagen, holte ein Schreibheft aus dem Handschuhfach und reichte es Hering. »Hauptkommissar Bühler hat es mitgebracht, als er eben hochkam«, kommentierte Berndt.
»Warum nicht gleich so?«, knurrte Hering. Wenn er beschämt war, versuchte er es hinter diesem Gemeinplatz zu verstecken. Er blätterte in dem Heft, dann, als habe er es jetzt erst begriffen, sagte er zu Berndt: »Bühler ist schon hier?«

Hering drehte seinen Kopf in alle Richtungen, dann hatte er offenbar den Mann entdeckt, der gerade von dem umgestürzten Fahrrad aus zu ihm herüber kam.

Hering war bis vor kurzem in der Wingertszeile beschäftigt gewesen und hatte offenbar keinen Blick für Bühlers Wagen gehabt, als der vor wenigen Minuten auf dem Höhenweg aus der Bechtheimer Richtung aufgetaucht war. Jetzt hatte Bühler seinen Kollegen fast erreicht.

Der mittelgroße Mann im dunkelblauen Mantel war so schlank, dass der Fischname eher zu ihm gepasst hätte. Er trug als einziger am Tatort einen Hut und besaß einen sehr gepflegten, schmalen Oberlippenbart. Hering sah ihm mit einer Mischung aus Neid und Schadenfreude entgegen.

»Herr Bühler, wo hat man Sie denn hergeholt, vom Ball des Landesfürsten im Hilton?«
»In der Tat, Herr Kollege.« Bühler reichte Hering mit fast englischer Steifheit die Hand.
»Da wäre ich auch lieber als hier«, sagte Hering, »wenn die bis sieben Uhr machen, wie üblich, könnten wir ja noch dazustoßen. Vielleicht sind ein paar Kanapees übrig.«
»Ich wusste gar nicht, dass Sie eingeladen sind«, sagte Bühler erstaunt.
»Bin ich auch nicht«, gab Hering zurück und entzog seinem Kollegen die Hand. Er lachte dabei ein unfrohes Lachen.

Fischer verglich die beiden ungleichen Polizisten, deren einzige Gemeinsamkeit der Dienstgrad Hauptkommissar zu sein schien.

Bühler verbreitete modische Eleganz mit Mantel, Hut, weißem Hemd und Fliege. Hering dagegen mit seiner unförmigen, gedrungenen Figur und dem runden Gesicht mit der Knubbelnase, trug einen zu engen, beigen Trenchcoat, ohne damit im Entferntesten Humphry Bogart zu ähneln, was er aber wahrscheinlich beabsichtigt hatte.

»Was wissen Sie über die *Wingertschützen*?«, fragte er Bühler und sah dabei zu dem Geländewagen hinüber, was Bühler zum Anlass nahm, zunächst darüber zu sprechen.

»Mitsubishi Pajero Sport, mit einer Lackierung, die es nicht serienmäßig gibt. Wird von den Sektionsleitern und Unterführern gefahren. Dieses Grau mit dem leichten Grünanteil haben auch die Anoraks.«

»Davon haben wir ja dieses vollgekotzte Prachtexemplar«, sagte Hering.

Bühler nickte: »Ja, das hat mir Herr Berndt schon berichtet. Da haben wir ja ziemliches Glück, gleich am Anfang. Sowas macht mich immer misstrauisch.« Er zog aus seinem Mantel einen Notizblock und klappte ihn auf. Hering lachte wieder dieses Lachen, das mit Humor nichts zu tun hatte.

»Ein abergläubischer Sektenexperte? Aber hallo.«

Bühler kümmerte sich nicht um diese Bemerkung.

»Die Wingertschützen gibt es in ihrer heutigen Form erst seit zwei Jahren«, fuhr er in dozierendem Ton fort, wobei er sich mit dem Rücken an Herings Dienstwagen lehnte, während dieser weiter in dem Heft blätterte, das ihm Berndt gegeben hatte.

Fischer wunderte sich, dass die Beamten keine Notiz von ihm und Hilpert nahmen. Sie sprachen jedenfalls laut genug, so dass jedes Wort zu verstehen war.

Bühler machte weiter, mit gelegentlichen Blicken in sein Notizbuch, das meiste aber schien er auswendig zu wissen.

»1991 wurden sie von Konrad Wächter und Hans Herbert Prengel in

Nierstein gegründet, aber noch nicht als unabhängige Glaubensgemeinschaft. Wächter war evangelischer Pfarrer ohne eigene Gemeinde und Prengel war Autogroßhändler mit Geschäften in Bad Kreuznach und Nierstein.

Beide waren mit der Amtskirche unzufrieden und suchten nach Wegen, ihren Glauben offensiver unter die Leute zu bringen. Weil Wächter aus Rheinhessen stammte, wählten sie für ihre Gruppe den Namen *Die Wingertschützen,* um ihren Anspruch als Warner und Mahner zu unterstreichen. So wie die echten Wingertschützen mithilfe von lauter Knallerei Vögel und Traubendiebe erschreckten und verjagten, so wollte diese Gemeinschaft den Unglauben verjagen und die Menschen mahnen, sich wieder mehr dem christlichen Glauben zuzuwenden und ihn zu leben. Alles noch im Rahmen und unter dem Dach der Amtskirche.«

Hering hatte aufgehört zu blättern und sah seinen Kollegen interessiert an.

»Welche Rolle spielte Prengel in der Anfangsphase?«

»Für die Öffentlichkeit noch keine, aber hinter den Kulissen formte er die Gruppe. Er baute Stück für Stück eine mit strenger Hand geführte Organisation auf. Wächter fungierte als offizieller Anführer und als das Sprachrohr nach außen. Intern aber riss Prengel immer mehr die Macht an sich. Und allmählich fing er auch an, die christliche Botschaft zu personalisieren. Zunächst bediente er sich der Person Wächters, den er zu einer Art neuem Heiland hochstilisierte. Zu diesem Zeitpunkt lösten sich die Gruppenmitglieder von den *Wingertschützen,* die nicht mehr wollten, als ein entschiedeneres Eintreten für den evangelischen Christenglauben.

Diejenigen, die übrig blieben, gebrauchten den Namen Konrad Wächters mehr als den Namen Jesus. Interessanterweise war es Wächter selbst, der sich dagegen zur Wehr setzte. Es gab erst Diskussionen, dann offene Streitereien zwischen den Gründern der *Wingertschützen.* Wächter war klar geworden, dass er immer mehr zur Marionette für Prengels Machtgelüste geworden war, dass er eine Art Guru für die Anhänger wurde, und dass die Lehre sich immer weiter von der christlichen entfernte.

Prengel war nur selten in der Öffentlichkeit aufgetreten, aber als er mit Wächter nicht mehr zurande kam, übernahm er immer öfter Predigten, Freizeiten und sogar die raren Medienauftritte. In dem Maße, in dem sich die Anhängerschar verkleinerte, nahm die Öffentlichkeitsarbeit der Gruppe ab. Als sich schließlich Wächter von der Prengelschen Politik distanzierte und sich zurückzog, hatte sich Prengel schon zum Alleinherrscher aufgebaut. Die ursprüngliche Absicht der *Wingertschützen* wurde aufgegeben, Prengel hatte sich einen neuen Glauben aus Versatzstücken des Christentums, des Islam und allen möglichen Naturreligionen zusammengemixt, den er stark auf seine Person hin zentrierte. Von indischen Gurus hatte er einen nicht unbeträchtlichen sexuellen Aspekt übernommen. Während die Gruppe in sich gefestigter und paramilitärisch straff durchorganisiert wurde, gab es immer weniger öffentliche Missionsarbeit. Neue, zahlungskräftige Mitglieder stammten meist aus dem Umfeld der bereits etablierten Mitglieder.

Konrad Wächter hatte sich zurückgezogen, aber sein Sohn hatte Prengel die Gefolgschaft geschworen und war in der Organisation geblieben.

Inzwischen war es Mai 1998 geworden. Die *Wingertschützen* hatten sich offiziell als Religionsgemeinschaft niedergelassen, mit Sitz in Oppenheim. Konrad Wächter war im Verlauf seiner Arbeit für die *Wingertschützen* aus den Diensten der Kirche ausgetreten, jetzt versuchte er, wieder als Pfarrer zu arbeiten, was ihm aber nicht gestattet wurde. Er schloss sich einer privaten Initiative gegen Sektenunwesen an und begann, Vorträge gegen die *Wingertschützen* zu halten. Ende Mai kam er bei einem Verkehrsunfall bei Offenbach ums Leben. Die hessischen Kollegen haben den Fall untersucht, aber ein Verbrechen ausgeschlossen.«

Hering hatte aufmerksam zugehört, sowie aus einiger Entfernung auch Fischer. Nur Hilpert hatte sich entfernt und wieder sein Gespräch mit dem Uniformierten aufgenommen.

Fischer war unbehaglich zumute. Seine Vergangenheit erhob sich wie ein totgeglaubtes Tier, das nur verwundet war, aber seine Aggression nicht eingebüßt hatte.

Mai 1998.- Welche Parallelität der Ereignisse!

Natürlich hatte seine eigene Sektenvergangenheit nichts mit den *Wingertschützen* zu tun. Er hatte bis heute nicht einmal etwas von ihnen gehört, aber seine Geschichte berührte durch Zeit und Thema diesen Fall.

Damals hatte er den Polizeidienst hinter sich gelassen, sein Erbe angetreten ... und seine große Liebe verloren.

Fischer fror nicht nur wegen der nächtlichen Kälte.
Er fühlte, dass der Mord am Geiersberg für sein künftiges Leben entscheidende Weichen stellen würde; und er wusste nicht, ob das gut für ihn war.

»Wir sollten uns trotzdem die Akte aus Offenbach schicken lassen«, beschloss Hering, und Bühler nickte.

Hering sprach weiter.

»Ich habe eben beim Durchblättern der Mitgliederliste den Namen Wächter gesehen. Ob das der Sohn ist?«
Bühler sah in seinen Notizblock.
»Wenn er Albert heißt, ja!«
Hering und Fischer hatten plötzlich die gleiche Idee. Hering aber sprach sie aus: »Albert Wächter?! A.W.?«
Bühler bejahte: »Ich hab's hier auch in meinen Notizen. Der wohnt sogar ganz in der Nähe. In Mettenheim.«
»Hat Ihnen Berndt schon von dem Ring erzählt?«, fragte Hering.
»Ja, im Anorak. Waren das die Initialen?«
»Genau die. Kollege, wir sollten da sofort hinfahren. Meinen Sie nicht?«
»Zeuge oder Tatverdächtiger?«, fragte Bühler.
»Mal sehen, was das Leben bringt!«, antwortete Hering und winkte Berndt herbei. Fischer reagierte schnell. Er ging hinüber zu Hering.
»Nehmen Sie mich mit!«, sagte er in entschlossenem Ton.
»Warum sollte er das?«, fragte Bühler, der Fischer ja noch nicht kannte.

Hering seufzte und stellte Fischer dem Sektenexperten der Mordkommission vor.

»Das ist Herr Fischer. War früher bei der Mainzer Schutzpolizei. Er wäre vor ein paar Jahren beinahe ein Kollege von uns geworden. Man hat ihn hier als Hilfspolizisten vergattert, als wir noch nicht da waren.«

»Privatdetektiv?«, fragte Bühler mit Geringschätzung in der Stimme.
»Ich bin Teilhaber in einer Werbeagentur«, sagte Fischer schnell, weil er nicht wollte, dass Hering für ihn antwortete.

Das Gesicht Bühlers hellte sich auf. Jetzt erst reichte er ihm die Hand.
»Vernünftige Berufswahl«, sagte er dabei, »das Land ist voll von Expolizisten, die Privatschnüffler werden.«

Fischer sagte nichts dazu. Stattdessen begründete er, warum es sinnvoll sein könnte, ihn mit nach Mettenheim zu nehmen: »Ich war es, der mit dem jungen Mann gekämpft hat. Ich habe sein Gesicht gesehen.«

»Aber er ist entkommen«, stellte Bühler gnadenlos fest. »Ein bisschen aus der Übung, nicht wahr?«
»Meniskus!«, sagte Fischer. Seltsamerweise nahm er Bühler nicht übel, was er gesagt hatte. Der gleiche Satz von Hering hätte ihn auf die Palme gebracht.

Fischer sagte: »Der Finder der Leiche, Herr Hilpert aus Bechtheim, hat mir beigestanden. Er hat den Anorak sichergestellt.«
»Den müssen wir aber nicht auch noch mitnehmen«, sagte Bühler fragend und sah dabei Hering an.
»Bloß keine Zivilisten«, antwortete der und wandte sich seinem Assistenten zu. »Sie halten hier die Stellung, Berndt. Wir fahren rüber nach Mettenheim.«

Fischer sagte Hilpert Bescheid, der »viel Glück« wünschte, dann saß Fischer auch schon auf dem Rücksitz des dunkelblauen Dienstmercedes Herings. Bühler nahm auf dem Beifahrersitz Platz. Hering zwängte sich hinter das Lenkrad.

Jetzt merkte Fischer, dass die beiden schon des Öfteren miteinander gearbeitet haben mussten, denn Bühler nahm sofort eine Karte aus dem Handschuhfach, studierte sie kurz im Licht der Armaturenbrettbeleuchtung und sagte: »Wir müssen nicht nach Bechtheim runter und auch nicht über die Landstraße. Wir können hier den Weg über den Michelsberg nehmen, der führt direkt auf die Hauptstraße von Mettenheim. Da gibt es übrigens einen Weinwanderweg, den bin ich schon ein paarmal sonntags mit meiner Frau gelaufen...schöne Gegend...«

Hering startete den Wagen.
»Besonders nachts,« knurrte er, bog in den Weg ein und beschleunigte sofort.

Der Weg war gut ausgebaut, es gab eine Kreuzung und mehrere Abzweigungen, dann eine S-Kurve und schon, nach wenigen Minuten, bogen sie in die Mettenheimer Hauptstraße ein.

»Hinter dem Rathaus links«, sagte Bühler, »Backhausgasse.«

Kurz bevor sie dort waren, sah Fischer eine tote Katze auf der Straße liegen. Hering, der sehr schnell fuhr, wich ihr mit einem Schlenker aus.

»Bringt 'ne Katze ohne Kopf auch Unglück?«
Dabei sah er kurz zur Seite auf Bühler.
Der antwortete ungerührt: »Wenn sie tot ist, ist das Unglück schon geschehen.«

Sekunden später lenkte Hering den Dienstmercedes in die Backhausgasse und hielt vor einem schmalen Haus. »Die Hausnummer stimmt«, sagte er mit einem Blick in sein Mitgliederheft.

Alle drei Männer sprangen rasch aus dem Wagen.

»Bleiben Sie bitte draußen!«, sagte Bühler zu Fischer, dann stellte er sich links neben die Tür, Hering rechts. Beide hatten plötzlich ihre Dienstwaffen in den Händen. Hering blickte kurz zu Bühler, der nickte, dann ergriff Hering mit der Linken den ringförmigen Türklopfer.

Die Explosion war nicht einmal heftig, aber sie reichte aus, die Tür nach vorn zu schleudern und Hauptkommissar Hering den Unterarm abzureißen.

Zweiter Tag

10.

Samstag 11.12 Uhr, Oppenheim, Hotel Rondo

Der pechschwarze Frühstückskaffee schluckte das schneeweiße Stück Zucker und begrub es in den Untiefen der Jumbotasse. Selbst unter Zuhilfenahme einiger Milliliter Kondensmilch erreichte es Fischer nicht, den Würfelzucker wieder sichtbar zu machen.

Schließlich tauchte er den Kaffeelöffel in die trübe Brühe und förderte einen jämmerlichen, im Schmelzen begriffenen Rest des Zuckerstückes zutage.

›Rekonstruieren Sie die ursprüngliche Form des Würfelzuckers, Hauptkommissar Fischer‹.

Ja, so war Polizeiarbeit!

Fischers Hand zitterte etwas, als er den Zuckerrest wieder in die Tasse gleiten ließ und den Löffel zurück auf die Untertasse legte.

Er hatte keinen Hunger, aber er zwang sich zum Essen. Auch das Messer zitterte in der Hand, als er das Brötchen aufschnitt.

Kurz nach Elf. Nicht gerade die angemessene Zeit für ein Frühstück. Aber angesichts der besonderen Umstände hatte die Hotelbesitzerin ein Auge zugedrückt.

Fischer saß allein in dem Frühstücksraum und blickte durch große Panoramafenster auf Oppenheim.

Das Stadtbild wurde von der dreitürmigen Katharinenkirche beherrscht. Ihre Südseite, die man vom Hotel Rondo aus sehr gut sehen konnte, war besonders schmuckvoll gestaltet und nicht zuletzt durch sie galt die Katharinenkirche als bedeutendste gotische Kirche am Rhein zwischen dem Straßburger Münster und dem Kölner Dom.

Um die Kirche, auf einem Dreiviertel der Höhe am Zuckerberg gelegen, schmiegten sich die alten Häuser der Stadt.

Fischer war schon oft hier gewesen. Früher hatten einmal Freunde hier gewohnt, die später nach Frankfurt gezogen waren.

Während er jetzt in eine Brötchenhälfte biss, die er mit Margarine und Schokoladenstreuseln belegt hatte, sah er zwar durch die Scheiben auf die Stadtkulisse, deren Anblick ihn immer erfreut hatte, aber er starrte im Grunde nur blicklos in diese Richtung. Er sah nicht die Schieferdächer, sah nicht die Burgruine Landskrone auf dem Berg links hinter der Katharinenkirche, sah auch nicht die aus vielen Steinen bestehende, moderne, graue Schallschutzwand unten vor dem Hotel, durch deren Fugen sich Pflanzen mühten, das Grau in Grün zu verwandeln.

Was er sah war dunkles Blut auf hellem Trenchcoatstoff und einen Unterarm mit einer Hand daran, der wie unbeteiligt auf einer nächtlichen, dunklen, engen Straße lag.

Was er sah war grauschwarzer Qualm und im Hintergrund flackerndes Feuer. Er sah sich selbst und Hauptkommissar Bühler, wie sie versuchten, den Schwerverletzten vom Ort der Explosion wegzuziehen, wie sie versuchten, den pulsierenden Blutstrom zu stoppen, wie sie den Arm abbanden, wie Leute aus der Nachbarschaft zum Löschen herbeirannten, teilweise in Nachtbekleidung und mit wirren Gesichtern, aber wild entschlossen, das Feuer nicht auf die anliegenden Häuser überspringen zu lassen.

Er sah die Freiwillige Feuerwehr, die sehr schnell kam, den Krankenwagen, der auf sich warten ließ.

Und er sah das aschfahle Gesicht des Schwerverletzten mit dem apathischen Blick eines unter Schock Stehenden.

Seltsamerweise hörte er nicht die passenden Geräusche dazu. Die Stille des Hotelraumes stand im krassen Gegensatz zu den Bildern, die Fischers geistiges Auge heimsuchten. Und auch diese Bilder kamen in willkürlicher Reihenfolge, sich teilweise wieder- und sogar überholend, verwirrend und klar zugleich.

Fischer wusste nicht, dass er das Brötchen aß.

Teile seines Hirns steuerten die mechanischen Abläufe der Nahrungsaufnahme, während andere die Bilder bearbeiteten und wieder andere sich mit der Ungeheuerlichkeit der Explosion beschäftigten.

Nachdem er genauso unbewusst an der Kaffeetasse genippt hatte, riss ihn das Signal des Handys aus seinem seltsamen Zustand.

Er würde die »Marseillaise« nie wieder hören können, ohne an den jungen Mann in der zweiten Wingertszeile zu denken, an den grotesken Kampf mit ihm und an das Getöse, mit dem ihnen die Tür seiner Wohnung um die Ohren geflogen war.

»Fischer!«

»Bühler hier. Soll mal einer was gegen die ärztliche Kunst in der Mainzer Uni-Klinik sagen. Die haben den Arm gerettet.«

»Wie ... gerettet?«, Fischer wusste, dass die Frage blöde klang, aber das war ihm egal.

»Na, bis zur Elle jedenfalls. Sie können ihm später eine saubere Prothese anpassen. Wie unser Patient selbst sagen würde: ›In 'nem viertel Jahr kann er wieder in der Nase bohren‹.«

Dieser Ton passte so wenig zu Bühler wie das Pfeifen auf zwei Fingern zum Papst, aber Fischer hörte die große Erleichterung aus Bühlers Worten, und das machte ihm diesen Mann noch sympathischer als es ohnehin von Anfang an der Fall gewesen war.

Auch dass er anrief, empfand Fischer nicht als selbstverständlich.

Sie hatten sich vor zwölfeinhalb Stunden zum ersten Mal gesehen und dennoch erschien es Fischer, als würden sie sich wesentlich länger kennen.

Das gemeinsame Schockerlebnis schien zum unsichtbaren Band zwischen ihnen geworden zu sein. In dieses Band war auch das Schicksal Hauptkommissar Herings verwoben. Die Sympathiefrage ihn betreffend war zwar keineswegs geklärt, aber sie ruhte, solange dieser Mann im Krankenhaus lag.

Alle drei Männer hatten gestern Nacht etwas erlebt, das auch für Polizisten nicht zum Alltag gehörte.

»Haben Sie ein paar Stunden geschlafen?«, fragte Bühler.
»Von sieben bis vor einer halben Stunde«, antwortete Fischer, und selbst das war nur die halbe Wahrheit, denn er war zwischendurch immer wieder aufgewacht.

»Ich lege mich jetzt hin«, sagte Bühler. »Man hat mir den Fall übertragen. Berndt assistiert mir. Wir bilden jedenfalls eine ›SOKO Geiersberg‹.«

»Hat man in den Trümmern irgendwas gefunden? Ich meine Tote?«
»Nein, der Bewohner ist ausgeflogen, und andere Leute haben sich da wohl nicht aufgehalten. Unsere Spurenexperten sind aber noch am Tatort und suchen weiter.«

Bühler unterbrach sich kurz, als würde ihm bewusst, dass er im Begriff war, Internas auszuplaudern, die keinen Außenstehenden etwas angingen.

Offenbar beschloss er aber gleich darauf, dass er Fischer nicht für einen Außenstehenden hielt, denn er fügte hinzu: »Berndt hat wahrscheinlich rausgefunden, wer die Person ist, der das Fahrrad gehört.«
Fischer wurde sehr hellhörig: »Möglicherweise der Täter?«
»Möglicherweise die Täterin«, berichtigte Bühler. »Berndt hat in Prengels Wohnung einen Brief gefunden, den eine Alisa geschrieben hat. Sie wolle die Sekte verlassen, ein neues Leben beginnen und heute, also gestern, am Tattag, in Osthofen den Mann ihres Lebens treffen. Sie schrieb wörtlich, Moment, das Fax ist recht unleserlich ... ›Ich werde ein allerletztes Mal mit dem alten Herrenrad über den Geiersberg hinunter nach Osthofen fahren, dort am Bahnhof wartet mein Peter auf mich, und da werde ich das Rad auf dem Parkplatz fallen lassen und keinen Blick mehr zurückwerfen ...‹ «

Fischer sagte: »Nun hat sie es doch etwas früher fallen lassen ... Weiß man etwas über diesen Peter?«
»Noch nicht, aber Berndt hat seine Leute ausschwärmen lassen.«
»Alisa heißt die Briefschreiberin? A Punkt?«

»Falsche Fährte. In der Mitgliederliste gibt es eine Alisa Mandelbaum. Nix mit A Punkt, W Punkt. Da ist unser Albert Wächter doch näher dran.«

»Haben Sie in Bechtheim oder auch in Mettenheim noch Leute gefunden, die auf der Mitgliederliste stehen?«
»Ein paar«, antwortete Bühler vorsichtig, »auch in Osthofen. Da wohnt auch der Leiter der Wormser Sektion, Ralph Magnusberger. Ein interessanter Typ. Keines der Mitglieder, bis auf einen Mann in Osthofen, wurde zu Hause angetroffen. Berndt ist jetzt in Oppenheim im sogenannten Hauptquartier. Mal sehen, welche Erkenntnisse er mitbringt.«
»In Oppenheim bin ich auch«, sagte Fischer.

Bühler ging allerdings nicht darauf ein. Im Stillen hatte Fischer gehofft, dass ihn Bühler bitten würde, sich dort blicken zu lassen, aber diesbezüglich kam nichts. Fischer war zu müde, um wirklich enttäuscht zu sein. Er konzentrierte sich auf etwas anderes: »Magnusberger ... Ralph Magnusberger ... der Leiter der Sektion Worms sagten Sie?«

»Ja, zuständig für alles zwischen Oppenheim und Bobenheim-Roxheim. Weiter im Süden gibt's die *Wingertschützen* nicht.«
»In Bechtheim wohnt ... wohnte Prengel, der Oberguru. Und trotzdem hatte nicht er die Leitung über die Schäflein in Bechtheim sondern Magnusberger?«
Bühler wunderte sich genauso: »Seltsam, nicht wahr?«
»Sie sagten vorhin, er sei ein interessanter Typ. Inwiefern?«
»Ralph Magnusberger ist bei uns kein unbeschriebenes Blatt. Vorbestraft wegen fahrlässiger Tötung. Ich habe mir seine Akte kommen lassen.«

Fischer fühlte, wie sich die Müdigkeit verflüchtigte. Der Jagdtrieb erwachte.
»Der Name sagt mir was. Kann es sein, dass da mal was Größeres war, vor fünf oder sechs Jahren? Ich meine, der Name ist mir begegnet, als ich noch bei der Polizei war.«

Bühler reagierte wie ein Auskunftsbüro: »Der Name wäre Ihnen auch ohne eigene Polizeivergangenheit begegnet, vorausgesetzt Sie lesen regelmäßig Zeitung. Er war in einen Bauskandal verwickelt. Nicht hier in Rheinhessen. Drüben, bei Limburg an der Lahn. Das war vor fünfeinhalb Jahren. Magnusberger ist von Haus aus Tiefbauingenieur. Er arbeitete damals für eine Firma in Weilburg. Weilburg ist nur einen Steinwurf von Limburg entfernt. Jedenfalls hat man damals unter einem alten Herrschaftshaus ein kleines, geschlossenes Höhlensystem gefunden. Irgendeiner hatte davon geträumt, dass der Ursprung bis in die Römerzeit zurückreichte, aber das erwies sich als Quatsch. Magnusbergers Firma wies dann nach, dass die Höhlen erst im siebzehnten Jahrhundert angelegt wurden.

Die Besitzer des Hauses konnten beweisen, dass das Grundstück mit Haus und Höhlen schon immer im Familienbesitz war, dass folglich das Land Hessen keinen Anspruch auf die unterirdischen Gänge und Räume hatte, und so wurde die besagte Weilburger Firma beauftragt, das gesamte Höhlen- und Tunnelsystem zu privaten Zwecken auszubauen.«

»Richtig«, fuhr Fischer dazwischen, »ich erinnere mich. Er war der leitende Ingenieur, der für eine Sprengung verantwortlich war, bei der ein Arbeiter getötet wurde.«

Bühler bestätigte das: »Genau. Er selbst verlor bei der Aktion zwei Glieder des kleinen Fingers seiner rechten Hand. Er hatte bestimmte Sicherheitsvorschriften nicht beachtet und wurde verurteilt. Er kam zwar mit einer hohen Geldstrafe davon, aber sein Ruf als Ingenieur war so stark angeknackst, dass er kein Bein mehr auf den Boden bekam. Er fuhr darauf ein Jahr lang zur See, was er auch schon vor seinem Studium getan hatte, dann tauchte er in Rheinland-Pfalz auf und lernte Hans Herbert Prengel kennen.

Es war die Zeit, in der sich Konrad Wächter von den *Wingertschützen* zurückzog. Ob und inwieweit Ralph Magnusberger in die internen Machtkämpfe zwischen Prengel und Wächter verwickelt war, entzieht sich meiner Kenntnis, meine Informanten stammen leider nicht aus dem inneren Kern der Gruppe. Aber letztendlich wurde Magnusberger zu einem Namen, der, neben dem Prengels, am häufigsten genannt wurde, auch wenn er nach außen hin nur Sektionsleiter Worms war.«

Fischer fragte: »Sprengstoff und Magnusberger. Wie wahrscheinlich ist es, dass er hinter der Explosion von Mettenheim steckt?«

Bühler ließ sich Zeit mit seiner Antwort.

»Es liegt so sehr auf der Hand«, sagte er schließlich bedächtig, »dass ich nicht daran glaube. Er wüsste sofort, dass der Verdacht auf ihn fiele, und der Mann ist alles, nur nicht blöd.«

»Sind die *Wingertschützen* offiziell als Religionsgemeinschaft gemeldet?«

»Ja, mit Prengel als Vorsitzendem.«

»Und wer ist der Zweite? Magnusberger?«

»Nein, von dem Zweiten ist nicht viel bekannt. Einen Moment, ich schau mal nach, ein ... Friedrich Bose.«

Fischer sog zischend die Luft ein.

»Sagten Sie Friedrich Bose?«

»Ja, können Sie mit dem Namen etwas anfangen?«

»Nur mit dem Nachnamen. Aber das kann Zufall sein.«

«Denken Sie mal drüber nach und lassen Sie mich wissen, wenn da was bei rausgekommen ist.«

Bühler klang sehr kollegial. Fischer nutzte die Gunst der Stunde.

»Das Hauptquartier der *Wingertschützen* in Oppenheim ... würden Sie mir die Adresse geben?« Bühler lachte leise.

»Die könnten Sie auch im öffentlichen Telefonbuch finden, aber bitte ...«

Er gab ihm die Adresse, und Fischer schrieb sie sofort in sein Notizbuch.

»So, ich leg mich jetzt hin, Herr Fischer«, verkündete Bühler. »Wir hören voneinander. Übrigens ... vielen Dank für die Hilfe heute Nacht.«

Noch ehe sich Fischer verabschieden konnte, hatte Bühler aufgelegt. Fischer steckte das Handy weg und aß die Brötchenhälfte mit den Schokostreuseln ganz auf. Die zweite Hälfte belegte er mit Emmentaler Käse und aß auch die sehr schnell. Der Kaffee war kühl geworden, darum ließ er ihn stehen.

Als er jetzt durch die Panoramafenster zur Katharinenkirche hinüber schaute, nahm er bewusst wahr, was er sah. Die Müdigkeit war weg. Er fühlte sich als Polizist, und obwohl er wusste, dass das auf Dauer nicht gut für ihn war, genoss er dieses Gefühl für den Augenblick.

Er versuchte gerade seine Gedanken zu sortieren, da meldete sich Frankreichs Hymne erneut. Fischer nahm das Handy und nannte seinen Namen.

Am anderen Ende der Leitung war Arno Schlosser, der Einzelheiten über die Explosion erfahren wollte. Fischer konnte sich vorstellen, dass Lisbet mit geröteten Wangen, voller Neugier, dicht am Telefon neben ihm stand.

Im Geiste sah er sogar Hilpert, den langen, dünnen Hubert, Möhring und seine Schwiegermutter, Frau Bose, in der Nähe des Telefons stehen und hörte sie wispernd fragen: ›Na, was hat er gesagt?‹

Fischer bemühte sich, nur das zu erzählen, was ohnehin auf der Hand lag und wovon es Zeugen gab, die ihrerseits sicherlich schon überall die ihnen bekannten Details herumerzählt hatten.

Als Arno Schlosser aufgelegt hatte, dachte Fischer einen Augenblick über den Namen Bose nach. War es möglich, dass ein Verwandter der Möhringschen Schwiegermutter der zweite Vorsitzende der *Wingertschützen* war? Dann beschloss er, sich erst einmal anderen Dingen zuzuwenden.- Schließlich wählte er Edgars Hausanschluss.

»Ich bin noch nicht unterwegs«, sagte der etwas genervt, »ist nichts mit High Noon, es wird wohl ein Uhr werden.«

»Das kommt mir sehr gelegen«, sagte Fischer, »ich muss erst noch wohin.«

Er vermied es, Edgar von der Explosion zu erzählen, denn sonst wäre der in einer halben Stunde in Oppenheim gewesen.

Nach diesem kurzen Gespräch hatte es Fischer sehr eilig, sich in sein Zimmer zurückzuziehen, um dann, frisch rasiert, das Hotel »Rondo« zu verlassen.

Es war draußen kühler als gestern. Fischer überlegte kurz, ob er zu

Fuß hoch in die Altstadt laufen sollte, aber er nahm dann doch Edgars weißen Mercedes. Das Neubaugebiet mit dem Rondo, den Supermärkten und der unvermeidlichen Zweigstelle eines amerikanischen Hamburgerkonzerns blieb hinter ihm zurück. Die Altstadt war voller Leben. Die Oppenheimer erledigten ihre Samstagseinkäufe und eine, für die späte Jahreszeit nicht unbeträchtliche Anzahl von Touristen, zog mit Kleinkindern und Kleinbildkameras durch die engen Gassen der Stadt.

Neben der schmalen, von außen schmucklosen Bartholomäuskirche mit ihrem winzigen Türmchen fand er einen Parkplatz. Von hier aus waren es nur wenige Schritte bergauf bis zur Krämerstraße, in der rechts das Rathaus lag. Fischer wandte sich nach links, Richtung Gautor, und erreichte bald ein hellgrün getünchtes Haus auf der linken Straßenseite, vor dem ein Polizeiwagen mit Mainzer Kennzeichen stand.

Das Messingschild rechts neben der Tür, zu der zwei ausgetretene Steinstufen führten, war nicht groß, aber gediegen. Es wirkte, als würde es irgendeinen internationalen Konzern ankündigen, der in diesem Hause residieren könnte, aber es prangte dort groß der Namenszug *»Die Wingertschützen«*. Und darunter, wesentlich kleiner »Kirche der Mahner«.

Fischer stand jetzt neben der Tür und blickte sich zu dem Polizeiwagen um. Von den zwei Insassen des Wagens stieg jetzt der aus, der am Lenkrad gesessen hatte. Fischer kannte den Mann von der vergangenen Nacht. Er sah übernächtigt aus.

»Auch kaum Schlaf gekriegt«, fragte er.
»Keine Minute«, antwortete der Mann.
»Sie waren in Mettenheim dabei?«
»Ja!«
»Wissen Sie etwas von Hauptkommissar Hering?«

Fischer fühlte Stolz, als er dem Mann vom Zustand des Hauptkommissars berichten konnte.

»Ist Herr Berndt drinnen?«, fragte er abschließend.
»Seit 'ner Viertelstunde«, antwortete der Polizist. »Wir wissen noch

nicht, was dabei rauskommt. Um ehrlich zu sein, im Moment ist es mir auch fast egal.«
Fischer nickte mitleidig.
»Ich habe wenigstens ein paar Stunden geschlafen. Hättet ihr nicht schon längst abgelöst werden müssen?«
»Die Kollegen werden gleich kommen. Sagt man uns seit zwei Stunden.«

Fischer schickte sich an ins Haus zu gehen.

»Na, dann, guten Schlaf.«
»Entschuldigung, Herr ... Fischer, richtig?«

Der Beamte blickte durch seine müden Augen trübe auf Fischer, und seine Gesichtshaut bekam diese eigentümliche Glätte, die Gesichter bekommen, wenn dem dazugehörigen Menschen etwas besonders peinlich ist.

»Richtig, ich heiße Fischer, Herr ...«
»Herrmann!«
»Herr Herrmann. Gibt's noch was?«
Der Beamte wurde tatsächlich rot.
»Es tut mir leid. Aber ich habe Anweisung niemanden reinzulassen.«

Fischer spürte einen Kloß im Hals. Hier war er also sehr unmittelbar an seine Grenzen gestoßen. Von wegen, sich als Polizist fühlen, nur weil er an einer Polizeiaktion teilgenommen hatte und weil einer der leitenden Beamten wie Bühler ihm wohlgesonnen war. Welche Borniertheit, anzunehmen, dass er überall ein- und ausgehen konnte, wo ermittelt wurde. Er war ein Zivilist, ein Bürger, mehr nicht.

Fischer nahm den rechten Fuß, der die untere der ausgetretenen Stufen schon betreten hatte, wieder runter auf das Pflaster des Bürgersteiges. »Ah, ja!«, waren die einzigen Laute, zu denen er sich in seiner Enttäuschung durchringen konnte.

»Also, wenn's nach mir ginge, gerne«, stammelte der Uniformierte, »aber Kommissar Berndt hat ausdrücklich befohlen ...«
Er brach einfach ab.

»Ja, ja, okay«, war alles, was Fischer hervorbrachte. Inzwischen war auch der zweite Polizist ausgestiegen.

»Wenn Hauptkommissar Bühler nicht da ist, hat Kommissar Berndt das Ganze«, sagte er. Sein Gesicht drückte einen gewissen Trotz aus. »Der sieht seine große Chance, jetzt wo Hauptkommissar Hering nicht mehr mitmischt.«

Sein Kollege sah ihn verwundert von der Seite her an, schwieg aber dazu. Fischer blickte zu beiden Beamten abwartend hinüber.

In diesem Augenblick öffnete sich die Tür; und ein junger Beamter in Zivil kam aus dem Haus, den Fischer auch schon am Geiersberg gesehen hatte.

»Im ganzen Haus sind nur drei Gestalten«, sagte er zu den Uniformierten. Dann erst nahm er Fischer wahr.

»Oh, Sie können sich auch nicht von uns trennen, was?«

»Verantwortung als Bürger, der in den Fall verwickelt ist«, sagte Fischer matt und fügte hinzu, »außerdem faszinieren mich Sekten.«

Der junge Mann zündete sich eine Zigarette an. »Drinnen darf man nicht rauchen«, erklärte er. »Die meisten Religionsgemeinschaften sind voller Gesundheitsapostel!« Er schüttelte dabei den Kopf, als wäre das unfassbar.

Fischer begann gerade selbst Appetit auf etwas Rauchbares zu bekommen und trauerte den Zigarillos Hilperts nach, da öffnete sich wieder die Tür. Ein weiterer Uniformierter kam hinaus, gefolgt von Kommissar Berndt. Berndt sah Fischer sofort.

»Herr Fischer!«, sagte er und ließ es offen, ob das eine Begrüßung oder ein Vorwurf sein sollte.

»Herr Berndt«, gab Fischer ebenso zurück.

Erst jetzt schaute er sich den kleinen, kompakten, jungen Kommissar mit dem spärlichen, kurzen Blondhaar genauer an. Die blauen Augen waren durchdringend und der schmale, kleine Mund schien kein Lächeln produzieren zu können.

»Hauptkommissar Bühler hat mich unterrichtet, dass Sie weiterhin Interesse an dem Fall bekunden«, sagte Berndt steif, »soweit es ihn betrifft, kann ich mich da nicht einmischen. Was allerdings mich angeht«, er sah Fischer von unten direkt in die Augen, »sehe ich keine

Veranlassung, Sie am Stand meiner Ermittlungen teilhaben zu lassen. Ich habe mich über Sie kundig gemacht. Das Ende Ihrer Ausbildung bei der Kripo war ja nicht so rühmlich. Wenn Sie einen privaten Rachefeldzug gegen das Sektenunwesen führen wollen, so ist das, im Rahmen der Gesetze, Ihre Sache. Wenn Sie mir allerdings ins Handwerk pfuschen oder meine Arbeit behindern, kann Sie auch Ihre neugewonnene Freundschaft zu Hauptkommissar Bühler nicht retten. Habe ich mich verständlich gemacht?«

Fischer wusste jetzt, was der Uniformierte vorhin gemeint hatte, als er davon sprach, dass Berndt seine große Chance gekommen sah; und er fragte sich, wessen Art ihm besser gefiel, die von Hering, als er Berndt gestern Nacht vor versammelter Mannschaft angeraunzt hatte oder Berndts Predigt eben, die ihn, Fischer, betraf. Das alte Sprichwort von denen, die nach oben buckeln und nach unten beißen, fiel ihm ein.

Fischer betonte jede Silbe, als er sagte: »Das war keine Drohung, Herr Berndt, nicht wahr? Das hätten Sie doch nicht nötig?!«

Dabei erwiderte er Berndts Blick. Die Polizisten rings um die beiden Männer hielten den Atem an. Berndt blickte für den Bruchteil einer Sekunde weg, dann hatten beide wieder vollen Augenkontakt.

»Schauen Sie mal, Fischer«, sagte er leise, »der Unterschied zwischen uns beiden ist auch für Sie einfach zu begreifen, Sie *waren* bei der Polizei. Ich *bin* bei der Polizei.«

Damit wandte er sich abrupt von Fischer ab und ging an dem Streifenwagen vorbei zu seinem Dienstwagen. Der junge Beamte, der zuerst aus dem Haus gekommen war, schnippte seine Zigarette zu Boden und lief diensteifrig hinter Berndt her; alle drei Uniformierten kletterten in den Streifenwagen.

Der Polizist, mit dem Fischer als erstem gesprochen hatte, warf Fischer noch einen mitleidigen Blick zu.

»Nichts für ungut«, sagte er, als hätte er und nicht Berndt diese Unverschämtheiten vorgebracht.

Eine Minute später fädelten sich beide Fahrzeuge in den fließenden Verkehr ein. Fischer starrte ihnen nach. Er erschien äußerlich ruhig, doch im Innern brodelte seine Wut wie glühende Lava.

11.

Samstag 12.09 Uhr,
Hauptquartier der *»Wingertschützen«* in Oppenheim

Claudia stand am Fenster des ersten Stockwerkes und sah die beiden Polizeiwagen abfahren. Die Finger ihrer rechten Hand spielten nervös mit dem Ring, während die obere Reihe ihrer Zähne auf der aufgesprungenen Unterlippe herumnagte. »Sie haben keinen als Posten dagelassen!«, meldete sie ohne den Kopf zu wenden.
»Keinen, den du auf Anhieb sehen kannst«, sagte Oliver.
»He, Ruhe mal«, zischte Kai, der mit der großen Nase, »ich habe was gehört. Die Tür!«

»Verdammt, wir hätten hinter den Bullen abschließen sollen, wie ich's gesagt habe. Aber nein ...«
Oliver unterbrach sich, dann sagte er leise: »Da kommt einer die Treppe hoch.«
»Na und, wir sind ein Haus der offenen Begegnung«, sagte Claudia mit männlichem Sarkasmus, »die Bullen haben wahrscheinlich keinen reingelassen, jetzt holt er sich seine Erbauung ab.«
»Er oder sie!«, sagte Oliver.
»Eindeutig ein *ER«,* erwiderte Kai, »so entschlossen tritt nur ein Mann auf.«
»Ich dachte, wir hätten solche sexistischen Äußerungen nicht nötig«, warf Claudia ein, drehte sich, immer noch am Fenster stehend, um und sah zur Tür, deren Klinke sich bewegte.

Die beiden jungen Männer saßen hinter dem Schreibtisch des Sektionsleiters und starrten ebenfalls die Klinke an.

Die wanderte wieder in ihre Ausgangsposition, ohne dass die Tür geöffnet wurde. Die Drei sahen sich fragend an. Jetzt klopfte es.

»Ja?«, rief Claudia, »es ist offen.«

Nun bewegte sich die Klinke wieder nach unten, und die Tür schwang auf. Der große Mann in der schwarzen Lederjacke stand wie ein Büßer in der Türöffnung. Er drehte mit beiden Händen ein schwarzes Stück Stoff hin und her, das offensichtlich seine Kopfbedeckung darstellte. Sein schüchterner Blick passte nicht zu seinem Outfit.

»Bin ich zu früh?«, fragte er mit warmer, aber etwas unsicherer Stimme. Claudia lief ein Schauder über den Rücken. Das war er ... dieser Exbulle, der mit Albert am Geiersberg gekämpft hatte und der wahrscheinlich Alberts Ring besaß oder ihn, was wahrscheinlicher war, an die Polizei weitergegeben hatte.

Albert hatte ihn gut beschrieben. Aber wieso kam er allein, warum hatten ihn die Bullen nicht gleich mitgebracht? Claudia ärgerte sich, dass sie ihn nicht durchs Fenster gesehen hatte. Wahrscheinlich hatte er direkt vor der Eingangstür gestanden, im toten Winkel, was den Einblick vom Fenster aus betraf. Warum zog er hier eine Schau ab?

»Früh?«, fragte Kai und stand hinter dem Schreibtisch auf, »wozu zu früh?«

»Ich habe das Schild am Fenster unten gelesen«, antwortete der Mann. »Die Seele schreit und niemand will sie hören? Wirf deine Sorgen in die Bütt der *Wingertschützen.* Montag bis Samstag ab 13.00 Uhr. Ich weiß, es ist noch nicht soweit, aber ich habe gehört, man kann hier viele Leute treffen, mit denen man sich austauschen kann; ich habe unten keinen gesehen, ihr seid die Ersten. Es ist doch recht, dass ich euch duze?«

»Klar, ich bin der Oliver!«

»Und ich der Kai!«

»Claudia!«

»Mein Name ist Ludwig, aber ihr könnt ruhig Lui zu mir sagen.«

Claudia fixierte die Gesichter ihrer beiden Wingertschützenbrüder. Ob denen auch klar war, wer sich hier einschlich?

Claudia beschloss, offensiv vorzugehen. Sie stieß sich vom Fenster ab und stellte sich neben den Schreibtisch.
»Lui, willst du nur mal ganz zwanglos bei uns reinschnuppern, oder hast du mehr vor?«
»Mehr vor?«
»Ja, willst du Mitglied werden?«
»Nun, das kann schon sein. Aber vielleicht nicht gleich ... ich würde schon erst mal gern ein paar von euch kennenlernen ... äh ...«

Claudia regte sich sehr auf, aber sie zwang sich, ruhig zu bleiben. »Heute ist es ein wenig ungünstig«, sagte sie, »unsere Hirten sind nicht da, und die Brüder und Schwestern nehmen an einer Exkursion teil. Bist du nur durch das Schild auf uns aufmerksam geworden, oder sind wir empfohlen worden? Weißt du, wir betreiben eigentlich keine aggressive Missionsarbeit wie andere Gemeinschaften, man kommt meistens auf Empfehlung.«

»Ja, wenn du mich so fragst, Claudia...«
»Nur Mut!«
»Alisa Mandelbaum hat mir von euch erzählt.«

Claudia schoss die Hitze ins Gesicht, sie hoffte nur, dass man es nicht sehen konnte. Kommissar Berndt hatte schon nach Alisa gefragt. Aber dass dieser Typ auch von Alisa wusste, und dass er hier nicht offen fragte, erfüllte sie mit Entsetzen.

Hoffentlich wurden Kai und Oliver jetzt langsam munter. Aber die blickten den ungebetenen Gast nur freundlich neutral an.

»Alisa, das ist schön. Woher kennst du sie?«
»Ich hab sie mal in Mainz getroffen, sie arbeitet ja in Mainz, gell?«

Hund! Claudia hasste diesen Kerl. Der konnte alles zunichte machen. Sie überlegte fieberhaft, wie sie vorgehen sollte. Auf Oliver und Kai konnte sie nicht setzen. War es besser, ihn mit süßen Worten hinauszukomplimentieren, oder sollte sie ihn enttarnen und zur Rede stellen?

Dann gab es immer noch zwei Möglichkeiten. Er wurde verscheucht, oder er wurde festgesetzt. Um das zu entscheiden, brauchte sie aber die Jungs.

Claudia entschloss sich zur Enttarnung, da Kai und Oliver dann automatisch ihre Partei ergreifen mussten.

»Das haben Sie nett recherchiert, Herr Fischer«, sagte sie und stellte erleichtert fest, dass Oliver aufgesprungen war. Jetzt standen sie alle drei als geschlossener Haufen dem Feind gegenüber.

Der ließ die Maske sofort fallen. Das schüchterne Gehabe verschwand, er steckte langsam die Strickmütze in die Außentasche der schwarzen Lederjacke und blickte alle drei der Reihe nach an.

»Bleiben wir nicht beim du?«, fragte er.
»Was wollen Sie?«
Claudia fühlte sich weiterhin als Wortführerin.
»Ich suche Alisa!«, sagte Fischer, »die Polizei hat einen Brief gefunden, aus dem hervorgeht, dass sie eure Sekte verlassen wollte.«
»Das hat uns die Polizei schon gefragt. Wir wissen es nicht. Und das Wort Sekte hören wir nicht so gern.«
Fischer: »Geschenkt, wer ist Peter?« Claudia bekam schmale Augen vor Zorn.
»Wen meinen Sie? Peter Kraus, Peter Pan oder Peter und Paul?«
»Den Peter, der im Osthofener Bahnhof auf Alisa warten wollte, kurz bevor sie verschwand und euer Oberguru ermordet wurde.«

Fischer kam einen halben Schritt näher.
Kai und Oliver spannten unter ihren Kattunhemden die Muskeln an.
Claudia war zufrieden.

»Wir wissen nichts davon, dass Alisa weg wollte, und wir wissen nichts von einem Peter. Das Einzige, was wir wissen, ist, dass jemand Hans Herbert umgebracht hat. Darum sollte sich die Polizei kümmern. Aber *Sie* sind kein Polizist. Sie sollten sich nur um Ihre eigenen Angelegenheiten kümmern.«

Fischer kam noch weiter nach vorn.

»Auf welcher Exkursion ist euer Verein eigentlich? Außer euch dreien hat die Polizei keinen zuhause angetroffen, außer einem in Osthofen.«
»Bruder Gerhard ist noch nicht hier?«, Oliver war dieser Satz herausgerutscht, und er blickte schuldbewusst zu Kai und Claudia.

›Idiot‹, dachte das Mädchen.

»Kann ich davon ausgehen, dass ihr eine Art Mitgliederversammlung habt?«, fragte Fischer.

»Unser geistiger Hirte ist tot«, sagte Claudia mit größter Selbstbeherrschung, »da ist es doch nicht verwunderlich, dass wir gemeinsam darüber reden müssen, oder?«
Fischer grinste plötzlich breit.

»Vollstes Verständnis, nur wundert es mich, dass der Laden hier nicht brechend voll ist. Das ist doch euer Hauptquartier, oder?«
Claudia wusste nicht mehr, wie weit sie gehen konnte, ohne eine Situation zu schaffen, in der sie Fischer nicht mehr gehen lassen konnten.

Das Telefon auf dem Schreibtisch kam ihr zu Hilfe. Es läutete mit einem altmodischen Klingelzeichen.

Claudia hob ab: *»Die Wingert ...«*
»Magnusberger!«
»Ah, Ralph ...«
»Sind die Bullen noch da?«
»Die Polizei ist weg.«
»Was wollten sie wissen?«
»Die Fragen, die zu erwarten waren ...«
»Wann kommt ihr?«
»Bald ... aber Ralph ... Herr Fischer ist hier.«
»Fischer ... der mit den Bechtheimern auf dem Geiersberg war?«
»Ja, der, von dem du uns bei Gerhard erzählt hast.«

Während sie sprach, sah sie Fischer an.

Dessen Körperhaltung war genauso angespannt wie die von Kai und Oliver. Wenn es zu einem Kampf kommen sollte, stünde die Jugend der beiden *Wingertschützen* gegen die Polizeierfahrung Fischers. Wenn man allerdings Albert Wächters Schilderung des kurzen Gefechtes am Geiersberg bedachte, dann konnte es mit Fischers Einsatzfähigkeit nicht weit her sein, also standen die Chancen für Kai und Oliver gar nicht schlecht.

Claudia wollte es ungern dazu kommen lassen, aber die Situation war bereits so weit eskaliert, dass sie ihn nicht mehr gehen lassen konnten. Oder? Claudia war verwirrt und sehr dankbar, dass Ralph jetzt eine Entscheidung treffen musste und nicht sie.

»Freundliches Gespräch?«, wollte Ralph wissen.
»Wie man's nimmt«, antwortete Claudia so vorsichtig wie möglich.
»Hat die Polizei in die richtige Richtung vermutet?«
»Weniger!«
»Fischer?«
»Schon eher!«
»Könnte er zu früh Wirbel machen?«
»Möglich!«

Claudia sah mit Unbehagen in die Augen Fischers und fragte sich, was er sich aus ihren Antworten auf Ralphs Fragen zusammenreimen konnte.

»Ich kann hier auf keinen Fall weg«, sagte Ralph, »und es fällt mir schwer, von hier aus eine Entscheidung zu treffen. Du weißt eher, wie weit er schon ist. Wenn er alles vereiteln kann, dann dürft ihr ihn nicht mehr weglassen. Dann müsst ihr ihn hierher bringen. Aber ohne Gewalt. Für solche Aktionen seid ihr alle drei nicht die Richtigen. Lass deine weibliche List spielen und locke ihn hierher. Er darf aber keine Möglichkeit haben, vorher noch jemanden zu informieren.«

Claudia strengte sich sehr an, neutral zu blicken und hatte dennoch das Gefühl, dass Fischer an ihrem Gesicht alles ablesen konnte. Natürlich war das Quatsch, aber dieser Mann war ihr unheimlich. Es war, als wüsste er ein wenig zu viel über die Mechanismen einer Gemeinschaft wie der ihren. Hatte Ralph nicht gesagt, dass er früher etwas mit einer Sekte zu tun gehabt hatte? Ja, das war es.

Was Fischer nicht wusste, ahnte er. Es gab für eine Gruppe mit diktatorischen Machtstrukturen nichts gefährlicheres als einen Aussteiger, der die Regeln kannte, wobei es nur eine untergeordnete Rolle spielte, ob der Aussteiger speziell die *Wingertschützen* von innen kannte oder eine andere, ähnliche Gruppierung.

Claudia war nicht dumm genug zu glauben, dass sie einzigartig wären. Unter den wählbaren Lebensextremen hatte sie sich eben dieses ausgesucht. Und nun klebte sie mit allen Konsequenzen daran.

Sie schauderte. Mit allen Konsequenzen ...

»Überlege es dir gut«, sagte Ralph jetzt, »es würde natürlich unsere Pläne komplizieren. Wenn die Chance besteht, dass er nichts ahnt, dann schicke ihn mit ein paar unverfänglichen Antworten wieder weg. Entscheide du. Ich vertraue dir, Schwester!«
Damit legte Ralph auf.

Claudia hatte sich noch nie so verlassen gefühlt. Das Schicksal der *Wingertschützen* lag allein in ihren Händen.
Als müsse sie für Fischer unbedingt eine Verabschiedungsfloskel liefern, um die Harmlosigkeit des Gespräches zu unterstreichen, sagte sie in den toten Hörer:

»Bis bald, Ralph!«

Kai und Oliver sahen komisch aus in ihrer männlichen Kampfhahnhaltung und ihren beinahe dämlich fragenden Blicken.

»Das war Herr Magnusberger, er leitet *die Wingertschützen,* bis wir einen neuen Hirten gefunden haben«, erklärte Claudia und zwang sich zu einem etwas wackeligen Lächeln. Blitzschnell entschied sie sich für eine Strategie. »Er versteht Ihr Interesse an dem Fall ...«, sie bemühte sich, glaubwürdig zu wirken und fügte noch etwas persönliches an, »obwohl ... Sie werden mich verstehen ... für mich ist das nicht irgendein Mordfall, Hans Herbert war unser Oberhirte, und der Verlust ist gar nicht mit Worten zu beschreiben ...«
»Ja, ja ...«, sagte Fischer nur.
»Der glaubt mir keinen Ton«, dachte Claudia, »der merkt, dass ich die gleiche Show abziehe, wie er vorhin. Trotzdem sprach sie weiter. »Herr Magnusberger kann Ihnen Ihre Fragen besser beantworten als ich.«
»Kommt er her?«, fragte Fischer lauernd.
»Leider kann er im Augenblick nicht. Die Gemeindearbeit ist gerade in dieser speziellen Situation eminent wichtig.«

Claudia hörte sich selbst zu und empfand sich als denkbar schlechte Komödiantin, aber sie hielt durch.

»Er bittet Sie aber um ...«, sie stockte nur ganz kurz, »18 Uhr noch einmal zu kommen, da wird er Ihre Fragen so gut es geht beantworten.«

Claudia schwieg, sehr ängstlich darauf wartend, wie Fischer reagieren würde. Sie sah, wie er ausatmete, wie sich die angespannte Haltung lockerte. Er konnte diese Hinhaltetaktik unmöglich gefressen haben.

»Warum nicht gleich so!«, sagte er mit einem leichten Lächeln, »da hätten wir uns beide die unfreundlichen Töne ja schenken können, gell?«

Claudia weigerte sich erleichtert zu sein. Das ging zu glatt. Jetzt war es wahrscheinlich wieder an ihm, Schmierentheater zu spielen.

Auf Kai und Oliver achtete sie inzwischen gar nicht mehr, deren Anwesenheit war jetzt unerheblich, weil sie nicht wussten, auf was das hier hinauslaufen sollte.

»Da haben Sie recht«, antwortete sie auf Fischers Satz und zwang sich, das Lächeln zurückzugeben, »es ist normalerweise nicht meine Art. Unsere Gemeinschaft duldet keine Ausbrüche gegenüber Ratsuchenden ... auch wenn es sich um einen kriminalistischen Rat handelt.«

Ihre eigene Ausdrucksweise kotzte sie an. Unnatürlicheres Geschwätz hatte sie nie von sich gegeben. Wenigstens hoffte sie das.

»Um 18 Uhr, sagten Sie?«, fragte Fischer.

»Ja«, gab Claudia zurück.

Sie musste plötzlich an Peter denken. Während sie sich noch bemühte, dem Blick Fischers standzuhalten, türmten sich Fragen auf, die sie sich in der Hektik der letzten Stunden nicht gestellt hatte.

War der Weg richtig, den die *Wingertschützen* heute beschritten hatten und von dem es kein Zurück mehr geben konnte? War es richtig, blind auf Bruder Ralph zu vertrauen?

»Gut, ich gehe dann«, sagte Fischer und trat den Rückzug zur Tür an. Er tat dies so, dass er die drei weiter im Auge behalten konnte.

Claudia sah jetzt doch ganz kurz nach rechts, zu Kai und Oliver, die Fischer nachstarrten, sich dann aber, fast gleichzeitig, in Claudias

Richtung drehten, wahrscheinlich irgendeinen Tipp erwartend, wie sie sich verhalten sollten. Spätestens jetzt war Claudia restlos überfordert.

Ihre Gedanken überschlugen sich in einem wilden Durcheinander widerstreitender Impulse.

Wenn sie Fischer jetzt noch aufhalten wollte, wie? Wenn er jetzt ging, was könnte er anrichten? Warum hatte sie es soweit kommen lassen?

Ralph vertraute ihr. Mit welcher möglichen Entscheidung würde sie dieses Vertrauen enttäuschen? Und ... hatte sie nicht schon längst beschlossen, Fischer laufen zu lassen? Warum zum Teufel stellte sie dann ihre eigene Entscheidung in Frage? Nur weil diese beiden Idioten sie ansahen, als würden sie auf einen Befehl warten?

Fischer nahm jetzt die Klinke in die Hand und sagte: »Wenn Sie einen im Verein haben, der mit Sprengstoff umgehen kann, würde ich ihn an Ihrer Stelle im Auge behalten und auf der Hut sein.«

Damit zog er die Tür auf, ging schnell hinaus und schloss die Tür von außen.

Während seine Schritte auf der Treppe nach unten rasch leiser wurden, standen Kai und Oliver immer noch in ihrer Frageposition. Nur Claudia bewegte sich nach einer Schrecksekunde. Sie stürmte zur Tür, riss sie auf, aber da hörte sie schon das Klacken der Haustür unten im Erdgeschoss.

»Was war denn das?«, fragte Kai, der jetzt hinter dem Schreibtisch hervorkam.

»Sollte das irgendeinen Sinn haben?«, schloss sich Oliver an.

»Ralph hat mir überlassen, ob wir ihn festhalten oder gehen lassen«, erklärte Claudia atemlos und lief zum Fenster, durch das sie gerade noch Fischer sehen konnte, bevor er nach links aus ihrem Blickfeld entschwand. Dann drehte sie sich zu den beiden um.

»Ich bete, dass ich das Richtige getan habe«, seufzte sie.

Kai öffnete den Mund, um etwas zu sagen; da läutete das Telefon erneut. Die Jungs ließen Claudia den Vortritt, obwohl sie näher am Telefon standen. Claudia ging zum Schreibtisch und hob den Hörer ab. Ihre Führungsposition innerhalb der Dreiergruppe schien unangefochten, trotz der unglücklichen Aktion mit Fischer.

»Die Wingertschützen?!«, meldete sie sich mit belegter Stimme.
»Fischer hier.«

Claudia zuckte zusammen.

»Ich nehme an, man hat Ihnen von der Explosion in Albert Wächters Haus in Mettenheim erzählt. Na ja, wenn Sie da mit drinstecken, wissen Sie es sowieso. Wenn aber nicht, dann gilt mein Satz von vorhin. Seien Sie auf der Hut. Und noch was: Wussten Sie, dass Ralph Magnusberger wegen eines Sprengstoffdeliktes vorbestraft ist?«

Claudia hörte den Ton, mit dem Fischer den Kontakt unterbrach. Plötzlich musste sie weinen.

12.

Samstag 12.44 Uhr, Osthofen, Am Eulenberg

Wahrscheinlich war das Fernsehen schuld daran, dass Bruder Gerhard nicht auf die Idee kam, er könnte mittags um 12.45 Uhr ermordet werden.

Die Stunde zwischen 15 und 16 Uhr, wie im Falle Bruder Prengels, gestern am Geiersberg, war schon eine ungewohnte Zeit für eine Tat gegen Leib und Leben. Aber eine dreiviertel Stunde nach dem Mittagessen?

Da boten sich doch verregnete Kopfsteinpflastergassen im Gas-, beziehungsweise Neonlicht und petroleum- oder kerzenbeleuchtete nächtliche Räume eher an. Zumindest wurde einem das in den meisten Fernsehkrimis suggeriert.

Und obwohl Bruder Gerhard Grund hatte, auf sich aufzupassen, und obwohl er aus nächster Nähe einen Fall in Worms kannte, bei dem nachmittags um 14 Uhr drei Menschen in einem feudalen Haus erschlagen worden waren, dachte er um 12.44 Uhr an diesem Samstag nicht im Geringsten daran, dass er um 12.45 Uhr schon tot sein würde. Vor allem war kein Mensch in der Nähe, der ihm hätte gefährlich werden können.

Als der Sekundenzeiger der Armbanduhr die erste Sekundenmarkierung nach 12.44 Uhr ansprang wie eine Katze ihr ahnungsloses Opfer, war Bruder Gerhard gerade dabei, seine Haustür abzuschließen. Er stand draußen am Eulenberg in der kühlen, angenehmen Herbstluft und wandte sich seinem Auto zu, das ein paar Meter weiter bergab an der Seebach geparkt war, dort, wo das nicht immer wohlriechende Gewässer unter einem Haus verschwand.

Der Kofferraum seines Opel Astra war voll mit Unterlagen über die *Wingertschützen.* Ein sauber gepackter Koffer lag daneben, und in der Innentasche seines Jacketts steckten, neben sämtlichen Ausweisen und Kreditkarten, auch seine Sparbücher. Solange seine Gattin noch mit den Landfrauen auf Reisen war, würde ihn niemand daran hindern können, die Konten bis auf wenige Mark zu leeren.

Bruder Gerhard wusste, dass er in Oppenheim erwartet wurde. Er wusste auch, wie man mit dem Auto dorthin kam. Er brauchte nur auf die Friedrich-Ebert-Straße, die Osthofener Haupttangente, zu fahren, die hinter der Schranke am Bahnhof zur Rheinstraße wurde, dann Richtung Rhein bis hinunter zur B9, dort nach links Richtung Mainz, und er würde über Guntersblum, parallel zur Eisenbahnstrecke, in rund 20 Minuten Oppenheim erreichen.

Bis zur B9 war seine geplante Route noch identisch mit der nach Oppenheim, dort aber wollte er rechts abbiegen, nach Worms. Spätestens fünf Stunden später könnte er in Basel sein. Ein neues Leben ohne *Wingertschützen* und ohne seine ungeliebte Ehefrau könnte beginnen.

Bruder Gerhards Armbanduhr befand sich an seinem linken Handgelenk und wurde von Hemd- und Jackettärmel verdeckt. Er sah also nicht, wie seine Zeit verrann, aber sie tat es. Unerbittlich! Der Sekundenzeiger zuckte in Richtung auf die Sechs. Noch eine halbe Minute.

Bruder Gerhard hatte diesen ganzen Zirkus um die Glaubensgemeinschaft schon lange satt. Ursprünglich war er wegen der Mädchen eingetreten. Er hatte von Sexspielen gehört, die ihm eine willkommene Abwechslung zur Nachkriegserotik seiner Gattin versprachen.

Die Wirklichkeit innerhalb der Sekte hatte aber anders ausgesehen. Es war wie in seiner Firma: Die Mädchen machten sich nichts aus ihm. Die Devise lautete: Jung zu jung, mittelalt zu mittelalt, alt zu alt. In der Sekte wie im Betrieb. Die knackigen Dinger, wegen denen er beigetreten war, verlachten ihn, oder, was zwar gnädiger, aber dennoch schlimmer war, sie beachteten ihn oft gar nicht.

Unter Konrad Wächters Leitung war der Sex ohnehin Nebensache gewesen, aber da hatte Bruder Gerhard noch Hoffnung gehabt, dass sich für ihn etwas ändern würde. Als unter Hans Herbert Prengel die erotische Komponente immer wichtiger wurde, und Bruder Gerhards Hoffnung in die Richtung wahrer Erfüllung anschwoll, kam die Ernüchterung.

Als dann die Grabenkämpfe begannen, bis zu Wächters Austritt, begann auch Bruder Gerhards Martyrium. Er konnte nicht mehr raus. Er wusste zuviel. Und kaum war Ralph Magnusberger im Boot, begannen die Kämpfe heftiger zu werden, wurde am Stuhl Prengels gesägt.

Bruder Gerhard rutschte immer tiefer in den Sumpf, ohne der Erfüllung seiner intimsten Wünsche auch nur ein Stück nähergekommen zu sein.

Sein Wissen über die meisten in der Gruppe war über die Jahre gewachsen; er schaffte es, von jedem etwas über jeden zu erfahren, er schleimte, buckelte, stichelte, war loyal, wo es ihm Vorteile verschaffte, wurde zum Verräter aus dem gleichen Grund, war unbeliebt bei vielen und nützlich für manche.

Aber nun war der Bogen überspannt. Seit gestern war ihm klar geworden, dass für ihn nichts mehr zu gewinnen war. Denn er hatte etwas herausgefunden, das für ihn gefährlicher war als alles, was er bisher entdeckt hatte.

Es gab eine Kraft hinter den leitenden *Wingertschützen.* Jemand, an den er nie gedacht hatte und der Geschäfte mit Prengel und Magnusberger machte. Es ging um viel mehr Geld, als er je hinter der Sekte vermutet hatte. Nachdem Magnusberger und die anderen ihn gestern Nacht verlassen hatten, war ihm bewusst geworden, dass er sein Heil nur noch in der Flucht suchen konnte.

Bruder Gerhard öffnete die Fahrertür des Opel Astra, glitt hinter das Lenkrad, zog die Tür ins Schloss.

Noch fünfzehn Sekunden.

Im Innenspiegel überprüfte er den Sitz seiner silbergrauen Krawatte.

Sie hob sich perfekt vom klinischen Weiß seines Hemdes ab.

Den allerletzten Ausschlag für seine Entscheidung wegzugehen, gab die telefonische Meldung von dem Sprengstoffanschlag.

Zehn!
Bruder Gerhard warf im linken Außenspiegel einen Blick zurück zu dem Haus am Eulenberg, in dem er zwanzig Jahre gelebt hatte. Gelebt? Nein, gewohnt ...
... nur gewohnt ...
Neun!
Seine Frau würde ihn zwar nicht vermissen, aber verfluchen. Immerhin würde er sie um alles Bargeld bringen, das sie gemeinsam angespart hatten.
Acht!
Mit dem Haus sollte sie machen, was sie wollte.
Sieben!
Kinder gab es keine. Sie hatte nie welche gewollt.
Sechs!
Sicher, wenn es nach ihm gegangen wäre ...
Fünf!
Obwohl er sich manchmal gefragt hatte, was dabei herausgekommen wäre. Ihrer beider Gene hätten eine entweder tödliche oder tödlich langweilige Mischung ergeben.
Vier!
Er steckte den Schlüssel ins Lenkradschloss.
Drei!
Zur Hölle mit seiner Frau.
Zwei!
Zur Hölle mit den *Wingertschützen!*
Eins!
Er drehte den Schlüssel!
Der Sekundenzeiger sprang auf 12.45 Uhr.

Seltsam, wie dumpf und gleichzeitig unspektakulär sich eine Explosion anhörte, wenn man selbst unmittelbar im Zent...

13.

Samstag 13.00 Uhr, Oppenheim, Hotel Rondo

Pfarrer Burghard schüttelte Fischer die Hand. »Wir kennen uns, nicht wahr?«

Fischer grübelte darüber nach, ob die Frage bedeuten sollte ›Kennen wir uns, ich erinnere mich jedenfalls nicht‹, oder ›Ich kann mich noch gut an Sie erinnern, aber Sie werden mich wahrscheinlich verdrängt haben‹.

Selbstverständlich konnte sich Fischer gut an diesen Mann erinnern. Noch jung, höchstens vierzig, etwas massig, blondgelocktes, in der Stirn zurückgehendes Haar, immer in Schwarz, wie ein katholischer Priester, und für sein Alter sehr gebeugt gehend. Seine Art zu sprechen war ruhig, was Fischer noch nicht auf die Nerven ging, er selbst neigte auch nicht gerade zum Schnellschwätzen, aber Burghards Art, Sätze ins Unendliche zu zerdehnen, den Zuhörer quasi akustisch am Gedankenprozess teilhaben zu lassen, regte Fischer auf. Irgendwie hatte er gehofft, ihn nie wiederzusehen.

Aber Burghard stand dort in der kleinen Empfangshalle des Hotels Rondo mit einer Selbstverständlichkeit, als sei er der Hotelgeistliche, falls es so etwas gab.

Mit einer Fischer schon bekannten Unschuldsmiene blickte Edgar seinen Onkel an. Er und Susanne hatten auf der Zweiercouch gesessen, als Fischer die Empfangshalle betrat, die eigentlich ein Empfangszimmer war. Sie erhoben sich jetzt, als Pfarrer Burghard Fischers Hand losließ.

Susanne kam auf Fischer zu und küsste ihn auf die Wange, wobei sie sich auf die Zehenspitzen stellen musste. »Hallo Lui«, sagte sie mit ihrem winzigen französischen Akzent, der Fischer nur noch deshalb auffiel, weil er wusste, dass sie aus Straßburg stammte. Für Fremde ging sie als Deutsche mit leichtem Sprachfehler durch, was durchaus in ihrem Sinne war.

Sie schüttelte ihre langen blonden Haare in Modelmanier und blickte Fischer von unten herauf kokett an.

»Du hast doch nicht geglaubt, dass Eddie dich ohne geistlichen Beistand in die Schlacht ziehen lässt«, sagte sie.
Edgar reichte Fischer die Hand. »Pfarrer Burghard ist so freundlich, sich deine Geschichte anzuhören. Ich habe ihn aus Mainz abgeholt, darum die Stunde Verspätung.«

Fischer seufzte innerlich. Edgar war sichtlich stolz über seine Verbindungen, wahrscheinlich hatte er heute Morgen in aller Herrgottsfrühe in Mainz angerufen und Pfarrer Burghard aus dem Morgengebet gerissen.

Und schon hatte er diesen vielbeschäftigten Mann hierher nach Oppenheim gebracht. Solche Aktionen gefielen Edgar.

»Gehen wir auf mein Zimmer!«, bestimmte Fischer und lief die halbrunde Treppe voraus in den zweiten Stock zu den Nichtraucherzimmern.

Am Getränkeautomaten angekommen, fragte er die anderen nach ihren Wünschen. Als die verneinten, zog er sich eine Dose Eichbaum, dann gingen sie in das kleine helle, frisch riechende Zimmer.

Edgar und Susanne nahmen auf dem Bett Platz. Fischer fiel auf, dass sie nicht so eng zusammensaßen wie sonst. Er bot Pfarrer Burghard den Sessel an, setzte sich dann selbst auf das nur eine Person fassende Sofa und blickte zunächst Edgar erwartungsvoll an.

Er dachte nicht daran, von sich aus etwas zu erzählen, er hatte genug damit zu tun, den Ärger über Edgars Eigenmächtigkeit runterzuschlucken. Das tat er im übertragenen wie auch im realen Sinn, indem er die Bierdose ansetzte.

Edgar legte eine Mappe auf den kleinen Glastisch, neben die Blumenvase.

»Im Internet gab's nur die offizielle Homepage der *Wingertschützen«,* sagte Edgar. »Das war mit ein Grund, Pfarrer Burghard einzuschalten.«

Fischer stellte die Bierdose ab und nahm die Präsentationsmappe zur Hand. Edgar wäre nie auf die Idee gekommen, einen einfachen Computerausdruck mitzubringen. Bei ihm wurde nicht ›gezeigt‹, bei ihm wurde ›präsentiert‹.

Fischer blätterte. ›www.wingertschützen.de. Die Seele schreit und niemand will sie hören!? Wirf deine Sorgen in die Bütt der *Wingertschützen.* Wir sind eine freie Glaubensgemeinschaft, die sich locker am christlichen Glauben des alten Testamentes orientiert, aber den Weg der Amtskirchen ablehnt. Wir bauen nicht auf die Jungfrau Maria, nicht auf Moses oder Paulus. Unsere Propheten sind nicht tot.‹

›Doch, schon zwei‹, dachte Fischer bitter. Konrad Wächter und jetzt Hans Herbert Prengel. Er las weiter, obwohl Edgar, Susanne und Pfarrer Burghard ihn beobachteten.

›Wir verstehen uns als echte Rheinhessen und haben deshalb auch die Bütt in unserem Wappen.‹

Ein entsprechendes Bild illustrierte diese Behauptung. Das aus Dauben gefertigte, ovale Transportgefäß für Trauben stand auf diesem Bild auf einem überproportionierten Ring, der sich aus zwei geflochtenen Stricken zusammensetzte, die sich lediglich an zwei Stellen berührten.

Fischer nickte. Dann las er weiter, obwohl sich Edgar räusperte: ›Hans Herbert Prengel ist unser Prophet. Er steht in ständigem Gotteskontakt und bringt uns die neuen Gebote näher. Denn es gibt nicht nur die zehn Gebote der Amtskirchen, nein, die wahre Gottheit erneuert ständig ihre Anweisungen an die Schafe auf Erden. Es ist wirklichkeitsfremd, anzunehmen, dass die wahre Gottheit sich auf zehn Gebote beschränkt hat. Die Welt hat sich in den letzten zweitausend Jahren geändert, man kann nicht davon ausgehen, dass die Gottheit diesen Änderungen nicht Rechnung trägt. Aber wir wollen keinen Menschen zwingen, unsere Anschauung bedingungslos zu akzeptieren. Wir bieten uns zum Gespräch an. Wir hören eure Sorgen. Wir bieten Hilfe: unaufdringlich, ohne Gegenforderungen, aber mit mahnender Stimme. Wir halten euch die Bütt hin, damit ihr eure Sorgen hineinwerfen könnt. Aber wir werden nicht schweigen zu euren Problemen.

Wir machen es wie die echten *Wingertschützen.* Wir verscheuchen den Unglauben und die Gottlosigkeit und warnen vor den Folgen üblen Tuns.

Aber wir warnen und mahnen nur die, welche die Wahrheit bei uns suchen. Du wirst uns nicht auf den Straßen finden, nicht in den Palästen der Amtskirchen. Du findest uns in Oppenheim, in unserem Hauptquartier.

Sprich mit uns. Glaube nicht an die längst verstorbenen Propheten, deren Worte du nur auf Dünndruckpapier bekommst. Höre unseren Propheten mit eigenen Ohren. Berühre unseren Propheten. Fühle ihn!

Siehe aber diese Zeilen als Angebot, nicht als Nötigung. Komme aus freier Entscheidung.‹

Fischers Hand zitterte leicht. Es waren andere Worte. Es waren andere Inhalte. Aber der Ton war mehr als ähnlich. Immer wieder war von Freiheit die Rede. Von freiem Willen und freien Entscheidungen. Aber nur so lange, bis man drin war.
»Wirf deine Sorgen in die Bütt«, murmelte Fischer.
»Helau, Narrhallamarsch und Abgang«, kommentierte Edgar.
Keiner lachte.

Fischer hätte noch ähnliche Selbstdarstellungen durchblättern können. Aber das waren nicht die Informationen, die ihn weiterbrachten. Was er benötigte, war Insiderwissen. Vielleicht war es doch keine schlechte Idee von Edgar, dass er Pfarrer Burghard zurate gezogen hatte.

»Haben Sie das auch gelesen?«, fragte er den Geistlichen und hielt ihm die Mappe hin.

»Wenn es aus dem Internet kommt, kenne ich den Inhalt«, wehrte Burghard ab.
»Ihr Neffe hat mir all das berichtet, was Sie ihm gestern erzählt haben. In den Frühnachrichten im Rundfunk wurde die Tat kurz erwähnt. Aber Sie waren ja gestern Nacht sicherlich noch länger am Tatort.«

»Ja«, Fischer überlegte kurz, was er erzählen sollte. Er entschied sich für eine lückenlose Berichterstattung. Wenn er auch Burghard nicht gern um sich hatte, so konnte er ihm doch vertrauen, und Edgar und Susanne hatten ein Recht auf die Wahrheit.

Also erzählte er alles. Vom Mord, von der Explosion in Mettenheim und von seinem Besuch im Hauptquartier der *Wingertschützen,* von dem er erst vor wenigen Minuten zurückgekommen war.

Selbst den Disput mit Berndt erwähnte er.

Nur das offene Gespräch mit Bühler ließ er aus. Als er geendet hatte, sagte zunächst niemand etwas. Susanne war nun doch ganz nahe an Edgar gerutscht, der in seinen Designerjeans und dem T-Shirt unter der Armanijacke viel jünger als Susanne wirkte, wobei es in Wirklichkeit umgekehrt war.

Pfarrer Burghard trug sein ›Und wir sind allzumal Sünder‹ Gesicht zur Schau, saß vornübergebeugt mit gefalteten Händen und hätte in jeden Erbauungsfilm der evangelischen Kirche gepasst. Allerdings in Schwarzweiß mit dem Herstellungsjahr 1959.

Fischer hatte Angst, dass sich Burghard nicht sofort auf die *Wingertschützen* stürzen würde, sondern auf seine, Fischers Vergangenheit. Er behielt Recht.
Aber zunächst sprach Susanne.
»Lui«, sagte sie, und ihre Stimme wackelte kein bisschen, »du standest in der Nähe der Tür, als sie explodiert ist?«
»Ja, nicht so nahe wie die anderen beiden, aber nahe genug.«
»Es scheinen sehr brutale Verbrecher zu sein, mit denen du zu tun hast.«
»Hm!«
»Der Mann am Geiersberg ist erschlagen worden, sagtest du?«

»Seitlich an der linken Schläfe, mit einem harten, scharfkantigen Gegenstand.«

»Und du willst weitermachen, obwohl die Polizei den Fall bearbeitet?«

»Ja!«

Susanne schwieg einen Augenblick und warf Edgar einen Blick zu, der einen Wimpernschlag lang währte.

»Ich bin eine Frau. Und wir Frauen neigen dazu, Männer, an denen uns etwas liegt, von gefährlichen Dingen abhalten zu wollen. Gleichgültig ob es der Geliebte ist oder der beste Freund.«

Jetzt war es an Edgar, sie anzusehen ... länger als einen Wimpernschlag. Pfarrer Burghard spendete sein gütiges ›Sprich weiter meine Tochter‹ Gesicht.

»Und wenn es uns tatsächlich mal gelungen ist, den Mann von einer verrückten Sache abzuhalten, dann werfen wir es ihm ein Leben lang vor.«

Edgar wollte etwas sagen, räusperte sich, unterließ jedoch jeglichen Einwand.

»Du wohnst bei uns, du bist Edgars Onkel, und wir sind uns sehr nahe«, fuhr Susanne fort. »Ich will nicht, dass morgen oder übermorgen ein Polizist bei uns anruft und uns erzählt, dass man dich erschlagen aufgefunden hat, oder dass dich eine Bombe zerrissen hat.«

In ihren Augen schimmerten urplötzlich Tränen.

»Aber ich werde den Teufel tun, dich davon abzuhalten.«

Bei der Nennung des Teufels erschien auf Pfarrer Burghards Stirn für eine Sekunde das Wort ›Frevel‹, aber dann siegte die sanfte Güte wieder.

»Das gilt auch für mich!«, sagte Edgar. Seine Stimme war, im Gegensatz zu der seiner Freundin, etwas unsicher.

»Danke, ihr zwei«, Fischer spürte einen Kloß im Hals.

Jetzt meldete sich Burghard, und natürlich kam er mit dem Befürchteten: »Wir haben damals gemeinsam Dinge ... Geschehnisse bearbeitet ... von *ver*arbeitet kann ja nicht die Rede sein ... die jetzt natürlich wieder emporkommen. Aus den Tiefen des Unterbewusstseins ...«

»Ich brauche das Unterbewusstsein nicht zu bemühen«, sagte Fischer, »ich denke noch sehr oft daran.«

»Sie denken, Bruder Fischer, Ihr Kopf versucht, Ihre Emotionen zu ersetzen, aber er kann sie lediglich imitieren. Ihre Seele sucht nach Antworten, die Sie noch nicht bekommen haben und die Sie in diesem Kriminalfall zu finden hoffen.

Nun, ich bin bereit, Ihnen mit meinem Wissen zu helfen. Ich bin der Beauftragte für das Sektenwesen der evangelischen Kirche in Rheinland-Pfalz. Und ich verfüge über Informationen, die Ihnen nicht zugänglich sind. Aber ich werde mit der Polizei noch enger zusammenarbeiten, falls sie mich anfordert.

Nur eines sage ich Ihnen vorweg: »*Die Wingertschützen* sind gefährlicher als Sie sich vorstellen können. Gefährlicher als die Sekte, in der Sie damals Ihre Freundin verloren haben, Herr Fischer.«

Fischer, Susanne und Edgar wollten aufbegehren, weil das, was Burghard da aussprach, ein Tabu im Zusammenleben der drei darstellte. Über Gerhild wurde nie gesprochen.

Aber Burghard, bei aller Güte, ließ sich nicht beirren.

»Es wurde damals von Massenselbstmord gesprochen. Die Engel des Friedens waren aber nicht fanatisch genug, das auch in die Tat umzusetzen.« Burghard sah Fischer durchdringend an. »*Die Wingertschützen* sind es.«

»Erzählen Sie alles, was Ihnen einfällt«, verlangte Fischer.

»Auch wenn alte Wunden aufbrechen?«, fragte Pfarrer Burghard.

»Ohne Rücksicht auf Verluste.« Fischer schnorrte bei Edgar eine Zigarette und zündete sie im Nichtraucherzimmer des Hotels Rondo an.

Burghard begann zu reden.

14.

Samstag 14.02 Uhr, Tief unter Oppenheim

Böses Erwachen! Kopfschmerzen! Rasende, hämmernde Kopfschmerzen und eine pelzige Zunge, die am Gaumen klebte. Der Wunsch, durch Schließen der Augen Linderung zu erfahren. Doch als er die Augen wirklich schloss, verstärkte sich das Klopfen im Schädel.

Also riss er sie wieder auf, blickte wild um sich, sah seine Umgebung, wollte nicht wahrhaben, was er sah.

Brauchte eine unendlich lange Zeit, die nicht mehr als eine halbe Minute betrug, bis er begriff, wo er sich befand.

Panik!

Eingesperrt, gefangen. Ein Zustand, den er nie wieder hatte erleben wollen. Der Wunsch zu schreien und das Ergebnis, das ein heiseres, kaum hörbares Krächzen wurde.

Der Versuch, Ruhe zu bewahren, das Hirn zum Denken zu bewegen.

Eine elektrische Lampe hinter einer milchigen Plastikverkleidung oben in Raummitte an der niedrigen Decke, die man im Stehen mit dem Kopf berühren konnte.

Im Licht der Lampe bräunliches Gemäuer, ein unebener Lehmboden, bedeckt mit kleinen Steinen und winzigen Wasserpfützen. Ein Bettgestell mit einer olivgrünen Bundeswehrmatratze, auf der er während der letzten Stunden in ohnmachtsähnlichem Schlaf gelegen hatte.

Er versuchte, die Kopfschmerzen zu ignorieren, schwang die Beine über den Rand des Bettgestells, berührte den sehr weichen Boden, sprang auf, taumelte, hielt sich am Rohrgestänge des Bettes am Fußende fest, fühlte, wie seine Beine nachgaben, unter ihm wegzusacken drohten, fluchte krächzend, zwang sich, nicht hinzufallen, rutschte dann doch zu Boden, saß vor dem Bett, spürte Tränen der Wut.

Wo war eine Tür?

Er sah sie, kaum dass er sich die Frage gestellt hatte. Sie befand sich im Raum, wenige Meter vor ihm, direkt dem Bett gegenüber.

Aber sie war nicht zu erreichen, denn zwischen Bett und Tür steckten Gitterstäbe in Decke und Fußboden, wie in einem Gefängnis aus einem amerikanischen Western. Es gab rechts, in Mauernähe, so etwas wie eine Gittertür mit einem großen Schloss daran.

Das machte ihn endgültig fertig. Er schrie, er schaffte es tatsächlich zu schreien.

Beinahe gleichzeitig öffnete sich die aus Bohlen bestehende Tür. Der Mann, den er als Bruder Ralph kannte, erschien. Stand in der Türöffnung wie ein bärtiger Märchenriese. Hinter ihm konnte man im bläulichen Licht die gleichen Mauern sehen wie in diesem Raum.

Ralph sagte nichts. Sah ihn nur durch die Stäbe an.

Dann, nach einer Ewigkeit, sprach Ralph: »Peter«, sagte er sanft, »du bist sehr laut. Alle Achtung. Das Mittel schlägt normalerweise auf die Stimmbänder.«

»Bin ich ... unter der Erde?«, Peter ging zu den Stäben, umfasste sie mit beiden Händen.
»Tiefer als die Gräber auf dem Oppenheimer Friedhof«, sagte Ralph. »Hast du Durst oder Hunger?«

Peter starrte den großen Mann an und war nicht fähig, auf dessen einfache Frage sofort zu antworten.

In seinem von Schmerzen zermarterten Kopf formierten sich zwar tausend Fragen, aber keine einzige fand den Weg nach draußen.

»Ordnung«, sagte Ralph. »ich sehe dir an, dass du viel sagen willst, aber du schaffst es nicht. Du musst sortieren, Ruhe und Ordnung in deine Gedanken bringen. Es ist zu viel Unordnung auf der Welt.« Er schwieg, und Peter sah in seinen Augen einen seltsamen Glanz. Er hatte einmal einen Zellengenossen gehabt, mit einem ähnlichen Glanz in den Augen. Der wurde bald darauf in eine psychiatrische Anstalt gebracht.

»Es ist alles aus den Fugen geraten«, fuhr Ralph fort. »Die Ordnung ist gestört.«

Er wandte sich plötzlich um, schloss die Tür, blieb aber mit dem Rücken zu Peter stehen, während er weitersprach: »Und warum? Weil manche Leute glauben, sie könnten mit den Genitalien denken.« Ein kurzes, meckerndes Lachen folgte, »aber dafür sind sie nicht gemacht. Dafür hat Gott oder Allah oder Jehova oder wer auch immer dieses Teil gewählt ...« Ralph drehte sich ganz langsam wieder zu Peter um. Dabei tippte er mit dem Zeigefinger, erst leicht, dann immer härter und schneller, an seine eigene Stirn.

»Cerebrum, Encephalon.«

Ralph tippte noch ein letztes Mal heftig gegen seine Stirn, an die Stelle genau zwischen den Augen, dann blieb er schwer atmend, mit leicht vorgeschobenem Kopf stehen.

»Das Gehirn«, stieß er hervor.

Peter stand ihm jetzt unmittelbar gegenüber, wenige Zentimeter, nur durch das Gitter getrennt.

»Das sorgt für die Ordnung. Dazu ist es da. Aber die Geschlechtsorgane sind für die Fortpflanzung gemacht worden. Und wenn da was durcheinandergerät, dann entsteht Chaos. Das ist überall das gleiche Ergebnis. In einer religiösen Gemeinschaft, wie wir es sind, und auch bei einfachen Knastbrüdern, wie du es bist.«

Seine Stimme war erregter, höher geworden. »Du bist schuld, dass wir in dieser beschissenen Lage sind. Du und dein Flittchen.«
»Wo ist Alisa?«, Peter konnte nicht mehr an sich halten.
»Haa!«, machte Ralph und hob in einer theatralischen Geste seinen rechten Arm, verdeckte damit sein Gesicht. »Da drückt man auf einen Knopf und schon bedienst du das Klischee.« Er nahm den Arm wieder herunter.
Peter bemerkte Speichelbläschen an Ralphs Mundwinkeln.

»Flittchen gleich Alisa! Aber es passt, wie die meisten Klischees. Nur weil ihr geil aufeinander wart, weil ihr das Gehirn nicht benutzt habt, ist alles aus dem Gleis gelaufen. Dabei hätte das Gehirn euch beiden sagen müssen, dass so was nicht gutgehen kann. Einer, der frisch aus dem Knast kommt, holt ein Mädchen aus der gewohnten Ordnung. Wo gibt's denn sowas. Aber beruhige dich. Ihr seid nicht die alleinigen Schuldigen. Auch andere haben nicht nachgedacht. Einer hat den Sex über den Glauben gestellt und sich eine Sklavin geschaffen, und ein anderer meinte, sie retten zu müssen, weil er ihrer ewigen Dankbarkeit sicher sein wollte.«

»Sprechen Sie von Prengel und Albert Wächter?«

Peter bemühte sich, mit weniger Emotion zu fragen. Er wollte diesen Mann nicht noch mehr reizen.

»Natürlich, natürlich spreche ich von denen. Einer ist nun schon tot.«
»Prengel! Was ist mit Albert Wächter?«
»Er wird mit uns gehen. Und du auch.«

Peter wagte es diesmal nicht, nach Alisa zu fragen, aber er fragte stattdessen: »Mitgehen, wohin?«

Ralph antwortete nicht direkt auf diese Frage, sagte nur: »Ihr könnt doch nicht einfach alles kaputtmachen ...« Er wurde weinerlich. Er wirkte nun auf Peter wie ein Betrunkener im Zustand akuten Katzenjammers.

»Der alte Wächter wollte auch alles kaputt machen.«
»Alberts Vater?«
»Ja, Alberts Vater. Der hat nicht mit seinem Schwanz gedacht. Der hat schon das Gehirn benutzt. Aber falsch!!!«

Peter versuchte, ein Bild zu bekommen. Er wollte aus den kleinen Versatzstücken, die er seit gestern aufgeschnappt hatte, ein Puzzle zusammensetzen. Aber er hatte längst nicht alle Teile beisammen, und das von Ralph beschworene Hirn tat immer noch höllisch weh.

»Hast du Durst oder Hunger?«, fragte Ralph plötzlich erneut.
»Nein!«
»Möchtest du was zu lesen?«

»Nein!«

»Du kannst dir aber was wünschen. Delinquenten haben immer einen Wunsch frei. Weißt du, was ein Delinquent ist? Wahrscheinlich nicht, denn in deutschen Gefängnissen ist die Todesstrafe ja abgeschafft worden.«

Peter fühlte, wie eine Gänsehaut seinen Körper überzog.

»Einen Fernseher können wir dir nicht bieten, denn hier unten gibt es keinen Strom. Und ein Radio mit Batterien geht auch nicht, hier ist kein guter Empfang. Aber eins mit Cassettenrecorder oder CD-Teil wäre möglich. Willst du was Bestimmtes hören?«

Peters Hände ließen das Gitter los. Er konnte dieses bärtige Gesicht nicht mehr aus der Nähe ertragen. Er wich zurück.

Jetzt umklammerten Ralphs Hände das Gitter. Peter sah den kleinen Finger der rechten Hand, an dem zwei Glieder fehlten.

»Wir haben Beethoven, Bruckner, Haydn, Bernstein, die Beatles, Rammstein.«

Peters Kopf signalisierte keine Schmerzen mehr. Nicht weil die Ursache hierfür verschwunden wäre, nein, es gab einfach soviel anderes zu verarbeiten.

»Habt ihr Barcley James Harvest?«, fragte Peter. Er wusste selbst nicht, warum er diese Frage stellte. Erstens wollte er gar keine Musik hören und zweitens war er kein besonderer Fan dieser Gruppe. Als letzten tatsächlichen Musikwunsch vor einer möglichen Hinrichtung hätte er wahrscheinlich Thomas D. gewählt, ›Liebesbrief‹, weil er immer an Alisa dachte. Aber eigentlich fühlte er sich viel zu jung, um letzte Wünsche zu äußern.

»Da muss ich mal deine neue Freundin fragen.« Ralph stieß sich vom Gitter ab und verschwand sehr rasch durch die Bohlentür, die er sofort hinter sich schloss.

Peter überlegte: Sein Rucksack war weg, auch seine Jacke war nirgends zu sehen. Hastig tastete er seine Hemd- und Hosentaschen ab. Das Schweizer-Messer und sein Feuerzeug fehlten. Er sah sich im Raum um. Er brauchte dringend irgendetwas, das man als Waffe benutzen konnte. Doch da war nur das Bettgestell mit der Matratze.

Er hätte gerne Zeit gehabt, all die Ereignisse zu rekapitulieren, die seit dem Augenblick über ihn hereingebrochen waren, als die drei Sektenmitglieder am gestrigen Tag das Bahnhofslokal von Osthofen betreten hatten.

Aber jetzt schien es ums nackte Überleben zu gehen. Nicht, dass er das schon wirklich, mit allen Konsequenzen realisiert hätte, aber sein Instinkt war im Gefängnis geschult worden, mehr als ihm damals lieb gewesen war. Jetzt konnte ihm die Erfahrung nutzen.

Also brauchte er einen Gegenstand, mit dem er sich verteidigen konnte, wenn es hart auf hart kam. Die Steinchen am Boden waren zu klein, damit konnte man höchstens Spatzen von einer Vogeltränke verscheuchen. Steine! Die Mauer!

War die so stabil, wie man es allgemein Mauern zuschrieb? Wenn er den Erzählungen der Sektenmitglieder gestern Nacht glauben durfte, handelte es sich bei dem Oppenheimer Keller- und Tunnelsystem um sehr alte, teilweise aus dem Mittelalter stammende Bauten. War damals der Mörtel schon erfunden? Peter ärgerte sich über seine mangelnden architektonischen Kenntnisse.

Trotzdem begann er, die Wände abzusuchen. Die stechenden Kopfschmerzen waren zu einem dumpfen Dröhnen geworden, das er recht gut verdrängen konnte. Er suchte fieberhaft, tastete die Steine ab, blickte aber dabei immer zur Tür.

Die meisten Steine schienen, ohne ein Verbindungsmittel, einfach versetzt übereinander zu liegen. In der hintersten Ecke des Raumes, am weitesten von der Tür entfernt, wurde er fündig.

Da lag ein großer Steinbrocken in Hüfthöhe quer in der Mauer. Peter zog und zerrte sofort daran. Er war erstaunt, wie leicht sich der Stein bewegen ließ. Nach einer Weile verlegte er sich auf Dreh- und Hebelgriffe, und kurze Zeit später polterte der Stein vor ihm auf den Lehmboden.

Peter bückte sich und sah in die frisch entstandene Öffnung. Es schien sich dahinter eine zweite Steinschicht zu befinden, die aber ebenfalls eine, wenn auch wesentlich kleinere, Lücke aufwies.

Durch diese Lücke drang ein trüber Lichtschein, der dem in seinem

Raum ähnlich war.

Und er sah einen Schatten. Er wartete einen Augenblick, ob der Schatten, der sich rasch von links nach rechts bewegt hatte, zurückkam.

Nach wenigen Augenblicken sah er ihn erneut, etwas tiefer im Raum. Er erkannte eine männliche Gestalt. Sehr schmal, im üblichen Kattunhemd der *Wingertschützen.*

Die Gestalt setzte sich jetzt, wie Peter feststellen konnte, auf ein Bett, das dem seinen glich. Er sah das Gesicht. Schmal, mit langen, leicht gelockten Haaren, die jetzt nicht mehr von einem Gummiband zusammengehalten wurden. Die großen Augen starrten in Peters Richtung, ohne ihn wahrzunehmen. Ein Bild des Jammers. So sah einer aus, der auch gefangen war. Albert Wächter!

»He, Albert!«, rief Peter halblaut und gönnte der Tür hinter sich erst jetzt wieder einen Blick. Aber sie blieb geschlossen, und so wandte er sich wieder seinem Leidensgenossen zu. »He!«

Albert Wächter blickte sich um. Wie dümmlich überraschte Leute doch aussehen konnten. Er sah nach rechts, nach links, nach hinten und erst dann wieder geradeaus.

»Hier bin ich. Die Mauer vor dir. Da ist eine Lücke.« Peter war lauter geworden, bekam Angst, dass man ihn draußen hören könnte, blickte zur Tür, dann wieder zurück.

Alberts Stirn legte sich in Falten, sein Oberkörper beugte sich vor.

»Steh auf und geh zur Wand, Mensch«, zischte Peter.

In Zeitlupe erhob sich der dürre Körper. »Zur Wand!«, am liebsten hätte es Peter gebrüllt.

Albert setzte sich wie ein Zombie in Bewegung, kam endlich zur Wand. Jetzt verengten sich seine Augen, er schien die Lücke erspäht zu haben.

Er bückte sich: »Hallo?!«

»Ich bin Peter, ich bin auch gefangen«, gab sich Peter zu erkennen.

»Peter?«, fragte Albert Wächter.

»Alisas Freund!«

»Alisa?«

»Ihr Freund. Ich bin mit Ralph gestern Abend zu dir gekommen. Wir haben dich nach Oppenheim mitgenommen, und du hast den Mord an eurem Guru gestanden. Erinnerst du dich?«
»Peter?! Oh, ja, Peter!«
»Stehst du immer noch unter Strom, Mann? Wach auf! Die wollen uns an den Kragen.«

Albert Wächters Augen waren dicht vor der Mauerlücke.

»Ich habe unrecht getan«, sagte er. »Es geschieht mir recht. Mein Vater hätte es auch so gewollt.«
Peter lachte auf: »Mein Alter hat damals, als sie mich verknackt haben, auch gesagt: ›Ich habe keinen Sohn mehr.‹ Trotzdem hab ich mich berappelt. Und jetzt beantworte mir endlich meine Frage von gestern. Wo ist Alisa? Was ist mit ihr passiert, nachdem du euren Guru ins Jenseits befördert hast?«

Albert Wächters Augen verschwanden von der Mauerlücke, um gleich darauf, noch näher, wieder zu erscheinen. Seine Stimme war ein Flüstern. »Sie ist weggelaufen. Ich ... ich habe sie gerettet, und sie ist einfach weggelaufen.«
»Wohin?«
Ich weiß es nicht. Ich bin dann sofort nach Mettenheim, über die Weinberge ...«
»Also ist sie in eine andere Richtung gelaufen. *Wohin?«*
»Weiß nicht. Runter zum Dorf, glaube ich.«
»Welches Dorf? Ich kenne eure Gegend nicht. Lass dir nicht jedes Wort einzeln aus der Nase ziehen.«
»Nach Bechtheim!«

Peter wollte noch einmal nachfragen, da quietschte hinter ihm die Tür. Er drehte sich blitzschnell um und verdeckte mit seinem Körper die Öffnung in der Mauer. Um den großen Stein am Boden verdecken zu können, waren seine Füße allerdings zu klein. Er wurde sich nicht bewusst, dass er betete. ›Lieber Gott, lass diesen Idioten das Maul halten‹. Das Gebet schien prompt erhört zu werden. Von Albert Wächter kam kein Ton mehr.

Claudia hatte Peters Bewegung nicht bemerkt. Sie trat mit traurigem

Gesicht ein, verschloss die Bohlentür und stellte einen tragbaren Cassettenrecorder mit CD-Teil auf den Fußboden. Ohne etwas zu sagen, ging sie in die Hocke und drückte einen Knopf an dem Gerät, dann schob sie es mit dem Fuß zwischen die Gitterstäbe, damit Peter es selbst bedienen konnte.

Musik erklang. ›Hymn‹ von Barclay James Harvest. »Das hast du dir gewünscht, nicht wahr?«, sagte sie zärtlich in die sanfte Musik hinein.

Peter hätte sie gern erschlagen!

15.

Samstag 15.16 Uhr, Oppenheim, Hotel Rondo

Fischer hatte den Telefonhörer am Ohr. »Ich habe nicht lange geschlafen, dafür bin ich mit einem Knalleffekt geweckt worden«, sagte Hauptkommissar Bühler. Fischer war für dieses Wort seit gestern sensibilisiert. »Knalleffekt?«, wiederholte er. Er spürte, dass Edgar, Susanne und Pfarrer Burghard ihn ansahen.

»Osthofen, Gerhard Möller, medizinisch-technischer Angestellter und Mitglied der *Wingertschützen.* Der war der Einzige, den Berndt heute Morgen zu Hause angetroffen hatte. Mit seinem eigenen Auto in die Luft geflogen. Vor seinem Haus. Berndt ist jetzt vor Ort.«

»Oha!«, machte Fischer, »der gleiche Sprengstoff wie in Mettenheim?«

»So flott sind selbst unsere Spezialisten nicht. Der Opel von Möller ist jedenfalls Geschichte, die Ladung muss größer gewesen sein als in Mettenheim. Übrigens war Berndt auch sonst noch fleißig. Hat rausgekriegt, wer der Peter von unserer Alisa Mandelbaum ist. Er hat in Prengels Keller eine Kammer gefunden, in der Alisa gehaust hat. Ziemlich spartanisch. Jedenfalls fanden Berndts Leute dort unter dem Bodenbelag ein Versteck mit Briefen von diesem Peter.«

Bühler ließ sich etwas Zeit. »Die haben sich seit langem geschrieben. Peter Schlemmer, gelernter Schreiner. Saß ein in Mainz, wurde gestern entlassen. Hat einen Freund in Freiburg, dessen Adresse er bei der Entlassung als zukünftigen Wohnort angegeben hat. Strafe wegen schwerer Körperverletzung. Hat mit einem Hammer seinen früheren Chef in den Rollstuhl befördert. Hatte zu Alisa seit eineinhalb Jahren über ein Mainzer Postfach brieflichen Kontakt. Sie arbeitet in Mainz, in einem esoterischen Lokal, wir prüfen gerade, ob dieser Schuppen irgendwas mit den *Wingertschützen* zu tun hat. Den Peter Schlemmer jedenfalls hat Alisa bei einer Laientheateraufführung in der Vollzugsanstalt in Finthen kennengelernt. Die Insassen spielten Othello, und Alisa war als Gast dabei. Und da hat es gefunkt. Schlemmers soziales Verhalten hat sich von stundan gebessert.«

»Kann der was mit Prengels Tod zu tun haben?«
»Nicht unwahrscheinlich. Aber ich denke doch mehr an A Punkt, W Punkt und an die *Wingertschützen.*« An dieser Stelle machte Bühler eine Pause. Dann fragte er: »Und, gibt's bei Ihnen was Neues?«

Fischer berichtete in Kurzform von seinem Besuch im Hauptquartier und von dem Verhalten der jungen Frau namens Claudia. Er vergaß auch nicht, den kurzen Disput mit Kommissar Berndt zu erwähnen. »Ich habe, mit Verlaub, die Kripo innerhalb von rund zwanzig Stunden von zwei verschiedenen Seiten kennengelernt«, sagte er zum Abschluss, »Berndt, der mir droht und Sie, der Sie mir mehr sagen als ich in meinen kühnsten Träumen erwartet hätte.«

»Glauben Sie nicht, dass ich mir Ihre Akte nicht durchgelesen hätte«, sagte Bühler trocken. »Berndt ist ein fähiger Mann, darum wurde er ja von Hering so unterdrückt. Der sieht seine Chance gekommen. Und er hat Angst, dass ihm von außen jemand die Tour vermasselt. Der ist nicht bösartig, der ist ehrgeizig!«

»Das eine schließt das andere nicht aus«, gab Fischer zu bedenken. »Aber etwas anderes macht mir Kopfzerbrechen.«
»Was?«, fragte Bühler.
»Das Verschwinden der meisten *Wingertschützen.* Diese Claudia hat ja zugegeben, dass die sich alle irgendwo treffen, aber ist das nur ein Meeting, um den Ernst der Lage zu besprechen, oder ...?«

Bühler unterbrach ihn. »Massensuizid wie bei den Amis? Das erscheint mir doch etwas abenteuerlich. Dazu sind unsere *Wingertschützen* nicht abgehoben genug. Das passiert selbst in den Staaten hauptsächlich dann, wenn die Sekte weitgehend abgeschirmt von der Außenwelt als autarke Gruppe lebt.«

Fischer gab nicht auf. »Der Weinbauer Hilpert, der bestimmt kein Insider ist, hat mir etwas von dem Tunnelsystem unter Oppenheim erzählt, und dass es dort geheime Rituale gäbe«, sagte Fischer. »Und gerade im Augenblick habe ich den Sektenbeauftragten der evangelischen Kirche in Rheinland-Pfalz bei mir, Pfarrer Burghard, der ist auch der Ansicht, dass es durchaus möglich wäre ...«

Bühler unterbrach ihn wieder. »Pardon, sagten Sie, Pfarrer Burghard ist bei Ihnen? Wie kommen Sie denn an den?«

»Wenn Sie meine Akte gelesen haben, können Sie sich ja denken, woher ich ihn kenne. Heute allerdings hat ihn mir mein Neffe aufs Auge gedrückt.«

Bühler lachte leise. »Würden Sie ihn mir bitte mal geben? Ich kenne ihn nämlich auch sehr gut. Wir haben schon in ein paar Fällen zusammengearbeitet. Nur diesmal hätte ich ihn gar nicht konsultiert.«

Fischer gab das Handy an den Pfarrer. Während die beiden miteinander sprachen, erzählte Fischer Edgar und Susanne, was Bühler ihm berichtet hatte.

Mit dem Satz » ... ich würde die Möglichkeit eines Massenselbstmordes in Erwägung ziehen«, beendete Pfarrer Burghard das Gespräch; dann gab er Fischer das Handy zurück.

»Was Hilpert sagte, von den Gängen unter Oppenheim, kann das nicht reine Phantasie gewesen sein?«, fragte Bühler sofort. »Ich weiß zwar von diesem Tunnelsystem, aber dass sich die *Wingertschützen* da tummeln sollen, ist mir neu. Das Ganze ist ziemlich erschlossen, da werden Führungen gemacht, der Südwestfunk hat einen Film gedreht, da toben sich Archäologen aus ... Ingenieure ...«

Diesmal unterbrach Fischer: »Magnusberger ist Tiefbauingenieur.«

Von seinem Gesprächspartner kam zunächst kein Ton, nur sein Atmen klang lauter an Fischers Ohr als eben noch.

Als Bühler dann endlich sprach, klang er sehr entschlossen: »Ich kümmere mich darum.«

»Gut, gibt es irgendetwas, das ich tun kann?«

»Sie wollen doch Kommissar Berndt nicht die ganze Arbeit abnehmen, oder?«

Fischer wollte schon, aber er sagte nichts dazu.
Bühler beendete das Gespräch: »Wir hören voneinander!«
Fischer murmelte einen Gruß, drückte den Unterbrecherknopf auf dem Handy und stellte seine Unzufriedenheit offen zur Schau.

»Was hast du erwartet?«, fragte Edgar, nicht ohne Häme, »vom Aussteiger zum Polizeipräsidenten in 24 Stunden? Der Mann erzählt dir ohnehin schon mehr als er dürfte. Also zieh nicht ein solches Gesicht. Wenn ich der ermittelnde Beamte wäre, gäbe es sowieso nur einen Hauptverdächtigen«.
»Da bin ich aber gespannt«, sagte Fischer, obwohl er ahnte, worauf sein Neffe hinauswollte.
»Dich!«, sagte Edgar auch prompt.
»Begründung des Verdachtes?«
»Zur Tatzeit in der Nähe des Tatortes anwesend.«
»Das gilt für die gesamte Bechtheimer Bevölkerung.«
»Kein Alibi bis zum Eintreffen bei Fleischer Möhring.«
»Zugegeben, da war ich auf der Anreise.«
»Sektenvergangenheit.«
»Na, ja, aber nicht bei dieser.«
»Frust auf Polizei.«
»Mein Hauptmotiv! Aber dann würde ich die Fahnder umbringen, keinen Sektenguru.«
»Sprengstoffanschlag auf den Hauptkommissar Hering in Mettenheim.«
»Ha, ha, ha!«

An dieser Stelle des Geplänkels mischten sich Susanne und Pfarrer Burghard ein, Susanne durch einen Rippenstüber in Edgars Seite und Burghard durch einen strengen, alttestamentarischen Blick in Fischers Augen.

Onkel und Neffe brachen ihr Scheingefecht gehorsam ab.
Pfarrer Burghard faltete zum wiederholten Male seine Hände über dem Bauch, ließ seinen Blick in himmlische Fernen wandern und

sagte: »Welcher Grad von Verzweiflung ist Ihrer Ansicht nach nötig, Herr Fischer, um eine Massenselbsttötung in Angriff zu nehmen? Sowohl bei dem Initiator als auch bei den übrigen Beteiligten?«

Fischer atmete tief durch: »Die Frage ist, muss dem unbedingt Verzweiflung zugrunde liegen? Könnte es nicht innerhalb der Gruppierung ein zwingend notwendiger Schritt sein, einfach ein Schlusspunkt am Ende einer Entwicklung?
Vielleicht hat man sich schon früher vorgenommen ›Wenn dieses oder jenes Ereignis eintritt, beenden wir das Ganze gemeinsam‹. Und, war die Tötung Prengels nur der Beginn der Aktion, geplant als Auftakt, oder ergab es sich zufällig, dass Prengels Tod der Anlass für Massenselbstmord wird?«

»Man merkt, dass dieses Sektendenken noch in dir drin steckt«, rief Edgar. Susanne sagte nur: »Theoretisieren könnt ihr hinterher. Jetzt sollte was getan werden.«

»Wie heißt der Stellvertreter Prengels?«, fragte Pfarrer Burghard.
»Bose«, antwortete Fischer.
»Sagten Sie nicht, dass Sie herausfinden wollten, ob der etwas mit der Schwiegermutter des Fleischers zu tun hat, für den Ihre Werbeagentur arbeitet?«
»Ja, das habe ich gesagt.«
»Warum tun Sie's dann nicht, Herr Fischer?«

Burghard hatte schon immer die persönliche Anrede gewählt, wenn er Fischer in Zugzwang bringen wollte, damals schon, bei der Sache mit Gerhild und den *Engeln des Friedens.*
»Der Name sagt Ihnen nichts?«, fragte Fischer nach.
»Das wundert mich selbst«, sagte der Pfarrer, »ich weiß sonst so viel über die *Wingertschützen* wie sonst keiner außerhalb der Gruppe; aber der Name Bose sagt mir nichts.« Er stockte plötzlich, überlegte, dann kam sein Blick aus himmlischen Sphären zurück auf den Boden der Wirklichkeit. »Jedenfalls nicht in diesem Zusammenhang.«

Fischer sah ihn gespannt an, rutschte auf den Rand des Hotelsessels.

»Welchen anderen Zusammenhang gibt es?«
Burghard runzelte die Stirn: »Sie haben mir doch vorhin davon erzählt, dass Ihnen Hauptkommissar Bühler von dem Herrschaftshaus in Limburg berichtet hat, und dass Ralf Magnusberger dort die Leitung bei der Restaurierung des Höhlensystems hatte.«
»Ja?«
»Die Familie, in deren Besitz das Gelände war, hieß Bose.«
»Gesegnet sei, wer weltliche Zeitungen liest«, sagte Edgar.

Erster Tag

16.

Freitag 15.28 Uhr, Am Geiersberg bei Bechtheim

Hans Herbert Prengel sah Albert Wächter von der Seite an während er den Wagen anhielt und grinste so breit und unbarmherzig, wie Albert es von ihm gewohnt war: »Niemand hat deinen Alten umgebracht, kein Mensch. Das war gar nicht nötig. Er fuhr so beschissen Auto wie du!«

Draußen, hinter der blaugetönten Frontscheibe des Mitsubishi Pajero Sport, ca. zehn Meter vor dem Wagen, schob Alisa ihr altes Herrenfahrrad und sah mit großen, fast wahnsinnigen Augen geradeaus.

Albert, der verkrampft auf dem Beifahrersitz hockte, sah ihr mit widerstreitenden Gefühlen entgegen. Aber sie würde ihn nicht sehen können, das Blau der Scheiben war zu dunkel. Außerdem blickte sie jetzt, wo sie sich dem japanischen Geländewagen immer mehr näherte, nicht mehr geradeaus. Ihr Kopf war nun gesenkt, es war, als suche sie etwas, links, vom Wagen aus gesehen, am Rand des Weges in den Weinbergen.

»Ich glaube, sie würde mich am liebsten köpfen«, sagte Prengel. »Du auch, nicht wahr?«
Albert war alles andere als ruhig. In ihm zitterten sämtliche beweglichen Teile. Auch als er jetzt sprach, vibrierte seine Stimme wie bei einem Roboter, dessen Sprachzentrum beschädigt war. »Ich weiß nicht, warum ich bei dir geblieben bin«, sagte er mit dieser kaputten Stimme und wusste auf beschämende Weise, wie lächerlich es

klang. Prengels Hände lagen locker auf dem anthrazitfarbenen Leder des Lenkrades, als wollten sie es jeden Moment streicheln.

»Du bist bei mir geblieben, weil es bei den *Wingertschützen* für dich so viele schnuckelige Jungs gibt wie für mich schnuckelige Mädchen«, sagte Prengel, und das Schlimmste daran war, dass er recht hatte.

»Und warum hast du dir ausgerechnet Alisa als persönliche Sklavin ausgesucht?«, fragte Albert und merkte, wie er allmählich seine Stimme in den Griff bekam.
»Sie ist die unverdorbenste von allen«, fügte er hinzu, »sie hat am Anfang wirklich geglaubt ...«
»Sie braucht Knechtschaft. Was meinst du, warum sie sich diesen Knastbruder ausgesucht hat.«
»Du weißt von Peter?«
»Sie hat mir einen Brief geschrieben. Ich habe ihn gelesen, kurz bevor du kamst. Sie ersetzt ein Gefängnis durch ein anderes. Sie weiß es vielleicht nicht, aber sie braucht das ...«
»Das sagen alle Männer, die Frauen unterdrücken.«
»Und damit haben sie recht. Natürlich benötigen sie hin und wieder eine gute Freundin zum Ausweinen, dafür hatte sie ja dich ...«
»Du Schwein!«, Albert wurde heiß im Gesicht.

Hans Herbert sah wieder geradeaus zu Alisa, die den Wagen fast erreicht hatte und sehr demonstrativ zur Seite und nach unten blickte.
»Ich nehme das als Auszeichnung, kleiner, süßer Albert«, sagte Hans Herbert dann, »ein Schwein wird einer genannt, der aktiv ist, der seinen eigenen Weg gefunden hat. Kleine, süße Mitläufer, die immer nur buckeln, nennt man Lusche, niemals Schwein!«

Die Wut Alberts hatte eine sprachlose Form angenommen. Kein Wort des Zornes vermochte mehr über seine Lippen zu kommen. Jeder der tausend bösen Gedanken, die, sich überschlagend und wirbelnd, einer Lawine gleich, durch seinen Kopf jagten, hätte eine tödliche Waffe werden können, aber es fand keiner davon den Weg aus Bauch, Herz und Hirn über den Mund nach außen in die Wirklichkeit des Autos mit den blaugetönten Scheiben.

Alisa stand jetzt neben der geschlossenen Fahrertür. Unten auf der Straße fuhr ein Wagen mit Dieselmotor Richtung Mettenheim vorbei. Hans Herbert Prengel ließ das Mädchen zappeln. Dann, das Motorengeräusch war längst verklungen, betätigte er den Knopf zum Öffnen der Scheibe, die surrend nach unten glitt. Alberts Gedankenlawine tat etwas, das ihre Vorbilder, die Schneelawinen, nicht konnten. Sie stockte, unterbrach ihre rasende Fahrt auf halbem Weg und verharrte abwartend.

Alisa sah nicht in das Wageninnere. Sie stand dort neben ihrem Fahrrad, geduckt, als würde sie ängstlich, aber folgsam auf ihre Strafe warten, gerade so, als könnte Hans Herbert mit seiner Einschätzung Recht behalten. Und wenn Albert ehrlich war, dann wusste er aus den vielen intimen Gesprächen mit Alisa, dass etwas an Hans Herberts Meinung über sie zutraf. Wie oft hatte sie von Flucht gesprochen, vom Ausbruch aus der Gemeinschaft, aus der Arbeit im Lokal der *Wingertschützen* in Mainz und besonders aus der sexuellen Gefangenschaft im Hause Hans Herbert Prengels.

Wie oft hatte es kleine, nie gelungene Versuche gegeben, die Fluchtgedanken in die Tat umzusetzen. Albert hatte sie stets ernst genommen und dennoch daran gezweifelt. Jetzt endlich, seit Alisa Kontakt zu diesem Peter hatte, bestand eine echte Chance. Da gab es jemand, mit dem der Ausbruch möglich war, und Albert hatte mit einer Mischung aus Freude und Verlustangst diesem Tag entgegengefiebert. Er hatte seinen eigenen Zorn, seine unbeantworteten Fragen über den Tod seines Vaters, aufgehoben, um Hans Herbert heute zur Rede zu stellen und um gleichzeitig Alisas Flucht zu beobachten und seinen eigenen kleinen Beitrag zum Gelingen zu leisten.
Und jetzt das!

Sie hatte überflüssiger- und dummerweise Hans Herbert einen Brief geschrieben. Und sie war jetzt nicht einfach nach Osthofen weitergefahren. Sie hatte sich umgedreht wie die Frau Lots in der Bibel und war, einem Kaninchen gleich, das sich dem hypnotischen Blick der Schlange nicht entziehen kann, auf den Wagen zugekommen.

Und jetzt erwartete sie, geduldig wie ein Osterlamm, das Gottesurteil.

Albert kannte sie gut genug, um zu wissen, dass sie nicht in den Wagen blicken würde, und auch er sah nicht in ihre Richtung, allein schon deshalb nicht, weil er dann auch Hans Herbert Prengels Gesicht hätte ansehen müssen.

Aber er hörte dessen Stimme sagen: » Von mir aus.«

Albert glaubte, sich verhört zu haben. Es musste heißen ›Steig ein‹ oder wenigstens ›Lass uns reden‹. Diese drei Worte des Verzichts aber konnten nicht von dem Hans Herbert Prengel stammen, den er kannte. Total unmöglich.

Die Worte klangen noch völlig unverarbeitet in Albert nach, als Hans Herbert die Scheibe schon längst wieder geschlossen und den Rückwärtsgang eingelegt hatte.

Da musste noch was nachkommen. Das konnte nicht alles gewesen sein. Hans Herbert ließ nicht einfach ein so williges Opfer gehen, gerade dann nicht, wenn er sich erst die Mühe machte, es überhaupt zu verfolgen.

Was führte er im Schilde?

Die langsame Rückwärtsfahrt des Mitsubishi! Hans Herbert hätte überall wenden können, so eng war der Weg hier nicht, aber er fuhr so, dass er Alisa immer noch im Auge behalten konnte. Er hatte also offenbar nur zum Schein nachgegeben. Er wollte sie locken, wollte sehen, ob sie seinem Klischeebild des leidenden, aber dennoch willigen Weibchens entsprach ...

Die Gedankenlawine in Albert setzte sich wieder in Bewegnung, erst etwas ruckelnd, dann aber mit der ursprünglichen Heftigkeit. »Du willst sie doch nicht wirklich laufen lassen«, presste er mühsam hervor und vermied immer noch, den Mann auf dem Fahrersitz, dem er einmal sein ganzes Leben überantwortet hatte, anzusehen. »Wenn sie will!«, sagte Hans Herbert mit der Gleichgültigkeit, die auch in dem Drei-Worte-Satz für Alisa in seiner Stimme mitgeschwungen hatte.

Albert starrte durch die Frontscheibe, sah, wie das Mädchen mit dem Fahrrad kleiner wurde, überlegte, dass jeder Meter, den der Geländewagen zurücklegte, zu beweisen schien, dass Alisa ihre Freiheit bekommen würde. Er dachte es, aber er glaubte es nicht. Noch stand sie neben dem Fahrrad, hob erst nach langer Zeit den Kopf, sah ihnen nach, ohne wissen zu können, dass auch er, Albert, im Wagen war ...

›Bleib dort‹ dachte er. ›Beweise dir selbst, dass du es schaffen kannst ... schaffen willst.‹

Wenn sie abspringen konnte, gelang es vielleicht auch ihm.

»Ich will sie nicht zurück!«, sagte Hans Herbert plötzlich ungefragt. »Ich will nur sehen, wie weit sie geht.«

Schwäche. Diese Erklärung war eine Schwäche. Albert triumphierte. Hans Herbert hatte mit diesen Worten die Aura um seine Person zerstört. Nie zuvor hatte er es für nötig befunden, irgendeine seiner Entscheidungen vor einem untergeordneten Mitglied zu kommentieren.

Albert fühlte urplötzlich eine körperliche Last, es war ein Gefühl, das von seiner rechten Hand ausging. Dort trug er den Ring der *Wingertschützen.*

Er hatte den Ring nicht mehr gespürt, seit er ihn vor vielen Jahren zum ersten Mal getragen hatte, nun aber fühlte er ihn als unzumutbares Gewicht. Dieser Ring war einmal von Hans Herbert Prengel und Konrad Wächter gemeinsam für die *Wingertschützen* entworfen worden. Er sollte ein Symbol für ihren Anspruch auf Führerschaft sein. Zwei kräftige, scheinbar unabhängige Stricke, die aber an zwei entscheidenden Stellen verknüpft waren. Zwei Individuen auf gleichem Kurs.

Albert konnte den Ring gar nicht schnell genug vom Finger bekommen. Er ließ sich erstaunlich leicht abstreifen. Dann hielt er den Ring demonstrativ hoch und ließ ihn zwischen seinen Knien auf den Wagenboden fallen.

Zunächst gab Hans Herbert nicht zu erkennen, ob er die Aktion mitbekommen hatte. Auch Albert achtete erst einmal wieder auf Alisa, die nach etwa zwanzig Metern Rückwärtsfahrt des Geländewagens immer noch auf demselben Fleck stand. Alberts Hoffnung wuchs, dass sie sich gleich umwenden und Richtung Osthofen radeln würde.

»Ich nehme noch Wetten an«, sagte Hans Herbert, die Augen stur nach vorn gerichtet.
»Was soll das?«, Alberts Lawine rollte unaufhaltsam dem Tal zu.
»Wenn du sie nicht mehr haben willst, kann es dir doch egal sein, ob sie dir nachkommt oder nicht.«
»Sie kann gehen, genau wie du auch. Sie hat den Ring symbolisch schon viel eher abgestreift als du. Ich will nur sehen, ob ich sie die ganze Zeit richtig eingeschätzt habe.«

Hans Herbert Prengel fuhr sich mit der linken Hand etwas fahrig durch das Haar.

»Das ist nicht typisch für dich!«, sagte Albert und war froh, dass seine Stimmbänder dem Aufruf ›Ruhe bewahren‹ halbwegs folgten.
»Was ist nicht typisch für mich?«
»Dass du so billige Bestätigungen deiner Macht brauchst. Und wenn du schon immer so gewesen sein solltest, ist es immerhin untypisch, dass du jetzt so offen darüber redest.«
»Kleiner, primitiver Scheißer!«

Alisa setzte sich in diesem Augenblick auf ihr Fahrrad. ›Wende! Fahr wie der Teufel!‹, schrie alles in Albert.

Alisa fuhr auch tatsächlich. Aber sie wendete nicht. Sie kam ihnen nach. Trampelte bergauf auf den langsam rückwärtsfahrenden Wagen zu.

Hans Herbert sagte nichts.

Alberts Hände krampften sich um den Rand der Ablage am Armaturenbrett. Er bekam ein paar von den neuen Broschüren der *Wingertschützen* in die Finger, die, auf denen der Ring abgebildet war. Sein Schweiß weichte die Druckerschwärze auf und verschmierte etliche Buchstaben, aber das merkte er nicht.

Die Fahrt war lang, ging um einige Kurven, immer rückwärts, immer langsam. Alisa verschwand bei jeder Kurve für einige Zeit aus Alberts Sichtfeld. Stets hatte er die Hoffnung, sie bei der nächsten Geraden nicht mehr zu sehen. Doch immer wieder tauchte sie auf.

Dann sah er im Rückspiegel den Scheitelpunkt der Anhöhe allmählich näherkommen, dort, wo der einzelne Nussbaum stand.

Hans Herbert hatte den Wagen fast unmerklich beschleunigt. Alisa war zurückgefallen, war wieder eine Zeit lang nicht zu sehen.

»Ich lasse euch beide gehen«, sagte Hans Herbert.
»Auch ich werde gehen.«
»Wieso du?«, Albert war verwirrter denn je.
»Mich werden sie aber nicht kriegen. Euch schon!«
»Ich verstehe dich nicht!«
»Ralph ist nur scheinbar auf eurer Seite.«

Albert Wächter wurde wütend. Ralph war der Einzige, der eingeweiht war. In die geheimen Pläne Alisas zum Beispiel. Und in einiges andere. Ihm hatten sie von allem erzählt, was sie gegen Hans Herbert vorzubringen hatten.

Er war ihr Held. Der, der die *Wingertschützen* zu voller Blüte bringen würde. Albert hatte nicht vor, sich diese Illusion von Prengel kaputtmachen zu lassen.

»Wer flieht, stirbt!«, sagte Hans Herbert. Ralph wird euch nicht entkommen lassen. Ihr wisst zuviel.«
»Die schlimmsten Sachen wissen wir über dich!«
Albert rief es laut heraus.
»Stimmt, ich bin am ehesten gefährdet.« Der Wagen rollte, jetzt langsamer, an dem Nussbaum vorbei. Hans Herbert fuhr noch einige Meter weiter auf den Teil des Weges, der nach der Kreuzung zu einem normalen Feldweg wurde. Jetzt sah Hans Herbert zur Seite und grinste wieder breit. »Ich brauche einen Vorsprung. Raus!« Er bremste den Wagen mit einem Ruck ab.

»Hier oben?«, Albert spuckte die Worte in das Grinsen hinein.
»Denkst du, ich fahre dich heim, damit du Ralph von deinem neuen Wissen berichten kannst? Steig aus, aber plötzlich.« Dabei wollte er an Albert vorbei an die Türverriegelung auf der Beifahrerseite greifen.

Die Lawine erreichte das Tal. In Albert verschwand alles, was er je für diesen Mann empfunden hatte, und das war viel gewesen. Zu viel. Jetzt blieb nur ein flüchtender Despot übrig, der durch die Flucht seine Jämmerlichkeit bewies. Mit Alisa war das anders.

Sie war ein Opfer, das floh. Oder eines, das es zumindest versucht hatte, und das gegen eine masochistische Form von Loyalität in sich nicht ankam.

Aber hier wollte ein Täter ungestraft davonkommen.

Albert war nicht kräftig, aber sehnig, beweglich und schnell. Und er hatte das Überraschungsmoment auf seiner Seite.

Seine Hände schossen vor und umklammerten Hans Herbert Prengels Hals. Der schaffte es allerdings, gleichzeitig mit der Linken die Fahrertür aufzustoßen. Albert riss Prengel am Hals zu sich und presste dessen Kopf in seinen Schoß.

Er nahm wahr, wie Alisa draußen vor dem Wagen auftauchte, vom Rad stieg und etwas vom Wegrand aufnahm, das wie ein großer Stein aussah.

Albert rief Alisas Namen. Dann stieß er Hans Herbert aus dem Wagen. Prengel kam vor Alisa zu liegen, die das Fahrrad fallen ließ. Albert sprang hinterher auf den Weg. Alisa stand einen Moment unbeweglich. Dann hob sie den Stein!

Zweiter Tag

17.

Samstag 17.00 Uhr, Tief unter Oppenheim

Claudia fand nichts mehr in Ralph Magnusbergers Gesicht, das ihr Vertrauen eingeflößt hätte. Sie war dankbar, als er sich umdrehte und sich auf seinen Hocker setzte.

Die große Gestalt, die langen Haare, der Vollbart, schon allein diese Äußerlichkeiten hatten noch bis vor wenigen Stunden die Traumbilder ihrer Jugend bestätigt, in denen Propheten so aussahen wie Bruder Ralph.

Sich ihn als Moses am Berg Sinai vorzustellen, wie er nächtens mit den Gesetzestafeln hinunter zum Volk Israel schritt, war immer eine ihrer Lieblingsillusionen gewesen.

Der strenge und dennoch gütige Prophet in Claudias Phantasie war im Begriff, zu einem rasputinischen Monster zu mutieren, wobei der Vorgang schon fast abgeschlossen war. Selbst der verkrüppelte kleine Finger an Ralphs rechter Hand, sonst ein Anlass, Mitgefühl über Ralph zu gießen, veränderte sich zum Zeichen teuflischer Unvollkommenheit.

Claudia fragte sich, ob sie Bruder Ralph nicht aus purer Angst vor ihrem Schicksal zur Verkörperung des Bösen machte.

Wenn sie ihm die ganze Schuld an der Entwicklung geben konnte, fiel es ihr später vielleicht leichter ... Claudia bemühte sich, den Gedanken nicht zu Ende zu denken.

Im Augenblick starrte sie auf seinen breiten Rücken. Er saß auf seinem Hocker und verknüpfte elektrische Drähte miteinander.

Jede US-Sekte, die etwas auf sich hielt, schied mit Gift aus dem Leben. Bei Herrn Magnusberger musste es der große Knall sein.

Schon das widersprach Claudias Vorstellung eines stilvollen Massenabgangs.

Sie hatte erst vorhin, nachdem sie vom Hauptquartier hierher gekommen war, von Ralphs Plan erfahren. Bis dahin war sie von der toxischen Lösung ausgegangen. Wenn sie sich schon auf so etwas einließ, dann musste es so vonstatten gehen, wie es verkündet worden war.

Prengel und Magnusberger hatten den Mitgliedern der *Wingertschützen* in den guten, alten Zeiten des Zusammenhaltes ein Paket an Möglichkeiten offeriert, die zu einem Massenselbstmord führen könnten, dazu gehörte auch, dass man festlegte, wie er vonstatten gehen sollte. Man wollte ein langsam wirkendes Gift benutzen. Claudia hatte stets ein Bild aus einem amerikanischen Fernsehfilm vor Augen gehabt, wo Männer, Frauen und Kinder mit friedlichem Lächeln auf den entspannten Gesichtern sich umarmten und ruhig, ohne Zuckungen und ohne hässliches Austreten von Körperflüssigkeiten, gemeinsam in die Ewigkeit hinüberschliefen.

Jetzt, wo Prengel nicht mehr da war, änderte Ralph einfach selbstherrlich die Methode, nur weil er sich mit Sprengstoff besser auskannte. Das war einfach nicht in Ordnung!

So lange Claudia wütend sein konnte, und solange sie den Grund ihrer Wut einem anderen Menschen zuschieben konnte, ging es ihr gut.

Wenn allerdings die Lücken im Gedankenmuster der Wut erschienen und Claudia signalisierten ›Es geht hier nicht um irgendeine Entscheidung, die dir nicht passt, es geht um Leben und Tod. Um dein Leben, um deinen Tod ...‹, dann kam das Erschrecken so heftig in ihr hoch, dass es ihr buchstäblich den Atem abschnürte.

Tatsächlich ging es nicht um Gift oder Sprengstoff, es ging um das freiwillige Beenden des eigenen Lebens.

Eine Ungeheuerlichkeit, die, wenn sie überhaupt gedacht wurde, einen starken Glauben erforderte. Den Glauben daran, dass der Schritt von einem Leben in ein anderes einen Sinn hatte.

Claudia merkte, dass die Wutgedanken von reiner Panik überschwemmt wurden. Sie versuchte, ihr ganzes Hasspotenzial zu aktivieren, aber die Angst siegte.

Sie musste sich bewegen. Sie konnte nicht einfach hier stehen und Ralphs Rücken anstarren, der nicht mehr Ralphs Rücken war, sondern irgendein imaginärer Punkt für ihre inneren und äußeren Augen.

Sie musste hier weg.

Die sinnloseste Bewegung war besser als gar keine.

Claudia überlegte, ob sie zu den Gefangenen gehen sollte und wenn ja, zu welchem, Albert, dem Mörder, oder Peter, dem Schläger.

Alberts jammervoller Anblick reizte sie gar nicht, und Peter, für den sie etwas empfand, das sie nicht näher beleuchten wollte, würde sie mit Vorwürfen überhäufen oder mit Vorschlägen, wie man fliehen könnte ...

Claudia entschied sich dafür, keinen der beiden sehen zu wollen.

Als sie sich auf die Bohlentür zubewegte, hob Ralph den Kopf. Sie musste ganz dicht an ihm vorbei, und die Nähe war ihr zum ersten Mal unangenehm.

Er roch nach einer Mischung aus Kräutern, Metall und Schweiß. »Ja, richtig, schau nach ihnen. Sie werden Zuspruch brauchen. Stärke sie, Kind!«

Claudia wusste nicht sofort, ob er die Gefangenen meinte oder die Gruppenmitglieder. Es war auch egal, er redete sowieso nicht mehr wie früher. Er wirkte verrückt, was ihre Sorgen und ihr Fremdheitsgefühl ihm gegenüber noch vergrößerte.

»Ja, ich gebe ihnen Stärke!«, sagte sie scheinbar gehorsam. Früher hatte sie mit ihm über jeden Glaubenszweifel sprechen können ...

Ralph senkte den Kopf wieder und arbeitete weiter an seinem Zerstörungswerk.

Als Claudia draußen auf dem Gang stand und die Tür hinter sich geschlossen hatte, atmete sie tief ein. Die Luft, die in ihre Lungen drang, war abgestanden, aber sie kam Claudia vor wie eine frische Brise beim morgendlichen Spaziergang über die Oppenheimer Weinberge.

Welch herrliche Zeiten waren das doch gewesen, als diese frühmorgendlichen Exkursionen noch einen Hauptanteil ihres Lebens bei den *Wingertschützen* dargestellt hatten.

Seit Ralph die Höhlen entdeckt hatte, war alles düsterer geworden. Selbst Prengel hatte am Anfang gelästert: »Wir sind die *Wingertschützen,* nicht die *Maulwürfe.«*

Aber später hatte auch er sich der Faszination des Unterirdischen nicht mehr entziehen können.

Claudia hatte sich hier nie so wohlgefühlt, wie es die anderen vorgaben. Dies war nicht der Schoß der Mutter Erde, dies war ein Gefängnis.

Sie lauschte nach links in den Gang hinein. Musik, ganz fern, ganz leise: »Valley's deep and mountain's so high.
If you want to see God you've got to move on the other side.«
›Die Täler sind tief und die Berge sind hoch ...
... wenn du Gott sehen willst, musst du auf die andere Seite gehen.‹
»You stand up there with your head in the clouds.
Don't try to fly you know you might not come down.«
›Du kannst dort stehen, mit deinem Kopf in den Wolken.
Aber versuch nicht zu fliegen, denn du weißt, du wirst nicht runterkommen.‹

Seit Claudia Peter den tragbaren CD-Player gebracht hatte, hörte er den Song Hymn immer wieder aufs Neue.

Claudia fröstelte.

Jetzt wandte sie sich entschlossen nach rechts. Ihre Schritte hallten laut von den Wänden. Der Gang machte eine lange Biegung, und als sie etwa die Mitte der Biegung erreicht hatte, hörte sie die Musik von Barclay James Harvest nicht mehr.

Sie wusste nicht, ob sie das bedauerte, oder ob sie erleichtert sein sollte. Der Gang teilte sich hinter der Kurve. Links ging es weiter geradeaus, rechts führten ein paar halbvermoderte Holzstufen nach oben, und hinter einer Öffnung, in der früher einmal eine Tür gewesen sein musste, begann ein anderer, sehr enger Gang.

Den nahm Claudia. Selbst sie musste sich etwas bücken; da konnte es doch für einen großen Mann wie Ralph nur eine Qual sein, sich hier bewegen zu müssen. Aber was ging sie Ralph an? Was durfte er sie noch angehen?

Die elektrischen Lampen in diesem Gang hingen hier in größeren Abständen als im Hauptgang, es war folglich dunkler und für Claudia noch unheimlicher.

Undefinierbare, aber eindeutig menschliche Gerüche schwebten in der spärlichen Luft.

Je weiter Claudia vorankam, desto deutlicher hörte sie fernes Stimmengemurmel.

Sie kam an eine scharfe Biegung. Als sie um die Ecke bog, stand plötzlich eine Gestalt vor ihr, die sich vor dem Hintergrund einer etwas grelleren Wandlampe wie ein scharfer, schwarzer Schatten ausnahm.

Claudia schrie auf, unterdrückte den Schrei aber, als sie sah, dass die Gestalt Oliver war, der hier Wache stand.

»Claudia«, sagte er, nachdem er sich von seinem Schreck erholt hatte. Sie ging an ihm vorbei, fasste ihn an den Schultern und drehte ihn halb zu sich, so dass er vom Licht der Lampe erfasst wurde.

»Hat es einen Sinn?«, fragte Claudia und sah in Augen, die so verwirrt drein sahen wie sie selbst sich fühlte.

Es war nicht der Wahnsinn Ralphs in Olivers Gesicht, es war einfach blöde Verwunderung, die gleiche wie auch schon heute Mittag im Hauptquartier, als dieser Expolizist da war und anfing, alles durcheinander zu bringen.

Oliver ließ sich Zeit, dann stellte er eine Gegenfrage: »Es ist doch normal, dass man Angst hat, gell?«

Claudia, sonst berühmt für ihre Könnerschaft in Angelegenheiten des Trostes, nahm die Hände von Olivers Schultern und drehte ihm ihr Profil zu.

»Wir machen doch das Richtige?«, sagte Oliver. Es sollte eine Feststellung sein, aber es klang wie eine Frage.

›Stärke sie, Kind!‹

Ralphs Worte klangen in ihr nach. Ja, eigentlich hätte sie Oliver jetzt stärken müssen. Aber wer stärkte *sie* für diese Aufgabe?

»Ich habe einen Schiss ...«, sagte Oliver und lachte ein unsicheres Lachen, an dem er sich verschluckte.

»Ja, ja, das ist normal!« Claudia sagte den Satz gefühllos und hart. »Haben die anderen auch Probleme damit?«

»Ich war seit einer Stunde nicht mehr hinten«, antwortete Oliver, »ich könnte es nicht ertragen, wenn sich jemand genauso fühlen würde wie ich.«

Claudia drehte den Kopf, blickte ihm in die Augen: »Wir haben seit Jahren gewusst, dass es mal so weit kommen kann. Und wir haben gebetet darum, dass es uns leicht fällt, zu Hans Herbert, zu Friedrich, zu Ralph ... zu unseren Göttern zu beten ... oder hätte ich sagen sollen, zu unseren Götzen?«

Wenn Olivers Verwirrtheit optisch noch einer Steigerung bedurft hatte, so war der Zeitpunkt jetzt gekommen.

Mit dem Gesichtsausdruck hätte er jeden Comedywettbewerb gewinnen können. »Du zweifelst auch?«, fragte er, »seit wann?«

»Seit ich weiß, dass Ralph uns in die Luft sprengen will.« So, jetzt war es laut ausgesprochen worden. Und es verfehlte seine Wirkung weder auf Oliver noch auf sie selbst.

Man konnte einen Begriff denken oder ihn aussprechen. Die Wirkung jedoch war höchst unterschiedlich, fand Claudia.

Natürlich war der nächste ausgesprochene Gedanke ketzerisch. Aber sie sprach ihn dennoch aus: »Sollten wir es stoppen?«

Oliver bekam seine Mimik unter Kontrolle. Er versuchte, Disziplin zu wahren: »Damit würden wir alles verraten, an das wir je geglaubt haben.«

Claudia sah ihn fast verächtlich an. »Vor zwei Stunden noch hättest du von mir den gleichen Satz gehört«, sagte sie hart.

»Aber bist du wirklich sicher, dass *wir* die Verräter sind?«
Oliver schluckte: »Ich habe Angst ...«
»Ich auch!«
»Nein, nein, nicht diese Angst«, stieß Oliver hervor. »Ich fürchte nur, dass unser verfluchter Selbsterhaltungstrieb uns daran hindern könnte, das einzig Richtige zu tun.«
Claudia war enttäuscht.
»Du redest, wie sie es gepredigt haben. Das ist nicht deine Meinung.«
Olivers Ehre als Mitglied der Religionsgemeinschaft zwang ihn zum Aufbäumen gegen Claudias Richtungsänderung.
»Das sollte auch deine Meinung sein.«
»Ich gehe und sehe nach den anderen!«, sagte Claudia.
»Wiegele sie nicht auf!« Olivers Reaktion verwunderte Claudia. Er wirkte ängstlicher als sie, und dennoch blieb er auf der Linie der Gemeinschaft.
»Ich komme bald zurück!«, sagte Claudia.

Sie ließ Oliver stehen und ging, so schnell es bei der gebückten Haltung möglich war, den Gang entlang, weiter in die Richtung, aus der das Stimmengemurmel kam. Nach etwa zwanzig Metern verbreiterte sich der Gang und endete an einer doppelflügeligen Eisentür, die erst vor einem halben Jahr eingebaut worden war. Claudia blieb kurz davor stehen, verbot sich, über die Schulter zurück zu Oliver zu blicken, straffte sich dann und trat ein. Die Höhle war der größte und am tiefsten gelegene Raum im gesamten Höhlensystem unter Oppenheim. Hier, zwischen zwei Säulen, die zur Decke hin fast romanische Rundungen aufwiesen, hatten normalerweise vierzig bis fünfzig Leute Platz. Heute waren es mindestens siebzig. Alle führenden Personen der *Wingertschützen* waren anwesend. Claudia wusste, dass in anderen Räumen unter Oppenheims Erde noch mindestens weitere sechzig Personen verteilt waren.

Die nicht in Listen als Mitglieder erfassten Mitläufer waren nicht hier. Die meisten dieser Leute hatten nicht einmal Kenntnis von den Höhlen. Jedenfalls nicht von diesem Teil des Systems, dessen Entdeckung sich Ralph auf seine Fahnen geschrieben hatte.

Das offizielle Oppenheim ahnte sowieso nichts von dieser Welt der *Wingertschützen* unter dem Pflaster seiner Straßen. Würde einer der Einstiege von den bereits erschlossenen Höhlen und Gängen abzweigen, hätte man einer Entdeckung nicht so lange erfolgreich ausweichen können. Da aber weder die Höhlen noch die Gänge eine direkte Verbindung zu den übrigen Tunnels hatten, waren sie hier unten ungestört.

Da saßen sie herum, die Gläubigen. Einige hatten ihre Kinder dabei. Claudia sah sie ganz bewusst, so wie sie es seit Jahren nicht mehr getan hatte. Kinder!

Wesen, die nicht selbst entscheiden konnten, ob sie diesen Wahnsinn hier mitmachen wollten oder nicht. Claudia schauderte vor sich selbst. Wieso hatte sie bis zu dieser Stunde nichts infrage gestellt?- Warum dachte sie erst jetzt nach, wo es um die eigene Haut ging?

Da saßen Frauen und Männer, die zu ihr hochsahen, als sie an ihnen vorbeiging. Einige lächelten ergeben, andere blickten dumpf, nahmen das Schicksal hin, nicht freudig, aber als Tatsache, an der nicht zu rütteln war. Einige murmelten einen Gruß, andere beteten. Claudia wurde sich bewusst, dass sie für viele hier eine der führenden Persönlichkeiten darstellte. Wenn die wüssten, was in ihr vorging.
›Stärke sie, Kind!‹
Ha!
Claudia sah sich die Kleidung der meisten an, und sie stellte mit Erschrecken fest, wie uniformiert diese Gemeinschaft war. Es überwogen Jeans, Anoraks und Kattunhemden. Alles olivgrün. Die Kleidungsstücke stammten aus Beständen der Bundeswehr, die Hans Herbert preisgünstig aufgekauft hatte. Die Kleidung der Kinder war von Mitgliederfrauen genäht worden.

Im hinteren Teil der Höhle waren die Tiere untergebracht. Dort, neben einigen großen Katzenkäfigen, stand Kai, der gerade mit einem schmalen, nicht sehr großen Mann sprach. Das Gespräch wirkte sehr geschäftsmäßig, als ginge es um den Verkauf dieser Tiere.

Noch bevor Claudia die beiden erreicht hatte, wurde sie von einem Mädchen angesprochen, das neben einem Hundezwinger auf einer

Holzkiste hockte.

»Entschuldige«, sagte das Mädchen, »ich habe dich schon mal gesehen. Hast du hier was zu sagen?« Claudia sah das etwa achtzehnjährige Mädchen überrascht an. Es trug zwar Jeans, hatte aber über einem Kattunhemd eine schwarz-rote Motorradjacke an.
»Gewissermaßen!«, antwortete Claudia vorsichtig.
»Das ist doch ein normales Treffen, oder?«
Claudias Gesicht wurde heiß.
»Wie meinst du das?«, fragte sie.

Dieses Mädchen gehörte nicht zum inneren Kreis. Sie war auf ein paar Treffen im Hauptquartier gewesen. Auch bei Prengels Orgien hatte Claudia sie zwei- bis dreimal gesehen, aber ansonsten war sie noch nicht so in Erscheinung getreten, dass ihre Anwesenheit hier gerechtfertigt gewesen wäre.

»Ich war ja noch nie hier unten ...«, sagte das Mädchen etwas klagend und brach einfach ab. In ihren Augen kämpften Angst und Trotz miteinander.
»Wie ist dein Name?«, fragte Claudia und ging neben dem Mächen in die Hocke.
»Annerose Schmidt«, stellte sich das Mädchen vor, »aus Bechtheim! Ich war gestern Nacht auf dem Geiersberg dabei.«
»Als das mit Hans Herbert passiert ist?«
»Nee, das war ja schon nachmittags. Ich war später oben, als der Herr Fischer mit hoch kam. Eigentlich wollte ich gar nicht mit, aber mein Freund hat mich mit zum Geiersberg genommen, der ist in Stadtallendorf beim Bund und nur am Wochende da, und der fand es spannend ...«
»... ist dein Freund jetzt auch hier?«, unterbrach Claudia hastig.
»Nee, der musste heute Mittag schon wieder weg, der hat heute Nacht Munitionswache ...«
»Und wieso bist du hier? Du gehörst nicht zum inneren Kreis.«
»Nee, aber ich habe mal von Herrn Prengel erfahren, wo der Eingang zu euren Höhlen ist. Und das habe ich gestern Abend der Frau Bose erzählt.«
»Friedrich Boses Mutter?«

»Ja, und die hat mich mitgenommen.«
»Ist die auch hier?«
»Ja, ja, in einer anderen Höhle. Ich blicke überhaupt nicht durch. Ich würde gerne wieder gehen, aber der da«, sie wies auf Kai, »hat gesagt, wenn ich einmal da wäre, müsste ich bleiben, bis das Treffen zu Ende wäre. Muss ich aber doch nicht wirklich, oder?« Ihr Blick war sehr ängstlich. »Die Frau neben mir«, fuhr sie etwas leiser fort, »hat gesagt, wir alle würden heute in die Ewigkeit eingehen. Wie hat sie das gemeint?«

Claudia legte ihr die rechte Hand auf die Schulter. Dabei sah sie ihren eigenen Ring. Sie begann innerlich zu fluchen, zu Annerose aber sagte sie, so ruhig sie konnte: »Im Gebet gehen wir in die Ewigkeit ein. Im Gebet!«
Dann stand sie auf. »Ich komme gleich wieder!«, sagte sie und drehte sich abrupt um.

Mit wenigen Schritten, an hockenden und sitzenden Menschen vorbei, war sie bei Kai und dem schlanken Mann. Kai sagte: »Ach, Claudia!« Der Mann drehte sich um. »Weißt du, dass deine Mutter da ist?«, fragte Claudia ohne Gruß. Der Mann runzelte seine glatte Stirn. »Hier ist sie nicht«, sagte er leise.

Claudia hatte keine Zeit mehr für Höflichkeiten. »Sie ist in einer anderen Höhle. Wahrscheinlich sucht sie dich. Sie gehört nicht zu uns, und sie hat auch noch ein Bechtheimer Mädchen mitgebracht, das nur manchmal dabei war. Wir können nicht halb Rheinhessen ausrotten, verdammt noch mal.« Claudia war lauter geworden; einige der Menschen in ihrer Nähe blickten zu ihr hin.

Friedrich Boses Stirn wurde wieder glatt. Aber es war eine gefährliche Glätte.

»Wirst du wohl leise sein?«, zischte er. »Ich habe immer gedacht, wenn eine nicht ausflippt, dann du...«

Claudia näherte sich seinem Gesicht bis auf wenige Zentimeter: »Wenn alles so laufen würde, wie es einmal geplant war, wäre ich die Ruhe selbst.«

Natürlich war sie sich auch darin nicht mehr sicher, aber es war ein guter Einstieg in das, was sie dem zweiten Vorsitzenden der *Wingertschützen* noch zu sagen gedachte.

»Überleg mal ... Hans Herbert wird von einem unserer eigenen Leute ermordet«, sie sagte es so leise, wie Bose es gefordert hatte, »Alisa ist spurlos verschwunden. In Mettenheim fliegt ein Haus in die Luft, und ein Polizist wird dabei fast getötet. In Osthofen wird heute ein weiteres Mitglied mit seinem Auto in die Luft gejagt, und wir sollen nicht vergiftet werden wie es sich gehört, sondern gesprengt wie ein altes Mietshaus, das einem Supermarkt weichen soll. Darüber hinaus kidnappen wir unschuldige Bürger und bevölkern diese Höhlen mit Halb- und Nichtmitgliedern, um sie mit in den Tod zu reißen. Und da soll ich nicht ausflippen?«
Friedrich Bose blickte jetzt erschreckend neutral.
»Zugegeben, es ist einiges aus dem Ruder gelaufen«, sagte er.
Claudias Zorn war noch nicht verraucht.
»Es ist viel schlimmer, es gibt kein Ruder mehr. In letzter Zeit hat es verschiedene Führer, Bosse, Chefs oder Gurus gegeben, nenn' es, wie du willst. Es gab Grabenkämpfe, Intrigen und Geheimnistuereien, aber keine gemeinsame Linie. Und diese Aktion hier ist ein heilloses Durcheinander, es gibt keinen, der die Gemeinschaft behutsam in das Unvermeidliche führt, nein, unsere Leute werden einfach da reingeworfen. Ich habe das nicht gleich erkannt, aber ...«
»Du wirst uns doch nicht schaden wollen, Claudia?« Boses Stimme war von perverser Ruhe.
»Ist Kritik ein Schaden?«
Claudia genoss ihre Aufsässigkeit, sie lenkte von der Angst ab.
»Wenn überhaupt, hätte sie früher kommen müssen.«
»Ja, vielleicht. Wusstest du, dass Hans Herbert verschwinden wollte?«
»Das hat mir Albert auch erzählt. Aber wieso sollte ich einem Mörder glauben?«
Claudia fiel dazu nichts ein.
»Ich muss meine Mutter suchen«, sagte Friedrich Bose, als würde ihm das Wichtigste erst jetzt wieder einfallen.
»Ich komme mit!«, bestimmte Claudia.
»Wie du willst!«

Bose ließ Kai einfach stehen und ging los zu einer weiteren Stahltür, die hinter den Vogelkäfigen nach draußen führte.

Claudia blieb ihm dicht auf den Fersen, dachte zwar für einen Augenblick an das Mädchen Annerose, der sie versprochen hatte wiederzukommen, beschloss aber, dass Frau Bose Vorrang hatte.

Sie befanden sich in einem nur ca. zwanzig Meter langen, geraden, leicht ansteigenden Teilstück des Tunnels, das durch eine weitere Tür von der nächsten Höhle abgetrennt war. Sie waren allein. Da blieb Friedrich Bose vollkommen unvermittelt stehen, so dass Claudia buchstäblich auf ihn auflief. Er drehte sich blitzschnell um und packte sie bei den Schultern.
»Also, was willst du, mach schnell, ehe es auffällt.«
»Ich will mit dir zu deiner Mutter!«
»Es war eine gute Idee, um mir allein etwas sagen zu können, aber jetzt kannst du mit dem Unsinn aufhören.«
Claudia streifte seine Hände ab. »Du meinst, es sei eine Finte gewesen, um dich von Kai loszueisen?«
»Was denn sonst, meine Mutter würde nie auf die Idee kommen ...« Er unterbrach sich selbst, weil er in Claudias Augen die Wahrheit las.
»Wo ist sie?«, fragte er mit plötzlich krächzender Stimme.
»Ich weiß es nicht, ich muss sie genauso suchen wie du!«
»Also gut, versuchen wir es.« Bose setzte sich wieder in Bewegung. Er riss die Tür zur nächsten Höhle auf.

Sie war kleiner als die erste. Hier saßen nur wenige, meist ältere Leute auf Kisten und Hockern. Die Übrigen standen oder liefen sogar nervös hin und her, soweit das bei den beengten Verhältnissen möglich war.

Hier gab es weder Kinder noch Tiere. Eine Person stand, mit dem Rücken zu Claudia und Bose, in der Mitte des Raumes, die Hände in die Hüften gestemmt, und redete laut auf eine mittelalte, pummelige Frau ein, die zur Führung der Gemeinschaft gehörte.

»... Ich gebe Ihnen zwei Minuten, dann steht mein Sohn hier vor mir, und dann wollen wir doch mal sehen, ob er es wagt, mir den gleichen haarsträubenden Quark zu erzählen wie Sie.«

»Mutter, ich bin da!«
Bose stürzte auf die Frau zu, die ihre Hände jetzt sinken ließ und sich, nicht einmal schnell, umdrehte. Sie war klein und zierlich, grauhaarig, gepflegt und konservativ gekleidet. Claudia hatte sie noch nie gesehen.
Die Frau blickte ihren Sohn durchdringend an.
»Ihr wollt euch umbringen?« Die Frage war so laut wie klar.
»Mutter, wie kommst du denn hierher?«
»Beantworte meine Frage!«
Bose wand sich seelisch wie körperlich. »Du musst hier weg!«, sagte er schließlich.
»Plant ihr einen Massenselbstmord? Ja oder nein!« Dieser Satz kam noch lauter als die Sätze vorher. Jeder der im Raum Befindlichen sah Frau Bose an. Nun wusste ja jeder, warum er hier war, aber das Aussprechen dieser Ungeheuerlichkeit machte sie greifbarer ... und furchtbarer. Ab jetzt konnte es kein Geraune von gemeinsamem Heimgang und von Ewigkeit und Himmel mehr geben. Jetzt stand das Wort *Massenselbstmord* ungeschminkt, brutal und beinahe körperlich greifbar im Raum.
»Ja oder nein!«, wiederholte Frau Bose.
Söhne waren selten in der Lage, ihre Mütter mit einfachen Worten zu belügen. Also sagte Friedrich Bose die Wahrheit: »Ja!«
Die Ohrfeige kam ohne Ansatz aus der Hüfte heraus und traf mit der ganzen Handfläche voll die linke Wange des zweiten Vorsitzenden der *Wingertschützen.* Bose taumelte einen halben Schritt zurück und hielt sich die Wange wie ein kleiner Junge.
Claudia musste plötzlich hysterisch loslachen.
»Ich möchte wissen, was daran so lustig ist, junge Frau!«, herrschte sie Frau Bose an, um sich dann übergangslos wieder ihrem Sohn zuzuwenden. »Du bläst diese Dummheit jetzt sofort ab.«

Claudia hustete und verstummte. Die Pummelige, mit der Frau Bose bei Claudias Eintreten gesprochen hatte, stieß ein paar schrille Laute aus, rannte durch den Raum und verschwand hinter Claudia. Die Übrigen bildeten fast unmerklich einen Kreis um Frau Bose, ihren Sohn und Claudia. Ihre Mienen zeigten alles andere als Freundlichkeit. Claudia wusste nicht warum, aber sie blickte über diese Menschen hinweg, fixierte einige im Halbdunkel liegende Punkte an der Höhlendecke an. Alle vier Ecken!

Dort klebten kleine, rotweiße, harmlos aussehende Päckchen in der Größe von Zigarettenschachteln.
Sprengladungen!
Ralph war fleißig gewesen.
Frau Bose bemerkte die drohenden Blicke der Leute um sich herum.
Ihr war keine Unsicherheit anzumerken.
»Geht heim!«, sagte sie.
»Mutter ...«, Friedrich Bose begann einen Satz, den er nie zu Ende sprach.
Eine Frau aus dem Kreis, mit schwarzer Kurzhaarfrisur und einer allgemein eher unauffälligen Erscheinung, sprach mit leiser Stimme: »Friedrich, verbiete deiner Mutter, so zu reden. Wenn du es nicht tust, werde ich sie am Reden hindern.«

Sie griff in einen Stoffbeutel, auf dem eine Zeichnung der Stadt Oppenheim prangte, und holte eine schmale, längliche Spraydose hervor.

Claudia wusste, dass in diesem Raum keiner die Entscheidung zum Suizid ablehnte. Hier waren die Hundertprozentigen, die Hardliner, die Entschlossenen.

Claudia mochte jetzt nicht in Friedrich Boses Haut stecken, aber als sie sich das klarmachte, kam ihr gleichzeitig zum Bewusstsein, dass sie auch in ihrer eigenen Haut nicht gerade mit Freude steckte.

Sie hatte in der Schule mal den Begriff Dilemma erklären müssen. Ihr fiel zwar in diesem Augenblick nicht mehr ein, welches Beispiel sie damals gewählt hatte, aber die Definition laut Lexikon entstand vor ihrem inneren Auge: ›Dilemma, Zwangslage, welche die Entscheidung zwischen zwei nicht befriedigenden Lösungen erfordert.‹

Welche der ›nicht befriedigenden Lösungen‹ würde Bose wählen? Sich gegen die Gruppe stellen, obwohl er den Gruppenwillen gerade noch gegenüber Claudia für unumstößlich erklärt hatte ... oder sich gegen seine Mutter stellen, was Teile der Gruppenlehre, nach der man seine Eltern ehren sollte, ad absurdum führen würde?

Und was konnte Claudia selbst tun?

Wie meistens im Leben, nahm ihnen beiden, Bose und Claudia, jemand anderes die Entscheidung ab.

Frau Bose griff zu, entrang mit einem Griff, elegant und sicher, als wäre er tausendmal geübt, der unscheinbaren Schwarzhaarigen die Spraydose und spritzte blitzschnell einen großen Teil des Inhaltes in das Gesicht ihres Sohnes.

Claudia kannte diese Form des Tränengases. Hans Herbert hatte es, dank seiner mannigfachen Beziehungen, billiger bekommen und die weiblichen Gruppenmitglieder damit beglückt.

Der CS-Reizstoff wirkte unmittelbar auf die Schleimhäute und griff besonders die Augen an. Friedrich Bose schrie auf, seine Hände zuckten zu den Augen hoch, er hustete und krümmte sich, als wäre er in den Magen getreten worden.

Selbst Claudia, die weiter weg stand, spürte ein Brennen in den Augen, und auch einige der anderen begannen, mit den Händen um sich zu schlagen und zu husten. Der Kreis löste sich auf. »So, jetzt habt ihr einen Führer weniger. Der kann euch nicht mehr vergiften«, sagte Frau Bose mit einem gewissen Stolz in der Stimme.

›Ja, wenn's ums Vergiften ginge‹, dachte Claudia bitter.

Frau Bose stand in der Mitte des Höhlenraumes und drehte sich mit schussbereiter Spraydose im Halbkreis. Alle wichen vor ihr zurück. Friedrich Bose kauerte am Boden und wimmerte leise.

Claudia wusste nicht, ob sie die Frau wegen ihrer Kaltschnäuzigkeit bewundern oder verachten sollte. Sie vertagte diese Entscheidung. Jetzt musste sie selbst die Lage zu ihren Gunsten nutzen.

Sie hob die Arme, hoffte verzweifelt, dass man ihre Stellung noch ernstnahm.

»Brüder und Schwestern«, rief sie, »Brüder und Schwestern, hört mir zu.«

Die Blicke konzentrierten sich, weg von der kleinen, zierlichen, alten Frau mit der Spraydose, auf Claudia.

»Ich weiß, dass ihr bereit seid. Und das ist gut so.« Frau Bose machte einen halben Schritt auf Claudia zu und hob ihre Waffe. Claudia sah ihr in die Augen. »Ganz ruhig, Frau Bose. Hören Sie mich erst an!«

Die Luft in der Höhle, ohnehin abgestanden, war jetzt mit dem beißenden Geruch des Reizstoffes erfüllt und machte es Claudia schwer, zu sprechen.

»Ich finde, dass unser früherer Entschluss, dieses Jammertal gemeinsam zu verlassen, richtig war.«

Aus der Gruppe kam zustimmendes Gemurmel, nur Frau Bose rückte wieder etwas näher.

»Der Verlust unseres großen Führers, Hans Herbert Prengel, rechtfertigte das Einleiten der Maßnahmen, die uns wieder mit ihm vereinigen würden. Aber ...«, fügte sie schnell hinzu, ehe die Zustimmung auf Seiten der *Wingertschützen* und die Kampfbereitschaft Frau Boses zu groß werden konnten, »aber es hat Entwicklungen gegeben, die es zwingend erfordern, die Maßnahmen zu stoppen. Es sind zu viele Unbeteiligte bei uns ... nicht nur diese Frau ...«, sie zeigte auf Frau Bose ..., »und es gibt Zweifel an Bruder Hans Herberts Loyalität.« Claudia wusste, dass dieser Teil ihrer Rede der gefährlichste war. »Nicht ich zweifele«, log sie, »aber solange es überhaupt Zweifel gibt, können wir nicht so tun als wäre alles in Ordnung. Wir haben Kinder unter uns. Wir können sie nicht mit in die bessere Welt nehmen, bevor nicht alles auf dieser Welt geklärt ist. Wir brauchen Zeit, die wir nicht haben, wenn wir unseren Plan einhalten müssen.«
Sie schwieg, blickte demonstrativ auf ihre Armbanduhr.
»Dreiviertel sechs. Um zwanzig Uhr dreißig sollte alles vorbei sein. Diese Zeit reicht nicht zur Klärung. Wir brauchen einen Aufschub.«

Die Gesichter der meisten zeigten Verwirrung, aber auch die Bereitschaft, über das Gehörte nachzudenken.

Claudia manipulierte ihre Schäfchen mit den gleichen Mitteln wie sonst auch, nur mit gegenteiliger Zielsetzung, und wunderte sich selbst, wie leicht das ging.

Wie seltsam hohl ihr doch im Nachhinein ihr Wirken bei den *Wingertschützen* erschien. Der Glaube war weg, die Verzauberung war weg, und es blieb nichts übrig als blanke Rhetorik.

Wenn sie heil aus dieser Sache herauskam, würde sie ihr Leben wohl auf völlig neue Füße stellen müssen.

Die Angst davor war allerdings geringer als die, hier, in den Höhlen unter Oppenheim, ihr Leben zu verlieren.

Frau Bose half ihrem Sohn auf die Beine, die Dose behielt sie allerdings dabei in der Hand.

»Gut, Mädchen, jetzt haben Sie noch ein paar Leute vor sich, die Sie überzeugen müssen«, sagte die alte Frau, die nun doch etwas müde aussah.
Eine neue Schwierigkeit. Claudia überlegte.
»Was sagt Bruder Ralph?«, rief ein Mann.
»Wir sollten ihn suchen!«, sagte Claudia. Sie wollte aus dieser Höhle mit dem Reizgas fort.
Sie drehte sich entschlossen um. Aber noch bevor sie an der Türklinke war, wurde die Tür von außen aufgerissen. Kai stand dort, atemlos. »Ich verstehe nicht, wie sie uns gefunden haben ...«, stieß er hervor.
»Wer hat uns gefunden?«, fragte Claudia scharf.
»Die Polizei«, stieß Kai hervor. »Oben, an der Kath. Mindestens hundert, »sie haben was von Aufgeben gerufen.«
»Ich könnte Ihnen sagen, wie die hergekommen sind!«, sagte Frau Bose.

18.
Samstag 19.00 Uhr, Oppenheim, In der Nähe der Katharinenkirche

Edgar und Susanne waren in Susannes Opel Corsa unterwegs, um Pfarrer Burghard zurück nach Mainz zu bringen. Der Pfarrer hatte ausdrücklich gebeten, sich mit dem Fall nicht weiter befassen zu müssen, es sei denn, die Sonderkommission würde ihn anfordern. Aber das war nicht erfolgt. Das Gespräch mit Fischer, Edgar und Susanne wollte er unbedingt als rein private Gefälligkeit verstanden wissen.

Fischer hatte Edgar verboten, im Anschluss an die Fahrt nach Mainz noch einmal nach Oppenheim zu kommen. Er wollte die beiden jungen Leute zu Hause in Alzey in Sicherheit wissen. Wie meistens hatte Edgar protestiert, und wie immer hatte er schließlich auf Susanne gehört, die sich, wie so oft, Fischers Meinung angeschlossen hatte.

Unmittelbar nachdem er allein war, hatte Fischer in Husum angerufen. Dieser Anruf war ihm so schwer gefallen wie schon lange nichts mehr, aber Pfarrer Burghard hatte ihm dringend dazu geraten, und Fischer war nie schlecht damit gefahren, auf Pfarrer Burghards Ratschläge zu hören. Außerdem würde er es nie gewagt haben, dem Pfarrer zu widersprechen, schon deshalb nicht, weil der bei der sturen Wiederholung seines Ansinnens in seiner grausam gedehnten Sprechweise Fischers Nerven zum Bersten gebracht hätte.

Dieser Anruf hatte nichts mit dem Fall der *Wingertschützen* zu tun. Informationen, die er hätte nutzen können, waren nicht zu erwarten.

Aber Burghard wollte, dass Fischers Kopf und Geist frei wurden, und das war nur möglich, wenn er sich seiner Vergangenheit stellte.

Also hatte er die einzige Nummer gewählt, die er weder behalten noch jemals anrufen wollte.

»Psychiatrische Klinik Dr. Sannwald, Husum, Schwester Ursula, was kann ich für Sie tun?«

»Ludwig Fischer, Alzey, es geht um Ihre Patientin Gerhild Majewsky.«

»Ja?«

»Ich wollte einen Besuchstermin mit Ihnen vereinbaren.«

»Unsere Besuchszeiten sind in der Regel von neun bis einundzwanzig Uhr. Aber Sie können mit ihr persönlich sprechen, wenn Sie möchten.«

Fischer hatte gehofft, dass der Besuchstermin die einzige Hürde wäre, die er heute nehmen müsste. Die Überwindung war groß genug gewesen. Aber mit Gerhild selbst zu sprechen, würde wohl über seine Kräfte gehen.

»Nun, äh, vielleicht ist es doch besser, wenn ich mit Ihnen ...«

»Als wenn sie es geahnt hätte«, rief Schwester Ursula mit widerlich fröhlicher Stimme, »Gerhild sitzt dort drüben im Aufenthaltsraum und schaut zu mir rüber. Ich winke ihr mal.«

Fischer war kurz davor, das Gespräch zu unterbrechen. Panik umklammerte ihn.

»Das ist nicht nötig ...«

»Da kommt sie schon. Wir haben wirklich viel Freude mit ihr. Sind Sie ein Verwandter?«

›Ich bin der, wegen dem sie bei euch ist‹, hätte Fischer am liebsten gerufen, aber er schwieg in banger Erwartung. Dann hörte er, etwas gedämpft, die Schwester sagen: »Da ist jemand, der dich besuchen möchte, Gerhild.«

Fischer hörte ihre Stimme, zum ersten Mal seit zwei Jahren. Sie klang freudig.

»Oh, Wolfhard?« Fischer kannte keinen Wolfhard.

»Nein, ein Mann aus Alzey.«

Einen Moment lang war nichts zu hören, dann sprach sehr gedämpft, aber mit Optimismus in der Stimme, die Schwester wieder. »Er hat eine sehr angenehme Stimme. Fischer heißt er ...«, und plötzlich ganz laut, »nicht wahr, Sie haben *Fischer* gesagt, hab ich doch recht verstanden, oder?«
»Jaaa!«, Fischer seufzte. Er hasste patente, ewig freundliche Menschen, die immer nur das Beste wollten, wie diese ihm unbekannte Schwester Ursula. Wieso hießen solche Leute eigentlich immer Ursula?
»Ach, Ludwig!«

Gerhild schien jetzt sehr nahe am Telefon zu stehen, ihre Stimme kam so deutlich herüber, als stünde sie im Zimmer des Rondo in Oppenheim.

Sie klang nicht überrascht, aber auch nicht enttäuscht und auf keinen Fall entsetzt, wie Fischer im Stillen befürchtet hatte. Freude hatte er ohnehin nicht erwartet, aber diese Neutralität lähmte ihn.

»Ich geb' sie Ihnen«, flötete Schwester Ursula. Dann meldete sich Gerhild.
»Hallo ... Lui?«

Das Timbre war so weich und schwebend, dass es weh tat.
Jetzt nur nicht räuspern.
»Hallo ... Gerhild!«
»Wie geht es dir?«
»Äh ..., mir geht es jeden Tag besser. Es ist schön, dass du anrufst.«
»Ich würde dich gern mal besuchen.«
»Sehr ... sehr gern«, die Neutralität wich, »Doktor Sannwald hat mir schon vor einem halben Jahr die Erlaubnis gegeben. Ich bin soweit. Nur habe ich mich nicht getraut, dir Bescheid zu sagen ... weil ich ja nicht wusste, ob du auch ...«
»Doch, ich bin jetzt auch soweit. Ich habe so vieles verdrängt ... aber mit dir ist es mir nicht gelungen.« Er wusste nicht genau, ob er Unsinn redete, aber das war auch egal. Er hatte das einfach sagen müssen.

Gerhilds Stimme wurde ganz klein, ganz mädchenhaft, so wie er sie in besonders intimen Momenten in Erinnerung hatte.

»Ach, es ist einfach schön, dass du anrufst.«
»Darf ich dir etwas mitbringen, was du besonders gern magst?«

Er wusste nicht, welchen Wunsch er erwartet hatte, sicher nicht den, der dann kam. Sie ließ sich etwas Zeit, dann sagte sie: »Du weißt, was ich gern mag.«
Okay, er würde ihr einen Heilstein mitbringen, wie früher.

Fischer atmete tief ein. Entweder war dieser Doktor Sannwald ein Genie, oder Gerhild war viel gefestigter als er selbst. Die Art, wie sie an Vergangenes anknüpfte, ohne den früheren Terror heraufzubeschwören, aber auch ohne die Peinlichkeiten, die er befürchtet hatte, war überwältigend.

Natürlich musste er jede aufsteigende Euphorie bekämpfen, natürlich konnte es nie wieder so sein wie früher, aber diese positive Reaktion hatte er in den hellsten Momenten der letzten zwei Jahre nicht erwartet.

»Nächste Woche, Samstag?«, fragte er spontan.
»Nachmittags zum Kaffee. Um drei!«, sagte sie.
»Abgemacht, ich ... ich freue mich.«
»Ich freue mich auch. Sieben Tage kann man gut verkraften.« Nach einer neuen Pause kam ein gehauchtes: »Tschüss!«
Fischer wollte gerade seinerseits ›Tschüss‹ sagen, da dröhnte die lustige Ursula an sein Ohr: »Sehen Sie, Herr Fischer, es war doch besser, dass Sie mit unserer Gerhild selbst gesprochen haben. Melden Sie sich bitte am Samstag bei mir an der Rezeption. Da können Sie dann auch gleich den Kuchen aussuchen.«
»Danke!«, sagte Fischer ohne Begeisterung, »bis dann!«
»Bis dahann!« Das Gespräch war vorbei, und Fischer hatte fünf Minuten gebraucht, um es halbwegs zu verkraften. Ohne Schwester Ursula hätte er es als die positivste Erfahrung der letzten Zeit verbucht, so aber zog er ein paar Pluspunkte ab.

Es war so leicht gewesen. Pfarrer Burghard hatte Recht behalten. Nun, nach diesem Gespräch, von dem er nie geglaubt hatte, dass es je hätte stattfinden können, war ihm alles möglich. Auch die Aufarbeitung seiner Schuld. Und das Beschäftigen mit der Sekte der *Wingertschützen.*

Fischer hatte danach eine weitere Nummer gewählt.
»Möhring!«
»Fischer hier. Kann ich Ihre Schwiegermutter sprechen?«
»Meine Schwiegermutter? Herr Fischer, hat etwa Friedrich was mit der Sache am Geiersberg zu tun?«
»Sie wissen, dass er bei den *Wingertschützen* ist?«
»Na, ja, wir reden hier nicht drüber, und ich weiß auch nichts Genaues, eigentlich ...«
»Kann ich Ihre Schwiegermutter sprechen?«
»Die ist nicht da. Ist vorhin mit der Annerose weggefahren.«
»Annerose?«
»Ja, die war gestern auch mit am Berg. Mit dem Motorroller, mit ihrem Freund.«
»Ach, ja, ich erinnere mich. Sie klingen so, als wäre das etwas Außergewöhnliches.«
»Na, ja, die haben sonst nicht viel am Hut miteinander. Die Annerose ist halt ein Nachbarsmädel. Aber sie war ein paarmal beim Prengel dabei ... wenn der seine Orgien gefeiert hat mit seinen Schäfchen. Da hat der *Wingertschütz* schon scharf geschossen. Damit ist die gute Annerose ja gestern Nacht nicht so richtig rausgerückt, was?«

Möhring hängte ein Lachen dran, für das ihn Fischer hasste.
»Hat Frau Bose gesagt, wohin sie mit dem Mädchen wollte?«
»Sie sagte was von Oppenheim, und da hab ich mir schon gedacht, dass es was mit dem Friedrich zu tun haben müsste.«
»Wann war das?«
»So um vier herum, denke ich.«
»Herr Möhring, eine private Frage, die Sie mir natürlich nicht beantworten müssen ...«
»Ach, machen Sie jetzt doch bei der Aufklärung mit?«
»Gewissermaßen. Besitzt, oder besaß, Ihre Schwiegermutter oder Ihr Schwager ein altes Herrschaftshaus in Limburg an der Lahn?«
»Och, Sie wissen aber eine ganze Menge, Herr Fischer. Ist vielleicht

doch der richtige Beruf für Sie, nicht Werbeheini. Verzeihung!«
»Habe ich Recht?«
»Ja, klar, ist zwar schon längst verscherbelt, das Grundstück, aber das hat meiner Schwiegermutter gehört.«
»Danke, Herr Möhring. Wegen des lachenden Schweins wird sich mein Neffe mit Ihnen in Verbindung setzen.« Damit hatte Fischer die Verbindung unterbrochen.

Er hatte kurz überlegt, gezögert, dann hatte er die gleiche Nummer noch eimal gewählt.

»Möhring!«
»Noch mal Fischer. Welchen Wagen fährt Ihre Schwiegermutter?«
»Normalerweise den Porsche, aber Sie meinen ja jetzt, im Augenblick, gell?!«
»Jaa!«
»Ich hab den Porsche vorhin gebraucht ... ja, sie hat, glaube ich, den Bus genommen. Der, mit dem ich gestern Abend am ...«
»Danke, Herr Möhring.«

Fischer hatte auf die Taste mit dem Telefonhörer auf dem Handy gedrückt. Dann hatte er Bühler im Büro in Mainz angerufen, nur um zu erfahren, dass der im Einsatz sei. Fischer konnte sich denken, wo dieser Einsatz stattfinden würde.

Irgendwo unter Oppenheim.

Jetzt hielt ihn nichts mehr im Rondo. Mit dem weißen Mercedes fuhr er in die Altstadt hoch. Er kam durch die Schlossgasse, wo vor Jahren durch die Untertunnelung eine ganze Häuserzeile eingestürzt war, und wollte in die Katharinenstraße an der gleichnamigen Kirche einbiegen. Kurz vor der Biegung sah er im Parkverbot den VW-Bus mit der Aufschrift: Fleischerei Möhring.

Dann lenkte er den Wagen in die Kurve und wäre beinahe gegen die polizeiliche Absperrung geprallt.

Zwei quergestellte Streifenwagen mit dem üblichen Mainzer Kennzeichen verhinderten die direkte Zufahrt zur Katharinenstraße. Fischer setzte den Mercedes zurück und parkte hinter Möhrings VW-Bus im Parkverbot in der Schlossgasse. Die Polizei würde dieses

Verbrechen heute sicherlich übersehen.

Gleich darauf stand Fischer wieder oben vor den beiden Polizeifahrzeugen. Er sah etliche Beamte, aber keinen von denen, die er schon kannte. Scheinbar hatte das mit der Ablösung inzwischen doch geklappt.

Es würde schwierig werden weiterzukommen.

Er sah an der Südfront der Katharinenkirche mindestens fünf PKW der Polizei und zwei Mannschaftswagen stehen.

Zwischen dem Grünweiß der Autos blitzte das Rotweiß der Absperrungsbänder. Hier waren keine Scheinwerfer aufgebaut, denn die normale Straßenbeleuchtung schien auszureichen.

Fischer spürte an den Händen, dass es anfing leicht zu regnen.

Er zog seine Mütze über den Kopf, die er beim überstürzten Aufbruch im Hotel Rondo vergessen hatte aufzusetzen. Er durchsuchte seine Taschen nach etwas, das man als Waffe benutzen konnte.

Er fand ein einfaches Taschenmesser mit Korkenzieher, an das er gestern Nacht nicht gedacht hatte.

Instinktiv schaltete er das Handy aus.

Dann ging er zurück zum Wagen und holte die große Taschenlampe, die ihm gestern gute Dienste geleistet hatte, aus dem Kofferraum. Jetzt hatte er Licht *und* eine Waffe. Gut, aber jetzt musste er noch durch die Absperrung kommen. Wenn er Bühler fand, war alles klar, aber wenn er auf Berndt stieß ...

Er wunderte sich, dass an dieser Seite der Absperrung keine Schaulustigen standen.

Er sah überhaupt sehr wenige Zivilisten auf Oppenheims Straßen.

Der Regen wurde stärker. Fischer stand jetzt vor dem rechten Streifenwagen. Zwei Beamte in unmittelbarer Nähe drehten ihm ihre Rücken zu. Sie sahen zu einem Punkt, jenseits der Kirche, und als Fischer sich auf die Zehenspitzen stellte, sah auch er, was oder besser *wen* sie sahen.

Kommissar Berndt kam geradewegs auf die Wagen zu ... und auf die Polizisten ... und auf ihn, Fischer.

19.

Samstag 19.30 Uhr, Tief unter Oppenheim

Gitarren, Schlagzeug, dann ein einzelner Basston, der Beginn der zweiten Strophe!

»Jesus came down from Heaven to earth.
The people said it was a virgin birth«

›Jesus kam vom Himmel auf die Erde, die Leute erzählen, es war eine Jungfrauengeburt‹

Wiederholung beider Zeilen, dann noch einmal die letzte Zeile. Einsatz der Orgel!

»He told great stories of the Lord.
And said he was the saviour of us all«

›Er verbreitete große Geschichten über Gott
und sagte, er wäre der Retter für uns alle.‹

Wiederholung! Wiederholung! Wiederholung!

Peter hörte schon lange nicht mehr hin. Er hatte den Schalter an dem portablen CD-Player gefunden, den man bedienen musste, um ein Lied mehrfach hintereinander zu hören, und so klang Hymn seit Stunden durch die Gefängnishöhle. Nachdem Claudia gegangen war, hatte es nur noch eine Unterbrechung durch Oliver gegeben, der ihm und etwas später auch Albert etwas zu essen brachte.

Weder Claudia noch Oliver hatten die Lücke in der Mauer bemerkt. Peter hatte sie jedesmal, so gut es ging, mit seinem Körper verdeckt. Der auf dem Boden liegende Stein war den Besuchern nicht aufgefallen. Da die Lücke auf Alberts Seite kleiner war, hatte auch er sie gut verbergen können.

So hatte er die Zeit genutzt, sich von Albert alles erzählen zu lassen, was dieser über Alisa und ihr Verhältnis zu Prengel und den *Wingertschützen* wusste.

Alisa war jüdischer Abstammung. Nachdem die Großeltern im KZ von Bergen-Belsen umgekommen waren, und auch ihre Eltern nur knapp dem Völkermord entrinnen konnten, waren sie nach dem 2. Weltkrieg nach Worms-Herrnsheim gezogen, wo Alisa geboren wurde und aufwuchs. Später machte sie eine Lehre in einer chemischen Fabrik in Worms. Der dortige Betriebspsychologe bescheinigte ihr eine innere Bereitschaft, Qualen und Demütigungen inkaufzunehmen. Er warnte sie davor, sich mit Menschen, und besonders Männern, einzulassen, die sie, vor allem sexuell, domestizieren wollten.

Aber da war es schon zu spät. Ausgerechnet durch ihre Mutter hatte sie Konrad Wächter, den Mitbegründer der *Wingertschützen* und Alberts Vater, kennengelernt, der sie in die Gemeinschaft aufnahm. Als Alisas Vater starb, zog ihre Mutter nach Tel Aviv und ließ Alisa in Konrad Wächters Obhut. Zu dieser Zeit freundete sich Alisa platonisch mit Albert an, der bald zu ihrem engsten Vertrauten wurde.

Sehr früh hatte Hans Herbert Prengel sie zu einer Art Leibeigenen gemacht.
Sie wohnte bald bei ihm in Bechtheim und galt innerhalb der Gruppe als erste Dienerin des Meisters.
Nach dem Ausscheiden seines Vaters war Albert noch voll auf Prengels Linie, und selbst Alisas Beschwerden darüber, wie der Sektenleiter sie behandelte, konnten ihn nicht misstrauisch machen. Im Gegenteil, er versuchte Alisa davon zu überzeugen, dass sie eine wichtige Sonderstellung innehatte, auf die sie stolz sein sollte.

Sie arbeitete tagsüber in dem Lokal, das Friedrich Bose in Mainz betrieb, in der Küche und war den Rest der Zeit für alle Belange Prengels zuständig.

Als sich dann der Einfluss von Ralph Magnusberger und der Gruppierung um ihn herum mit Claudia, Oliver und Kai verstärkte, und nach dem angeblichen Unfalltod seines Vaters, schloss sich Albert dieser konspirativen Vereinigung an. Als Alisa sich dann auch Claudia immer öfter offenbarte, war eine Palastrevolution nur noch eine Frage der Zeit.

Die Gruppe um Magnusberger unterstützte die Bemühungen Alisas wegzukommen. Sie wurde für die Neuordnung der *Wingertschützen* nicht benötigt, also durfte sie gehen. Außerdem wussten alle Genannten über ihn, Peter, Bescheid.

Die erniedrigenden Einzelheiten von Alisas Leibeigenschaft riss Albert zwar an, aber Peter wollte gar nicht alles wissen. Er litt sowieso bei jedem Wort, das Alisa betraf.

Als Alberts Erzählung beendet war, fragte ihn Peter noch einmal eindringlich nach Alisas Verbleib, aber Albert, der bereitwillig von der Tat, von dem Ring, von seinem Aufenthalt am Geiersberg und von seinem Kampf mit Fischer erzählt hatte, beteuerte, nichts weiter zu wissen.

»Wieso wolltest du eigentlich türmen, als Ralph und ich in deiner Wohnung aufgetaucht sind?«, fragte Peter zum Schluss, »du hattest ja deine ganzen Koffer gepackt. Wenn du auf Ralphs Seite warst, dann war es doch nicht so schlimm, dass du seinen Gegenspieler gekillt hast?«

»Ich kenne die Selbstmordklausel«, sagte Albert leise durch die Mauerlücke hindurch, »ganz egal, wie spinnefeind sich die Leute innerhalb der Gruppe auch sind, wenn der Meister zu Schaden kommt, müssen alle sterben. Und ich bin außerdem die Hauptursache für seinen Tod. Ich wollte mich absetzen. Ich bin sicher, dass das noch ein paar Leute versucht haben. Zum Beispiel Bruder Gerhard aus Osthofen, bei dem ihr gestern wart, bevor ihr raus zu mir nach Mettenheim gefahren seid.«

Peter richtete sich aus seiner gebückten Haltung auf und streckte sich. Er würde einen geschmeidigen Körper brauchen, wenn es ernst wurde.

Albert zog seinen Kopf von der Mauerlücke zurück und setzte sich wieder auf das Gestell seines Bettes. Er war ausgelaugter denn je.

Peter hatte ihn vorhin gefragt, ob er eine Möglichkeit wüsste, wie sie hier herauskommen könnten, aber Albert hatte keine Ahnung. Zumindest hatte er das behauptet. Peter sah sich noch einmal ausführlich in seinem Teil des unterirdischen Gefängnisses um: Die Gitterstäbe, die Lampe, die Tür, das Bettgestell, der lose Stein.

Was war das eigentlich, oben an der Decke, in zweien der vier Winkel? Diese kleinen Päckchen waren ihm bisher nicht aufgefallen, er hatte sie für vorstehende Mauerteile gehalten, die ihre kleinen Schatten warfen, mehr nicht.

Eines davon war vorn rechts in der Ecke bei der Tür angebracht und somit für Peter nicht zu erreichen. Das andere aber befand sich in der Diagonalen hinter seinem Bettgestell. Er ging hin und besah sich das Päckchen von unten. Er sah Karton, Blech und Drähte. Rot, blau, gelb und grün.

Albert hatte behauptet, dass der Massenselbstmord mit Gift vor sich gehen solle, das alle freiwillig in Tablettenform einnehmen würden, und Peter hatte sich schon überlegt, wie lange er sich mit Händen und Füßen dagegen wehren könnte.
Aber das hier sah nach etwas anderem aus.
Peter schaute genauer hin, suchte fieberhaft, und fand zu seinem Leidwesen auch Verbindungsdrähte, die durch die Fugen der Mauer in den Raum führten, in dem Albert festsaß.

Sprengstoff. Plötzlich fiel ihm etwas ein. Hatte er nicht gestern solch ein Päckchen gesehen, als er mit Magnusberger im Geländewagen nach Mettenheim fuhr? Ralph, *Bruder* Ralph ... war der nicht noch mal ausgestiegen, als Peter und Albert schon im Wagen saßen, und war er nicht noch mal ins Haus gegangen? Peter hätte nicht schwören können, dass Ralph das Päckchen mitgenommen hatte, aber das passte gut zusammen. Wahrscheinlich hatte er dort eine Sprengladung angebracht. Wenn inzwischen jemand in das Haus wollte, wäre der oder die wahrscheinlich schon längst in die Luft geflogen. Der ... oder die ... Was, wenn Alisa doch noch verspätet Zuflucht bei ihrem alten Freund Albert gesucht hatte? Peter wurde übel, aber gleichzeitig stieg sein Hass auf diese ganze verrückte Gruppe. Er hatte im Knast genug Mörder, Totschläger, Drogendealer und Zuhälter kennengelernt. Aber diese Leute hier waren für ihn abartiger als jeder Gewaltverbrecher. Er fühlte seine eigene Gewaltbereitschaft ins Unermessliche steigen, schlimmer als damals ... als er seinen Chef erschlagen wollte.

Es musste etwas geschehen!

Gitarre, kein Schlagzeug, erneuter Liedbeginn!

Valley's deep and the mountain's so high
If you want to see God you've got to move on the other side
You stand up there with your ...

Bei »your« brach das Lied ab. Gleichzeitig erlosch die Lampe. Peter stöhnte erschrocken auf.

Vom Nebenraum her hörte er Albert schreien. »Oh, Gott!!!«

Dann herrschte absolute Stille.

20.

Samstag 19.30 Uhr, Tief unter Oppenheim

Kommissar Berndt sagte, ohne Fischer anzusehen: »Hauptkommissar Bühler wünscht, dass Sie in meiner Nähe bleiben!« Es musste ihn eine gewaltige Überwindung kosten, diesen Satz überhaupt zu sagen und ihn auch noch einigermaßen höflich klingen zu lassen.

Fischer blickte sich um. Sie standen vor einem ehemals weißen, sehr niedrigen Gartenzaun, der an einigen Stellen nach hinten umgeknickt war. Zwischen dem Zaun und einer sehr alten Häuserwand aus braunen Bruchsteinen lagen zwei Meter niedergetrampelten, unregelmäßig gepflanzten Rasens.

In der Öffnung des Hauses, in der sich nur Scharniere, aber keine Tür mehr befanden, verschwand gerade der fünfte Uniformierte. Zuerst war Bühler hindurchgegangen, hinter ihm ein Beamter mit einem Megaphon.

Fischer hielt diesen Blitzschlag für unglücklich. Er hatte das Bühler auch gesagt, aber der verfolgte seinen Plan und war nicht ansprechbar gewesen.

Bühler war davon ausgegangen, dass die Selbsttötung, wenn überhaupt, mit Gift erfolgen würde.

Da niemand auf Rufe reagiert hatte, entschied Bühler, dass man schnell eingreifen müsse. Wenn das Gift noch nicht verabreicht worden war, konnte man das verhindern, indem man die Elektrizität abstellte. Sie hatten sehr schnell den benzinbetriebenen Generator gefunden, der für die Stromzufuhr der *Wingertschützenhöhlen* sorgte.

Er befand sich in einem Keller des Bruchsteinhauses, unmittelbar neben dem direkten Höhleneinstieg. Dieser Keller war wie ein Tonstudio ausstaffiert, was die Wandverkleidungen betraf. Immerhin musste der Schall des laut laufenden Motors gedämpft werden. Eierkartons und Schaumstoffmatten schluckten einen Großteil des Lärms.

Zwei Mitarbeiter des Bürgermeisters standen jetzt etwas abseits, nachdem sie der Polizei ein paar wichtige Tipps gegeben hatten. Sie waren die Einzigen, die Schirme gegen den wieder schwächer gewordenen Regen benutzten.

Obwohl die städtischen Beamten nichts von diesem speziellen Höhlensystem wussten und man sie aus ihrem Privatleben gerissen und hierher verfrachtet hatte, war ihr Wissen über die Struktur der übrigen, schon erschlossenen Höhlen hilfreich.

Fischer wusste auch inzwischen, warum hier ein so großes Aufgebot erschienen war. Er hatte sich nicht vorstellen können, dass Bühler, der bei ihrem Telefonat versprach, sich um die Sache zu kümmern, gleich dieses Kaliber auffahren würde. Da hätte er doch erst vorsichtig die Lage sondiert, bevor er alle Pferde scheu machte.

Aber Frau Bose hatte, bevor sie sich in die Unterwelt begab, bei der Mainzer Polizei angerufen und den ungefähren Einstieg geschildert, soweit sie ihn von dem Mädchen Annerose erfahren hatte. Und spätestens als sie zugab, in den Unterlagen ihres Sohnes schon vor längerer Zeit etwas über Massentötung bei bestimmten Anlässen gefunden zu haben, da gab es kein Halten mehr.

Fischer wunderte sich nur, dass er noch kein Fernsehteam gesehen hatte.

Die »Mainzer Allgemeine Zeitung« hatte immerhin einen Reporter und einen Fotografen geschickt, die allerdings nicht hinter die Absperrung gelassen wurden. Ein Zivilbeamter versorgte sie aber regelmäßig mit Informationen, die Berndt absegnen musste, was ihm genauso wenig passte wie seine Rolle als Fischers Aufpasser. Er wäre wohl lieber mit Bühler an vorderster Front gewesen.
Fischer auch!

Drei der Polizisten waren mit Nachtsichtgeräten ausgerüstet, die man sich auf die Schnelle von der Bundeswehr ausgeliehen hatte. Eines davon war allerdings unbrauchbar, da es auf der Basis von natürlichem Restlicht arbeitete, eine Voraussetzung, die in den Höhlen nicht gegeben war.

Berndt ging jetzt durch die Türöffnung in das Innere des Hauses. Gleich vom ersten Innenraum aus führte eine Steintreppe in die Kellerregion. Fischer ging hinter Berndt her, was ihm dieser nicht verwehrte. Einen Moment lang dachte Fischer an Hauptkommissar Hering, wie er gestern Nacht versucht hatte, Berndt lächerlich zu machen. Dann streiften seine Gedanken die Explosion von Mettenheim und landeten bei Magnusberger, dem Sprengstoffspezialisten; und er glaubte immer weniger daran, dass ein möglicher Massenselbstmord der *Wingertschützen* mit Gift bewerkstelligt werden würde.

Der zehnte Beamte verschwand in der Unterwelt. Fischer sah die zuckenden Lichter des weitragenden Handscheinwerfers an den braunen Wänden.

Er konnte dem Polizisten noch einen Moment mit den Augen folgen, bevor dieser hinter einer Biegung verschwand.

Berndt sprach über ein Funksprechgerät mit Bühler. Er rief ihn, drückte eine Taste, und kurz darauf hörte Fischer Bühlers Stimme in einem Wust von krächzenden Tönen und Nebengeräuschen, die so laut waren, dass das Wesentliche nur schwer zu verstehen war.

»Wir sind hier auf eine Höhle gestoßen ---- iele Leute ---- so - ar ---- iere. ---- treiben euch ----- zu. Sorgen Sie dafür, dass sie ---- betreut werden. ---- Rotkreuz schon da? -- zweite Höhle ---- Moment ----«

Es dauerte eine Weile, bis Bühler weitersprach.

»Unser Sprengstoffmann hat mich auf Leitungen an den Decken ---- merksam ---- acht. Auf keinen Fall den ---- ator wieder anwerfen. Bestätigen!«

Berndt warf einen Blick zu dem Generator, vor dem ein Uniformierter Wache hielt, dann sah er Fischer an, bevor er wieder in das Funksprechgerät sprach: »Von W2 an W1. Bestätige Befehl. Den Generator nicht wieder in Betrieb nehmen. Ich wiederhole: Den Generator nicht wieder in Betrieb nehmen. W2 Ende.«

Der Uniformierte bewegte sich.

»Herr Kommissar, soll ich den Generator ...«

»Nein«, Berndts Stimme war scharf, dann aber wandte er sich, etwas milder klingend, an Fischer: »Sie haben's mitgekriegt?« »Ja!« »Das trifft sich mit Ihren Vermutungen.«

Fischer wunderte sich. Er hatte bei seiner Ankunft Berndt von Ralph Magnusberger berichtet und von dem, was Pfarrer Burghard über den Mann gesagt hatte.

Nun klang eine winzige Spur von Anerkennung aus Berndts Stimme. Dass Berndt dazu fähig war, hatte ihm Fischer seit dem Auftritt vor dem Hauptquartier der *Wingertschützen* wahrlich nicht zugetraut.

Ihn jetzt gleich in sein Herz zu schließen, verbat sich Fischer aber doch. Um Leute beurteilen zu können, sollte man sie längere Zeit beobachten, nicht nur in Stresssituationen, ermahnte er sich. Fischer arbeitete schon länger an einer objektiveren Beurteilungsskala, seine Mit- und Gegenmenschen betreffend, wobei er sich allerdings im Klaren darüber war, dass es sich dabei um eine unlösbare Aufgabe handelte.

Er sah aus den Augenwinkeln, wie Berndt sein Handy betätigte, während der elfte und der zwölfte Uniformierte vom Keller geschluckt wurden.

Binnen weniger Minuten füllte sich der kleine Raum. Ein Rotkreuzmann und ein Zivilist mit wichtigem, ernstem Gesichtsausdruck sprachen mit Berndt, wobei sich Letzterer als ortsansässiger Psychotherapeut zu erkennen gab.

Der Rotkreuzmann berichtete, dass Notarztwagen und sonstige Krankenfahrzeuge unterwegs seien, und der Seelendoktor empfahl sich als Fachkraft für einen Fall wie diesen, da er erst vorgestern einen Selbstmörder von seiner Tat abgehalten habe. »Arbeitslosigkeit, Beziehungsprobleme ...«, sagte er stolz. Fischer musste grinsen. ›Du wirst dich wundern, Fachkraft‹, dachte er gehässig.

Ein weiterer Polizist kam von außen in den Raum und machte sich daran, schnurstracks zur Kellertreppe zu gehen. Er trug eine Maschinenpistole.

»Was soll das werden?«, fragte Fischer ganz spontan in Berndts Richtung. »Wollt ihr denen beim Massakrieren helfen, damit es schneller geht?«

Berndts Sinn für schwarzen Humor schien nicht sehr ausgeprägt zu sein. Er blickte wieder so feindselig wie immer und setzte sein Gespräch mit der Seelenkapazität fort.

Der hochbewaffnete Polizist stockte kurz, bevor er die Kellertreppenstufen betrat, und warf Fischer einen Blick zu, der absolut nicht zu deuten war. Als der Beamte dann weitergehen wollte, geriet er in den Gegenverkehr.

Der Anblick, der sich Fischer nun bot, war mit einem Wort zu charakterisieren: bizarr!

An der Biegung musste der Maschinenpistolenträger anhalten, weil ihm aus den Tiefen der Höhle ein ausgestreckter Arm mit einem Vogelkäfig entgegenkam.

Das Behältnis war mit einem weißen Tuch abgedeckt, aber darunter zappelte etwas, das einen weiß-blauen Federschwanz besaß. Klägliches, gleichzeitig aufgeregtes Piepen war zu hören.

Der alte, dünne Mann, der sich hinter dem Käfig in Fischers Sichtfeld schob, schimpfte leise vor sich hin. Er drückte sich respektlos an dem Bewaffneten vorbei und erklomm sehr flott die Kellertreppe.

Schon kamen weitere Gestalten aus den Tiefen empor: Männer, Frauen, Kinder, Hunde.

Der Rotkreuzmann sah verzweifelt aus. So schnell hatte er wohl nicht mit Patienten gerechnet. Obwohl diese Leute nicht so aussahen, als würden sie irgendein Krankenhausbett aufsuchen wollen.

Die meisten waren sehr laut, sehr aufgebracht. Da würde der Psychotherapeut Überstunden machen müssen.

Der Strom der Leute aus der Höhle nahm kein Ende. Fischer sah den Mann mit der Maschinenpistole immer noch an der Biegung stehen. Keiner ließ ihn durch. Berndt hatte ein paar Beamte herbeigewinkt, die das Chaos organisieren sollten, denn es kam schon zu einem

Stau in dem kleinen Raum.

Die Polizisten führten die Leute vor das Haus.

Einer derjenigen, die aus dem Keller gekommen waren, ein kräftiger Mitdreißiger mit rotem Haar, stürzte sich auf den Generator.

»Warum habt ihr uns das Licht ausgemacht? Da unten gibt es eine Panik.«

Er stieß den Uniformierten, der den Generator bewacht hatte, zur Seite.

»Finger weg!« Das kam sehr laut, und es kam von Berndt. Er stand nicht weit von dem Rothaarigen entfernt und richtete seine Dienstwaffe auf ihn.

»Hey, hey, nicht gleich mit der Artillerie«, stieß der Mann hervor und hob die Hände. »Ich wollte bloß Licht machen.«

»Schon gut, gehen Sie weiter.« Berndts Gesicht war knallrot, als er die Waffe wieder wegsteckte.

Der Mann beeilte sich, aus dem Haus zu kommen.

»Warum zerstört ihr alles?«, rief eine ältere Frau, die einen weißen Pudel an sich drückte, im Vorübereilen. Niemand antwortete ihr.

Fischer hatte in ihre Richtung gesehen. Jetzt, als er wieder zur Kellertreppe blickte, war erstens der Bewaffnete verschwunden und zweitens kam im Augenblick niemand mehr von unten. Ungefähr dreißig Sektenmitglieder waren im ersten Schub aus der Grube gekommen, und das war wörtlich zu verstehen. ›Schon dreißig‹, dachte Fischer und dann, ›erst dreißig!‹

Er hörte Berndts Funksprechgerät knacken. Berndt drückte hastig den Knopf.

»W2 von W1, kommen«, krächzte Bühlers Stimme.

»W2 hört, kommen!«

»Schickt mir Fischer«, verlangte Bühler. »Hier ---- Leute ----- it ihm reden. ---- beeilen. An der ersten Abzweigung wird ---- holt. Bestätigen!«

Berndts Augen verschleierten sich. »Verstanden, W1, bestätigt, Ende!«

»Ich hab's gehört«, sagte Fischer, und eine Welle der Befriedigung überschwemmte ihn. Aber er schimpfte gleich darauf mit sich selbst. ›Du solltest nicht diese blöde Form von Stolz haben, sondern Angst, du Trottel.‹

Und er hörte auf sich. Eine plötzliche Furcht nahm von ihm Besitz. Es war fast wie eine körperliche Lähmung. Berndt drückte ihm eine Lampe in die Hand.

»Gehen Sie schon!«, sagte der Kommissar.

Fischer richtete den Lichtstrahl in die Kelleröffnung zu seinen Füßen, zögerte einen Augenblick, dann lief er los.

Nach der Biegung begann er die Welt über sich zu vergessen.

21.

Samstag 20.00 Uhr, Tief unter Oppenheim

Claudia nutzte das Chaos. Sie hatte sich eine der Taschenlampen gegriffen, die in jedem größeren Höhlenraum bereitstanden. Kurz bevor das Licht ausging, hatten ihre Augen zufällig den Tisch gestreift, auf dem rund zwanzig Lampen standen, und so hatte sie keine Mühe, ihn zu finden, als es dunkel wurde.

Aus den Augenwinkeln hatte sie gesehen, dass auch Frau Bose eine Taschenlampe genommen hatte. Um diese Frau machte sie sich keine Sorgen, trotz Dunkelheit und Reizgas, dessen Schwaden immer noch das Atmen erschwerten.

Selbst die Schicksale von Kai und Oliver waren im Moment zweitrangig.

Sie dachte an drei Menschen.

Weit hinten, dort, wo sonst keiner mehr war, befanden sich Albert und vor allem Peter.

Aber da war noch jemand ... und der war zwischen ihnen. Ralph ... Bruder Ralph. Der Mann, der sie alle in die Luft sprengen wollte.

Sie dachte an ihn, wie an einen Albtraum, den man am liebsten vergessen würde. Aber das ging nicht. Die Bedrohung die von ihm ausging war zu real.

Claudia wusste nicht genau, ob das Löschen des Lichtes mit dem Generator oben im Haus zu tun hatte. Wenn ja, gab es eine Chance, dass hier nichts explodieren würde. Aber sie kannte sich nicht aus mit so etwas. Vielleicht gab es ganz andere Möglichkeiten der Zündung.

Claudia hatte nach dem Lichtausfall versucht, nicht mehr an Ralph zu denken. Sie war zurückgehastet, war auf den Menschenstrom aus der Haupthöhle getroffen, der Richtung Ausgang drängte, hatte glücklicherweise Annerose im Gewühl gefunden und sie aufgefordert, mit den anderen zum Ausgang auf die eindringenden Polizisten zuzugehen. Dann waren die Gänge immer leerer geworden. Der Strahl ihrer Taschenlampe zuckte auf den braunen, ungleichmäßigen Wänden herum wie ein nervöses Tier, das den Ausweg aus einer Falle sucht.

Jetzt stand sie unmittelbar vor der Bohlentür des kleinen Seitenraumes, von dem aus man in Peters Gefängnis gelangen konnte. Um dorthin zu kommen, wo Albert Wächter gefangen gehalten wurde, musste man außen an der Bohlentür vorbei und einige Schritte durch einen sehr engen Gang laufen, an dessen Ende sich eine weitere, nach links führende Bohlentür befand, durch die man direkt zu Alberts Verlies kam. Der Gang endete wenige Meter später in einer Geröllaufschüttung. Weiter waren die *Wingertschützen* nie vorgedrungen, aber es wurde vermutet, dass die unterirdische Anlage dahinter noch weiterging.

War Ralph noch in dem kleinen Raum? Claudia machte die Taschenlampe aus, um zu sehen, ob unter den Bohlen der Tür Lichtschein hervordrang, denn sie konnte sich nicht vorstellen, dass Ralph keine Lampe dabei hatte.

Es blieb dunkel. Hätte sie Ralph nicht begegnen müssen, wenn er zu den anderen Höhlen unterwegs war?

Kurz bevor sie ihre Lampe wieder anknipsen konnte, sah sie aus der Richtung, aus der sie gekommen war, den Schein von mehreren Lichtquellen.

»Hier ist die Polizei, hier ist die Polizei! Verlassen Sie unverzüglich die Höhlen und begeben Sie sich ans Tageslicht«, dröhnte eine verzerrte Megaphonstimme. ›Welch eine blöde Formulierung‹, dachte Claudia. Es war Herbst. Draußen gab es um diese Zeit kein Tageslicht.

Sollte sie das Eintreffen der Polizisten abwarten, bevor sie zu den

Gefangenen ging? Wenn Ralph noch hier war, konnte Warten die gesündere Methode sein. Aber was, wenn Ralph beim Verlöschen der Beleuchtung durchgedreht war und Peter und Albert etwas angetan hatte?

Claudia reagierte instinktiv. Sie stieß die Bohlentür auf.

Sie richtete den Strahl der Taschenlampe in die Mitte des Raumes, sah den leeren Hocker, Drähte, Schalter, kleine Päckchen, die wie Zigarettenschachteln aussahen ...

Die Lampe in ihrer Hand zitterte. Sie ließ die Tür hinter sich offen, richtete die Lampe auf die zweite Tür, die geschlossen war.

»Hier ist die Polizei, hier ist die Polizei! Verlassen Sie unverzüglich die Höhlen und begeben Sie sich ans Tageslicht. Befolgen Sie die Anweisungen der Beamten zu Ihrer eigenen Sicherheit.«

Claudia war abgelenkt. Die Bullen schreckten aber auch vor nichts zurück. Einem Haufen von Selbstmordkandidaten, die diesen Schritt freiwillig zu gehen gedachten, etwas von Sicherheit zu erzählen, konnte nur humoristisch gemeint sein.

Die Megaphonstimme war jetzt sehr nahe. Claudia wartete nicht; sie riss die nächste Tür auf. Schnell leuchtete sie den Raum aus ... die Gitterstäbe, die Sprengstoffpäckchen an den Decken ... das Bettgestell und dahinter die große Lücke in der gegenüberliegenden Wand. Da war jemand sehr fleißig gewesen in den vergangenen Stunden.

Claudia war sich darüber im Klaren, dass Peter drüben bei Albert sein musste.

»Hier ist die Polizei, hier ist die Polizei! Verlassen Sie unverzüglich die Höhlen und begeben Sie sich ans Tageslicht!« Wenigstens ließen sie jetzt den Sicherheitshinweis weg. Sie mussten nur noch wenige Meter von diesem Raum entfernt sein, aber Claudia glaubte, keine Zeit zu haben, sich zu ihnen umzudrehen.

»Peter!«, rief Claudia laut, und, als wäre es unschicklich, nur einen der Gefangenen mit der Nennung seines Namens zu bedenken, rief sie, etwas leiser, »Albert!« hinterher.

Im unruhigen Licht tauchte Peters Kopf in der Mauerlücke hinter den Stäben auf. Sein Gesicht war voll mit bräunlichem Staub.

»Claudia?«, rief er zurück, »pass auf, er ist hinter der ...«

Claudia war zwei Schritte in den Raum getreten. Sie hörte die hastenden Beamten hinter sich. »Hier ist die Polizei, hier ist die Polizei ... Verlassen Sie unver ...« Plötzlich ein Krachen, und die Megaphonstimme wurde leiser. Claudia brauchte eine winzige Spanne Zeit, bis sie begriff.

Die Tür war zugefallen.

»... züglich die Höhlen.« Der leise Restsatz aus dem Polizeimegaphon war noch zu hören, aber weiter ging es diesmal nicht.

Claudia sah Peters Kopf, nahm dahinter mehr als Schatten den Kopf Alberts wahr.

Die Tür war zugefallen. Peter wollte etwas sagen, aber er öffnete nur stumm den Mund. Claudia stand ganz starr.

Die Tür war nicht zugefallen. Man hatte sie zugestoßen.

Langsam, wie in Zeitlupe, bewegte sich Claudias Kopf nach links. Ihr Arm mit der Taschenlampe machte unwillkürlich synchron diese Bewegung mit.

Ralph lächelte.

»Warum bist du nicht bei unseren Brüdern und Schwestern?«, fragte er sanft. Es klang keineswegs bedrohlich, eigentlich lag in diesem leisen Tadel schon das Verzeihen des wahrhaft großen Propheten.

»Ich wollte nach euch sehen ...«, sagte Claudia, »die Polizei ist da.« Wie zum Beweis ihrer Behauptung schlug jemand von außen gegen die Tür.

»Aufmachen, Polizei!«

»Hast du sie geholt?«, fragte Ralph, immer noch lächelnd. Sein Bart gab ihm im Taschenlampenlicht das gütige Aussehen des Weihnachtsmannes.

»Nein, nein«, Claudias Mund wurde trocken, »aber als das Licht ausgefallen ist ...«

»Ja?!«, fragte Ralph milde. Er stand dort, links hinter der Tür, und hielt etwas in beiden Händen.

»Nun, als das Licht ausging, da dachte ich ...«, Claudia hasste sich für ihr Stammeln, aber jetzt gab es nur noch nackte Angst.

»Da dachtest du, wir könnten unser Vorhaben nicht ausführen, nicht wahr?«

Ralph hob die Hände etwas. Er trug ein Schaltbrett vor sich, von der Größe eines Tabletts.
»Ja, der Generator ...«, stammelte Claudia. Peter und Albert waren durch das Loch gestiegen und standen nun nebeneinander hinter dem Bettgestell.
Ralph hob den Kopf: »Es geht auch mit Batterien!«
»Aufmachen, Polizei.« ›Himmel, dann kommt doch rein‹, dachte Claudia, ›die Tür ist nicht verschlossen.‹
»Ich mache uns Licht!«, sagte Ralph, und der Zeigefinger seiner rechten Hand bewegte sich auf einen Schaltknopf auf dem Brett zu. Claudia sah überdeutlich den kleinen Finger, von dem nur zwei Glieder übriggeblieben waren.

In dieser Sekunde knipste sie die Taschenlampe aus. Gleichzeitig wurde ihr die Tür in den Rücken gerammt, sie stolperte nach vorn, prallte gegen Ralph. Fremde Lichter durchstreiften den Raum, kräftige Hände zerrten Claudia hoch, Ralph lag am Boden, das Brett lag neben ihm.

Überall sah Claudia grüne Hosenbeine. Sie sah Peters und Alberts Gesichter ganz nah am Gitter, einen Zivilisten, den sie nicht kannte, und Fischer, der sie heute Mittag vor Ralph gewarnt hatte.

Claudia hoffte auf eine gnädige Ohnmacht. Aber die kam nicht!

Erster Tag

22.

Freitag 15.35 Uhr, Am Geiersberg bei Bechtheim

Alisa stand mit hoch erhobener Hand vor Prengel, der benommen am Boden kauerte.

Der Stein ... welch ungeahnte Macht ging von ihm aus.

Hier stand sie, Alisa, und hatte das Schicksal ihres Peinigers in der Hand. Im wahrsten Sinn des Wortes.

Ein irrsinnig machendes, intensives Gefühl.

Sie lachte. Ihre Stimme kippte über.

Albert Wächter sah sie fassungslos an. Prengel griff sich mit der rechten Hand an den Hals und richtete sich langsam und etwas wackelig auf.

Er kam zwischen Alisa und Albert zum Stehen, ging dann ganz langsam auf Alisa zu, wobei er die Linke ausstreckte.

»Gib mir den Stein!« Die Stimme klang zwar etwas schwach, aber in der Intensität des Befehles war sie ganz die alte.
»Schlag zu!«, rief Albert.

Alisa wich allmählich zurück. Ihre Rechte hielt den Stein noch genauso hoch erhoben wie eben, aber sie ging rückwärts.

Prengel kam ihr nach, er entfernte sich allmählich von seinem Wagen, und das Fatale war, dass er mit jedem Schritt sicherer wurde.

Alisas Lachen hörte nicht auf, aber es wurde klagend.

»Gib mir den Stein oder wirf ihn weg!«

Das Lachen brach ab. Einfach so, ganz von selbst, ohne Alisas Zutun, als wäre es unabhängig von ihrem Willen gekommen und könnte auch selbstständig wieder verschwinden, wenn es ihm angemessen schien.

»Hau ihm das Ding in die Schnauze!«

Albert war Prengel nachgekommen, er ging mit einem Schritt Abstand direkt hinter ihm her.

Alisa mochte Alberts Stimme nicht, wenn sie aufgeregt klang. Sie war so ... so hysterisch. Das war sie selbst schon, da konnte sie dieses tuntige Gesinge in Alberts Stimme jetzt nicht gebrauchen.

Prengel hielt sich immer noch den Hals. Er schien es nicht für notwendig zu erachten, sich zu Albert umzudrehen.

»Gib mir den Stein!«

Er blieb jetzt ungefähr fünf Meter vor dem Geländewagen stehen. Auch Alisa stockte. »Na gut«, Prengel drehte sich zu Albert um.

»Der verarscht dich«, kreischte Albert, wich aber auch vor Prengel zurück in Richtung Auto. Dabei stolperte er fast über seine eigenen Beine.

Alisa ließ den Arm mit dem Stein langsam sinken.

»Du kannst gehen«, sagte Prengel über die Schulter. Es klang ruhig und bestimmt. »Er dreht dir den Rücken zu«, wimmerte Albert, »wie mir eben auch. Damit will er uns zeigen, wie sehr er uns verachtet.«

Scheußlich, diese Stimme. Wenn Prengel sprach, dann klang das so knapp, sachlich und klar, aber Alberts Gequäke war Alisa zuwider.

Sicher hasste sie auch Prengels Stimme...aber sie nervte nicht so unendlich ...

Albert kreischte: »Er verachtet uns. Er verachtet alle. Auch meinen Vater hat er verachtet, obwohl er ihm alles zu verdanken hat ...«

›Blah, blah ... hör auf ... hör auf mit deiner schrecklichen Stimme‹, Alisa konnte an nichts anderes mehr denken. Der Stein polterte aus ihrer kraftlosen Hand auf den Feldweg.

»Du hast es verpasst«, schrie Albert. »Jetzt ist es endgültig. Er hatte Recht. Er kann alles mit dir machen ... alles!«

Alisa hätte jetzt gern den Stein wieder gehabt, um damit Alberts Kopf zu zertrümmern, nur um diese Töne abzuschalten.

Sie musste an Peter denken, der im Osthofener Bahnhof auf sie wartete.

Peter ...

Prengel und Albert standen jetzt knapp zwei Meter vor dem Geländewagen. »Lass mich in mein Auto«, verlangte Prengel.

Albert wich noch einmal zurück.

Plötzlich drehte sich Prengel wieder zu Alisa um.

»Göttliches kommt aus der Ruhe. Kindisches erwächst aus Nervosität. Darum warst du bei mir und nicht bei Albert. Mit Leuten wie ihm sitzt eine Frau auf der Couch. Mit Leuten wie mir liegt sie. Das gilt übrigens auch für kleine Jungs.«

Alisa wusste nicht genau, wie er das meinte, aber das war auch gleichgültig, Hauptsache, sie konnte seine ruhige Stimme hören. Wieso war Albert überhaupt hier dabei? Und warum hob Albert jetzt einen Stein vom Wegrand auf? Und was machte er damit?

Komisch, Hans Herbert Prengel nahm jetzt die Hand vom Hals und hielt sie an die Schläfe. Da war Blut ...

Vorhin war er ganz schnell und ruckartig aus dem Wagen gefallen, jetzt ging er langsam zu Boden, wie in Zeitlupe, als würde er ihr einen neuen exotischen Tanz vorführen ... Nach zwei Minuten gab es keine Bewegung mehr. Albert schwieg, und das machte ihn Alisa wieder sehr sympathisch. Er war ja schließlich immer ihr Freund gewesen ... er durfte halt nur nicht so rumkreischen wie vorhin.

Albert ging in die Hocke, fühlte Hans Herberts Puls. »Er ist tot!«, sagte er und klang dabei ganz angenehm. Wieder dachte Alisa an Peter. Aber nur ganz kurz. Dann wusste sie, dass etwas Endgültiges geschehen war. Etwas, von dem sie sich entfernen musste. Und da rannte sie los. Sie wusste nicht wohin, nur weg, weg, weg! Ob Albert ihr etwas nachrief oder ob er sie einfach laufen ließ, wusste sie auch nicht. Sie rannte instinktiv über den betonierten Weg Richtung Bechtheim.

Es war ein weiter Weg zu Fuß. Sie lief sehr lange, ehe sie unten im Tal die Dächer des Dorfes sah und den baumlangen, dünnen jungen Mann, der links weit hinten im Wingert stand und ihr den Rücken zuwandte; und etwas später den Traktor mit diesem Weinbauern, der mit Hans Herbert Geschäfte gemacht hatte. Irgendeinem musste sie es erzählen.

Der Mann hielt den Traktor an und kletterte schwerfällig vom Fahrersitz, als er Alisa sah.

Hilpert blickte sich um, sah, dass weder sein Gehilfe noch irgendein anderer Mensch die Szene mitbekam, drückte sein fast abgerauchtes Zigarillo mit dem Schuh in den Boden und breitete beide Arme aus, um dieses verstörte, weinende Mädchen zu trösten.

Zweiter Tag

23.

Samstag 22.00 Uhr, Bechtheim

Alles war vorbei ... und nichts war vorbei.

Fischer dachte an Gerhild. Er gönnte sich eine scheue, beinahe schüchterne Form der Vorfreude.

Er brauchte ein unschuldiges Gefühl.

Er hatte sich von Frau Bose den Weg beschreiben lassen. Seinen weißen Mercedes parkte er am Zaun, wobei er darauf achtete, weder die Fußgängerpforte noch die Hofeinfahrt zu blockieren.

Noch war kein Polizeiauto zu sehen. Gott sei Dank!

Die kleine Pforte war nicht abgeschlossen.

Fischer betrat den weiträumigen, basaltgepflasterten Hof so selbstverständlich, als hätte man ihn eingeladen.

Die Fachwerkgebäude waren hufeisenförmig um den Hof gruppiert, den Abschluss bildete das Wohnhaus mit der breiten Aufschrift »Weingut S. Hilpert«. Im Halbdunkel, in einem offenen Schuppen auf der linken Seite, stand der Traktor. Als sich Fischer der nur angelehnten Eingangstür des Wohnhauses näherte, nahm seine Nase den Geruch von Zigarillos auf.

Eine Männerstimme ertönte aus dem Inneren des Hauses: »Sag mal, hier zieht's doch. Hast du vorhin die Tür offen gelassen, als du gekommen bist? He, Hubert, ich rede mit dir.«

Fischer sah durch den Spalt an der Tür die dünne Silhouette des

Mannes, von dem er nur den Vornamen kannte. »Klar hab ich sie offen gelassen, ich konnte ja nicht ahnen, dass du ausnahmsweise Bier im Haus hast.«

Hubert schickte sich an, die Tür von innen zu schließen, aber da stand Fischer auch schon auf der untersten der vier Stufen, die zum Eingang hochführten.

Es begann wieder leicht zu regnen, aber nach seinem Aufenthalt in den stickigen Höhlen unter Oppenheim war Fischer jede Witterung willkommen.

»Jetzt hab ich mich aber erschreckt.« Hubert sah ängstlich aus. »Wer ...?«

»Ist da einer draußen?«, fragte Hilperts Stimme aus dem Haus.

»Ach, Sie sind's«, stieß Hubert erleichtert hervor, als Fischer eine Stufe erklommen hatte und jetzt von der Laterne über dem Eingang voll erfasst wurde.

»Wer kommt denn da mitten in der Nacht?«

Hilpert klang nicht aufgeregt.

»Das ist der Herr Fischer!«, rief Hubert über die Schulter zurück.

»Der Fischer aus Osthofen? Der mir seinen alten Traubenwagen andrehen will?«

»Nee, das ist der Herr Fischer von gestern Abend. Du weißt schon ... Geiersberg.«

»Aaaha!«

Fischer stand jetzt oben vor Hubert und reichte ihm die Hand.

»Der Täter wurde verhaftet«, sagte er dabei schlicht.

Seltsam, dass sich bei diesen wenigen Stufen sein Meniskus wieder meldete, vorhin beim Treppensteigen in den Höhlen hatte er keinen Schmerz verspürt.

Jetzt tauchte Hilpert auf. Er trug eine Strickjacke und paffte eines seiner Zigarillos.

»Hallo, Herr Fischer, kommen Sie rein. Sie haben's ja wahrscheinlich gerade gehört: heut gibt's Bier bei Winzers.«

Fischer lächelte ein sehr verkrampftes Lächeln. »Ich komme, um Ihnen die letzten Neuigkeiten zu berichten.«

Er nahm seine Strickmütze ab.

»Prima, rein in die gute Stube. Der Möhring hat mir von der Dose Bier erzählt, die Sie bei ihm getrunken haben. Bei mir gibt's Gerstensaft aus der Flasche, wie sich's gehört, es muss doch alles seine Ordnung haben.« Dabei lachte er.

Magnusberger hatte in seinem ersten Verhör ständig von Ordnung gesprochen.

»Was machen Sie für ein Gesicht?«, fragte Hilpert, »ich dachte, Sie freuen sich darüber, dass ich Bier im Hause habe.

»Entschuldigung, aber zum Freuen gibt es seit gestern wenig Gründe.«

»Aber Sie trinken doch trotzdem eins mit?« Hilpert wirkte gut gelaunt, während er vor Fischer durch den Flur in ein großes Wohnzimmer schlurfte, das aussah, als würde es zwar regelmäßig gereinigt und gelüftet, als wäre es aber seit 1960 nicht mehr neu möbliert und tapeziert worden.

Die großen Fenster, die zum Hof wiesen, waren mit Pflanzen zugestellt, und an den Wänden hingen altmodische Gemälde mit Jagdmotiven.

Hilpert führte Fischer zu einer grünen, plüschigen Sitzgarnitur. Dort angekommen, sah er sich um.

»Sie sehen ziemlich kaputt aus!«, resümierte er nach einem Blick in Fischers Gesicht. Der lange Hubert, der ihnen nachgekommen war, räusperte sich. »Ich muss dann auch los, ich hab mei'm Nettchen gesagt, ich wollte nur mal für fünf Minuten rüber zum Chef, und nun isses schon bald 'ne Stunde.«

»Wollen Sie nicht noch hören, wer Prengels Mörder ist?«, fragte Fischer. Hubert nickte eifrig. »Doch, doch, ich wollte gerade fragen.«

Hilpert hielt Fischer eine Flasche Bier und einen Flaschenöffner hin.

»Glas?«, fragte er. »Danke, ich nehme die Flasche«, antwortete Fischer. Hilpert forderte ihn mit einer Geste zum Sitzen auf. »Sagen Sie nichts, ist es unser A Punkt W Punkt vom Geiersberg?«

»Genau der«, antwortete Fischer und setzte sich in einen der plüschigen, grünen Sessel. Hilpert nahm ihm gegenüber auf dem Sofa Platz, auf dem drei schwere Kissen standen, akkurat gescheitelt, wie in Eisen gegossen. Ein schmaler, länglicher Glastisch trennte die beiden Männer voneinander.

Hubert blickte etwas nervös von einem zum anderen: »Das hat ja die Lisbet Schlosser auch gesagt, nachdem das Haus in Mettenheim in die Luft geflogen ist. Dieser Albert Wächter, der hatte ja sowieso Dreck am Stecken.«

»Inwiefern?«, fragte Fischer schnell.

»Na, ja, mit der Sekte ... und schwul war der ja auch ... Wenn ich mir vorstelle, dass der vielleicht die ganze Zeit da im Wingert gelegen hat, als ich auf die Leiche aufgepasst hab ...«

»Du bist ein Hosenschisser«, sagte Hilpert, wobei er Fischer ein Zigarillo anbot, was dieser aber ablehnte.

»Na, ja, Chef, ich geh dann halt«, sagte Hubert, »du kannst mir ja morgen alles sagen, was der Herr Fischer dir jetzt noch erzählt.«

»Mach ich, Hubert ... gute Nacht und grüß mir die Anette.«

Hubert blickte beide an, winkte etwas linkisch aus der Hüfte und ging dann mit schnellen, etwas ungelenken Schritten zum Flur.

Während Hubert draußen die Haustür schloss und durch das Fenster mit den Pflanzen zu sehen war, als er den Hof Richtung Pforte überquerte, sprachen die beiden im Raum Zurückgebliebenen kein einziges Wort.

Hilperts Rauchschwaden zogen träge über den Glastisch auf Fischer zu.

Sie sahen sich an.

›*Unser* A Punkt, W Punkt‹, hatte Hilpert gesagt. Damit hatte er ihr gemeinsames Abenteuer heraufbeschworen. So etwas konnte zwei Menschen verbinden, besonders zwei Männer. Auch mit Bühler war es so gewesen.

Der Zigarilloqualm schuf bewegte Bilder. Er kräuselte sich in verschiedenen Formen über dem Tisch, bildete verschwommene Kreise und Ellipsen, verflüchtigte sich, erhielt Nachschub von neuen Kreisen und Ellipsen.

Draußen fiel die Pforte ins Schloss.

»Sind Sie allein?«, fragte Fischer.

Hilpert trank Bier aus seinem Glas.

»Das wollte ich Sie auch fragen.«

Hilpert beugte sich vor, um sein Zigarillo zu löschen und sich aus seiner halbvollen Flasche nachzugießen.

»Sie trinken ja gar nicht!«, stellte er fest.

Fischer sah die Flasche in seiner Hand an, als sähe er sie zum ersten Mal.

»Wie unhöflich von mir«, sagte er, »aber ich bin ein bisschen abgelenkt. Ich überlege gerade, wie ich die nächste Frage formulieren soll.«

»Aha, Sie wollen wieder was fragen. Meine Frage beantworten wollen Sie nicht?!«

Fischer sagte: »Wir können natürlich das Spiel mit Fragen, Gegenfragen und neuen Fragen ein Weilchen spielen. Aber ich möchte eigentlich nicht. Für Spiele dieser Art sind wir zwei nicht die richtigen Partner. Gestern Nacht am Geiersberg habe ich gedacht, wir stünden auf derselben Seite ... aber lassen wir das. Also, ich bin allein, noch. Ich war schneller als die Polizei, aber es wird sich nur um Minuten handeln, bis sie hier ist.«

Hilperts Augen blitzten auf, dann, urplötzlich, wirkten sie stumpf und leer.

»Sie sind ein überzeugender Mann, Herr Fischer«, sagte er, »ich hätte die Maske gern noch eine Weile aufbehalten. Schade.«

»Ist Alisa hier im Hof?«, fragte Fischer unvermittelt und stellte die Flasche, ohne sie geöffnet zu haben, mit entschlossenem Ruck auf den Glastisch.

»Ja!«, antwortete Hilpert.

»Tot oder lebendig?«

»Ja, nun, das ist Ansichtssache.«

Fischer war froh, dass er so müde war. So kam er wenigstens nicht auf die Idee, unbedacht zu handeln. Es erleichterte ihn auch, dass Peter nicht dabei war.

»Was weiß dieser Hubert?«, fragte er sachlich.

Hilpert lehnte sich, ohne sein Glas, auf dem Sofa zurück an eines der großen, steifen, grünen Kissen.

Er stellte sachlich fest: »Hubert ist der unschuldigste Mensch der Welt. Er liebt seine Frau, fährt zehnmal im Jahr in die große weite Welt zum Einkaufen ... nach Worms ... er hat nicht mal einen Fernseher.«

»*Sie* kennen die große, weite Welt, jenseits von Worms, nicht wahr?« Fischer schob seine rechte Hand in die Außentasche seiner schwarzen Lederjacke.

»Hm«, machte Hilpert, »was glauben Sie, wie das hier weitergeht?«

Fischer lehnte sich jetzt auch zurück.

»Das kann im Augenblick noch keiner sagen«, erklärte er, »ich weiß nicht, inwieweit Sie bereit sind aufzugeben, und Sie wissen nicht, ob und wie ich mich abgesichert habe.«

»Das ist eine vernünftige Einschätzung der Lage«, gab Hilpert zu.

Fischers rechte Hand umfasste die Sprühdose mit dem Reizgas, die er in den Höhlen unter Oppenheim hatte mitgehen lassen. Sie gab ihm ein gewisses Gefühl der Sicherheit.

Dann fragte er: »Seit wann verdienen Sie Ihr Geld als Mädchenhändler?«

»Seit den späten Sechzigern. Studenten, sexuelle Revolution ... Sie verstehen.«

»Arabische Länder?«

»Hauptsächlich. Meine bevorzugten Kindermärchen waren immer die aus Tausendundeiner Nacht.«

Hilperts rechte Hand glitt langsam hinter das grüne Kissen, an das er sich anlehnte.

»Bei mir war es ›Von einem, der auszog, das Fürchten zu lernen‹ «, sagte Fischer.

Hilpert nickte. »Da waren wir doch beide konsequent, was? Durch was sind Sie mir draufgekommen?«

»Frau Bose.«

»Die weiß doch nichts.«

»Wissen vielleicht nicht. Aber sie hatte ihre Ahnungen.« Fischer atmete tief durch. »Ich werde es Ihnen etwas ausführlicher erzählen.« Die rechte Hand schwitzte. »Also, ich komme aus Oppenheim. Sie

können es noch nicht wissen, aber der große Massenselbstmord, den Sie billigend inkauf genommen haben, hat nicht stattgefunden. Magnusberger wurde verhaftet. Ein Fressen für die Psychiatrie. Auch mit Bose werden sie einiges veranstalten. Dafür wird schon seine Mutter sorgen, die ihn nicht im normalen Gefängnis sehen will.«
»Bose ... lächerliche Figur.« Hilpert wirkte immer noch ruhig, aber Fischer sah ihm an, dass er schauspielerte. Noch etwas, das sie gemeinsam hatten.
»Was weiß seine Mutter?«
»Nun«, fuhr Fischer fort, »ich habe seit der Explosion von Mettenheim einen ganz guten Draht zur Polizei.«
»Wie geht es übrigens Hauptkommissar Hering?«, erkundigte sich Hilpert höflich.
»Danke der Nachfrage, er kommt durch.«
»Sein Kasernenhofton war unerträglich, gell?«
»Es gibt Unerträglicheres.«
Hilpert lächelte. »Damit habe ich übrigens nichts zu tun.«
»Ich weiß, das hat Magnusberger gestanden. Das war für ihn die Einleitung vom Ende der *Wingertschützen.* Es war ihm egal, wann die Ladung hochgeht und wen es trifft. Mit der Legung dieser Bombe hat er sich für den ganz großen Knall konditioniert.«
»Das war immer der Fehler der Leute, die bei den *Wingertschützen* das Sagen hatten«, brummte Hilpert, »alles aus dem Bauch heraus. Außer Prengel, mit dem war was anzufangen. Aber Magnusberger ... so groß und mächtig er auch wirkt, so jämmerlich kleingeistig ist er. Man sprengt nicht einfach etwas in die Luft. Man braucht einen triftigen Grund zum Schießen, zum Stechen und zum Sprengen. Jedes Tatmotiv erfordert seine eigene Methode.«

Fischer musste die verschwitzten Finger von der Sprühdose nehmen, um nicht festzukleben.

Er sagte: »Wenn man einen Zeugen und seine verräterischen Unterlagen beseitigen will, sprengt man ihn dann nützlicherweise samt seinem eigenen Auto in die Luft?«
»Zum Beispiel.«
»Hat Gerhard Möller Sie erpresst?«

Hilpert lachte ein kurzes, meckerndes Lachen: »Der hat Unterlagen gesammelt über alle Geschäfte, die Prengel mit den Mädchen im Laufe der Jahre gemacht hat. Der wusste vieles, aber von meiner Beteiligung hat er erst gestern erfahren. Durch Prengel selbst. Es war ganz banal. Prengel hat sich bei ihm verplappert. Da Möller aber viel über die Geschäfte selbst wusste, hat er sich sein Bild gemacht. Übrigens, wenn ich gewusst hätte, dass ich heute auffliege, hätte ich ihn leben lassen.«
»Das wird seine Frau trösten.«
»Sie konnte ihn nicht ausstehen. Ich glaube nicht, dass er irgend jemandem fehlt. Trotzdem hätte ich ihn verschont. Ich hasse nichts mehr als sinnlose Aktionen. Aber Sie wollten von Frau Bose sprechen.«
»Schön, Hauptkommissar Bühler hat mich mit zum Eingang der Höhlen genommen, und als er die ersten Leute unten traf, ist er gleich auf Frau Bose gestoßen, die unten war, um ihren Sohn zu retten. Sie wusste von den Höhlen aus Unterlagen, die sie in der Wohnung ihres Sohnes gefunden hatte, und Annerose hat ihr den Weg gezeigt.«

Eine Kirchturmuhr, ganz in der Nähe, schlug einmal.

»Frau Bose hat lange Zeit nicht im Traum daran gedacht, dass Sie irgendetwas mit den *Wingertschützen* zu tun haben könnten. Die waren ihr auch herzlich egal. Aber als ihr Sohn durch die Aktion in Limburg Magnusberger kennenlernte und sie peu a peu dahinter kam, dass ihr Sohn in der Sekte aufstieg, da schnüffelte sie ihm hinterher. Und ihr wurde immer klarer, dass Sie, Herr Hilpert, seit sehr langer Zeit mit Hans Herbert Prengel Geschäfte machen.

Interessant ist nur, dass Leute wie Bose oder auch Magnusberger zwar etwas darüber wussten, dass Sie mehr mit den *Wingertschützen* zu tun hatten als irgendjemand sonst ahnte, aber die Größenordnung war niemandem klar.«
»Ist sie auch jetzt noch nicht, glauben Sie mir.« Hilpert wirkte stolz.

Wie er so da saß, in seiner Strickjacke, behäbig, in gutbürgerlicher Umgebung, eingehüllt in Zigarilloqualm, mit dem Bier vor sich und der Hand hinter dem Kissen, machte er ganz den Eindruck eines Mannes, der seinen Frieden mit der Welt gemacht hatte. Dass die Frage nicht beantwortet war, ob er da hinter dem Kissen etwas in der Hand hatte, das Fischer schaden konnte, störte dieses Bild nur unerheblich.

Ein seltsamer Friede legte sich über die Szenerie dieses abendlichen, gemütlich beleuchteten Wohnzimmers. Fischer hatte noch viele Fragen, aber er stellte sie nicht sofort. Nur eine drängte sich in den Vordergrund. Hatte Hilpert aufgegeben? War ihm seine Situation vollkommen klar? War er bereit, in gemütlichem Plauderton über die ungeheuerlichsten Verbrechen weiterzureden, um sich am Ende mit einem jovialen Schmunzeln die Handschellen überstreifen zu lassen?

Plötzlich änderte sich die Stimmung. Der Scheinfriede verabschiedete sich!

Draußen vor dem Hof waren Autos zu hören, mehrere Wagen, die vor dem Anwesen bremsten. Keine Sirenen, aber Blaulicht, das bis in das Zimmer drang. Bühler würde jetzt den weißen Mercedes sehen und ihn, Fischer, fürchterlich verfluchen. Berndt würde ein ›Ich hab's kommen seh'n‹ Gesicht aufsetzen, und die Chance, jemals wieder bei der Polizei anzufangen, war, wenn sie je bestanden hatte und Fischer sie überhaupt gewollt hatte, endgültig vertan.

Aber diese Gedanken waren müßig, es ging zuerst einmal ums Überleben der nächsten Minuten, denn Fischer sah jetzt, was Hilpert hinter dem Kissen hervorzog und, ohne es loszulassen, auf seinen Schoß legte.

»Warum sind Sie denen zuvorgekommen?«, fragte Hilpert. »Wenn Sie wussten, dass die Polizei kommt, und wenn meine Schuld für alle so klar ist ... dann verstehe ich nicht, warum Sie sich in Gefahr begeben. Wollen Sie Alisas Retter spielen? Wollen Sie zur Polizei zurück, sind Sie pressegeil, oder haben Sie in Ihrer Jackentasche da einen Revolver? Wollen Sie den Scharfrichter spielen aus moralischer Entrüstung?«

»Ich habe Frau Bose gefragt, wer auf die Idee gekommen ist, mich in den Fall einzuschalten«, erklärte Fischer, »ich dachte natürlich, das wären Lisbet oder Arno Schlosser gewesen. Aber als sie mir sagte, dass Sie es waren, hatte ich das unwiderstehliche Bedürfnis, Sie noch mal zu sehen, bevor ich Sie nur noch zu den Besuchszeiten im Gefängnis genießen kann.«

Während er redete, sah er, dass draußen im Hof immer mehr huschende Schatten auftauchten. Alles ging sehr leise vor sich, in radikalem Gegensatz zu dem Tohuwabohu in den Oppenheimer Höhlen.

Er sah Hilperts Augen an, dass auch er mitbekam, was draußen geschah.

»Sie kannten meine Sektenvergangenheit von Lisbet,« fuhr Fischer fort. »Sie wussten, dass ich meine Stellung bei der Polizei missbraucht hatte, um gewisse sexuelle Vorgänge in der Sekte, in der ich Mitglied war, zu vertuschen. Sie wussten, dass ich meine eigene Freundin in die Hände eines gewissenlosen Gurus gegeben hatte, weil ich dachte, er könnte ihre Depressionen heilen. Sie wussten, dass ich an diesen ganzen Quatsch auch noch selbst geglaubt hatte, und dass ich hochkantig aus dem kriminalpolizeilichen Lehrgang flog, als meine Sektenzugehörigkeit rauskam. Sie wussten, dass meine Freundin in einer psychiatrischen Anstalt gelandet ist ... das alles wussten Sie von Lisbet, die Sie für einen ganz normalen Nachbarn hielt, mit dem man halt über andere herziehen kann.«

Hilpert beugte sich etwas vor. Sein massiger Oberkörper verriet Anspannung, seine Hand umfasste den Gegenstand auf seinen Knien. Fischers Finger schlossen sich wieder um die Spraydose mit dem Reizgas.

»Ich dachte, Sie wollten meine Beichte hören«, sagte Hilpert, »an Ihrer bin ich nicht interessiert.« Die gemütliche, ländliche Art zu reden, der Bechtheimer Dialekt, mit dem Hilpert meistens gesprochen hatte, all das war verschwunden. Seine Stimme klang so kalt, dass es Fischer gefröstelt hätte, wenn seine Wut auf diesen Mann nicht so groß gewesen wäre.

»Gut, dann zu Ihnen«, sagte Fischer, »mit Prengels Tod hatten Sie nichts zu tun. Das war eine unglückliche Geschichte zwischen

Prengel, Alisa und Albert Wächter. Wächter hatte den Tatort schon verlassen; erst später beschloss er, wieder zurückzugehen, um den Ring zu holen, den er abgestreift hatte, weil er sich von der Sekte lösen wollte. Aber dann bekam er doch Angst, dass ihn der Ring verraten würde. Zu dem Zeitpunkt wussten Sie wahrscheinlich von Alisa schon, wer Prengel getötet hatte.«
»Wie kamen Sie auf die Idee, dass ich Alisa getroffen habe?«
»Von Albert Wächter weiß ich, welchen Weg sie gelaufen ist. Von Frau Bose weiß ich, auf welchem Weg Sie sich befanden. Und als ich erfuhr, in welchem Ausmaß Sie mit den *Wingertschützen* zu tun haben, habe ich zwei und zwei zusammengezählt.«
»Sie waren in Oppenheim. Haben Sie Alisas kleinen Freund kennengelernt?« Hilpert verharrte in seiner Stellung.
Fischer antwortete: »Ja, und er will sie wiederhaben.«
»Wiederhaben? Er hatte sie nie. Prengel hatte sie. Immer, bis zum Schluss. Und jetzt habe ich sie.«

Die Schatten hatten aufgehört zu huschen.
Fischer erwartete das Megaphon, das er heute schon so oft gehört hatte.

»Sagt Ihnen der Begriff ›Finaler Rettungsschuss‹ etwas?«, fragte er.
Hilpert zögerte, er schien mit dem Impuls zu kämpfen, die Waffe in seiner Hand hochzuheben.
»Die werden nicht schießen, wenn Sie mich nicht unmittelbar bedrohen.« Fischer versuchte, Überzeugungsarbeit zu leisten. »Es geht darum, Sie zu verhaften, nicht Sie zu töten.«
»Wie kann ich verhindern, erschossen zu werden?«
»Sie legen die Handgranate auf den Tisch und setzen sich so weit weg davon, wie es nur geht. Versuchen Sie, dabei keine hastige Bewegung zu machen, sonst schießen meine Kollegen sofort.«
»Kollegen?« Ein seltsames Grinsen ging über Hilperts Gesicht. »Sie verwinden es nicht, kein Polizist mehr zu sein, nicht wahr?«
»Ich habe meine Probleme, stimmt, aber Ihre sind im Augenblick größer«, sagte Fischer. Er hatte keine Angst mehr, außer vor ihrem Nichtvorhandensein. Denn ohne Angst wurde man leicht unvorsichtig.
»Ich habe Sie falsch eingeschätzt«, sagte Hilpert, »ich dachte, dass

Ihre Sektenvergangenheit Sie von dem Fall fernhalten würde. Die Polizei wäre niemals auf mich gekommen. Die *Wingertschützen* wollten sich von der Welt verabschieden, Prengel war tot ... ich hätte einfach so weitermachen können ...«

»Als biederer, rheinhessischer Winzer? Ohne Nebenverdienst als Mädchenhändler?«

»*Ein* Geschäft hätte ich noch gemacht.«

»Alisa?«

»Wissen Sie«, sagte Hilpert, »die Kleine ist ein Phänomen. Das haben unsere Geschäftspartner im Nahen Osten schon lange erkannt. Für Alisa gab es immer Höchstgebote. Aber Prengel ließ nicht mit sich reden. Sie war seine Leibeigene. Jetzt hätte ich sie für einen Spitzenpreis verkaufen können.«

Fischer kämpfte seine Emotionen nieder.

»Kein privates Interesse?«

»Ach, mir ging es nur um Geschäfte. Ich bin ein Realist. Prengel war es zunächst auch. Aber am Schluss sah er sich selbst als Guru. Und er bekam Angst vor Magnusberger.«

»Albert Wächter sagte, dass Prengel flüchten wollte.«

»Ja, das glaube ich. Darum konnte es mir nur recht sein, dass er beeitigt wurde. Mit seinem Tod verschwand mein größter Belastungszeuge nach Gerhard Möller. Ich war gestern unserem kleinen Mörder richtig dankbar. Aber ich hätte nie gedacht, dass meine Verbindung mit den *Wingertschützen* so vielen Leuten bekannt war. Ich habe mich trotz allem sicher gefühlt. Aber so ist es wohl immer, wo Geschäftsinteressen auf ideologische Interessen treffen. Das Chaos kommt immer aus dem Bauch.«

Fischer kämpfte mit Übelkeit. Dieser Small Talk kotzte ihn an. Selbst Hilpert schien genug davon zu haben.

»Rufen Sie Ihren Hauptkommissar!«, verlangte er.

Fischer versuchte, die aufsteigende Euphorie zu unterdrücken. Er durfte nicht zu siegessicher sein.

Plötzlich sah er den roten Punkt, der an der Wand hinter Hilpert entlang wanderte wie ein verirrtes Glühwürmchen im Tarnanzug. Ein Scharfschützengewehr mit Infrarotzieleinrichtung. Es wurde wirk-

lich Zeit.
»Ich rufe ihn jetzt«, sagte Fischer leise zu Hilpert, »machen Sie keine schnelle Bewegung.«
Hilpert nickte. »Schade«, sagte er, »gestern Nacht sind Sie mir richtig sympathisch gewesen.«
»Wie man sich doch täuschen kann«, sagte Fischer, »also, ich rufe jetzt.«
»In Ordnung!«
Fischer hatte die Spraydose losgelassen. Er reckte den Kopf hoch. »Herr Bühler!«, rief er so laut es ging.

Es herrschte eine Ruhe, die schlimmer war als jeder Moment der Stille, den Fischer bis jetzt erlebt hatte. Für einen schrecklichen Augenblick dachte er, die Autogeräusche, das Blaulicht und die Schatten wären reine Illusion gewesen.

Dann würde er sich Hilpert gegenüber nicht nur zum Narren gemacht haben, was für Fischer als besondere Schmach zählte, weil er sich in seinem Leben durch eigenes Fehlverhalten oft genug lächerlich gemacht hatte, er könnte auch einer Explosion zum Opfer fallen. Was Magnusbergers Bombe gestern in Mettenheim nicht geschafft hatte, könnte heute, fast genau vierundzwanzig Stunden später, Hilperts Handgranate erledigen.
»Ich höre, Herr Fischer.« Bühlers Stimme. Gott sei Dank.
Fischer rief: »Wenn Sie allein hereinkommen, wird Herr Hilpert seine Waffe weglegen.«
Wieder diese Ruhe, dann Bühlers Stimme: »Bestätigen Sie das, Herr Hilpert!«
Hilpert wirkte fast ärgerlich, als er laut antwortete: »Kommen Sie schon!«
Daraufhin Bühler: »Gut, Herr Fischer, sagen Sie Ihrem Schützling, dass er anvisiert wird.«
Hilpert zischte Fischer zu: »Der rote Punkt ist auf meiner Stirn.«
Fischer sah hin. Der Punkt zitterte nur leicht. »Er weiß es«, rief er.
»Gut, dann komme ich rein.« Bühler klang neutral.
Hilpert sah Fischer an. »Man muss wissen, wann Schluss ist«, sagte er. Fischer nickte.

Draußen krachte die Eingangstür, Sekunden später stand Bühler in der Türöffnung, die Dienstpistole im Anschlag.

»Halten Sie Wort, Herr Hilpert?« Hilpert rührte sich nicht. Tonlos sagte er: »Setzen Sie sich mit Herrn Doktor Wegele in Verbindung. Das ist mein Anwalt. In seinem Tresor befinden sich verschlüsselte Bänder und Disketten. Dort finden Sie alles, was Sie wissen müssen.«

»Legen Sie die Granate auf den Tisch«, verlangte Bühler.

Hilperts Blick verlor die Stumpfheit der letzten Minuten. Seine Augen blitzten noch einmal auf. »Vielleicht will ich gar nicht verhaftet werden«, sagte er leise, »vielleicht ist jetzt der richtige Zeitpunkt, Schluss zu machen.«

Fischer blickte gehetzt zu Bühler. »Eben hat er mir noch erzählt, dass das Chaos aus den Bauchentscheidungen heraus entsteht. Jetzt will er es wie die *Wingertschützen* machen.«

Hilpert lächelte: »Sie werden es nicht verstehen, Herr Fischer. Deshalb sind Sie auch kein Polizist geblieben. Sie sind zu emotional. Wenn ich jetzt Schluss mache, ist das keine Bauchentscheidung. Es ist nur die logische Konsequenz aus meiner Lage.«

Plötzlich wusste Fischer, wie es enden würde. Und deshalb fragte er: »Wo ist Alisa?«

»Hier im Haus, unten im Weinkeller. Da ist sie, seit ich sie im Wingert getroffen habe. Wir sind gleich runter nach Bechtheim gefahren. Hubert hat gar nichts mitbekommen. Später habe ich ihn aufgesammelt und bin mit ihm hoch zum Geiersberg gefahren. Er hat keine Sekunde geahnt, dass ich schon wusste, was wir dort finden würden.« Da war er wieder, dieser Stolz.

»Legen Sie jetzt die Handgran ...« Bühler kam nicht dazu, den Satz zu Ende zu sprechen. Hilpert bewegte sich plötzlich rasend schnell.

Mit der linken Hand hielt er die Handgranate, die Rechte zuckte zum Abzugsbügel, gleichzeitig sprang er auf.

Beide Schüsse trafen ihn. Das Geschoss aus dem Infrarotgewehr erwischte ihn am Hals, Bühlers Kugel zerschlug das rechte Handgelenk.

Fischer warf sich auf den Boden, weil er dachte, dass Hilpert es noch geschafft hätte, den Abzugsbügel zu ziehen.

Aber es gab keine Detonation. Nur ein furchtbares Röcheln, das Sekunden später abbrach.

Als sich Fischer aufrichtete, stürmten weitere Polizisten in den Raum, gefolgt von einem Mann im weißen Kittel.

Das Sofa und die Kissen waren voller Blut. Hilpert selbst lag hintenüber auf der Rückenlehne des Sofas.

Bühler hob die Handgranate auf und stöhnte.

Fischer ging zu ihm. »Was ...?«

Bühler hielt ihm die Handgranate auf der flachen Hand entgegen. Da war kein Abzugsbügel, da war nie einer gewesen.

Bühlers Daumen drückte einen silbrig glänzenden Hebel nach unten. Fischer zuckte zusammen, als er die kleine Flamme sah, die nach oben schnalzte. Der Blick, den Bühler ihm zuwarf, dauerte sehr lang.

»Hering hatte mal so ein Feuerzeug«, sagte er, »er fand es zu unrealistisch und hat es einem Kollegen geschenkt, als der anfing zu rauchen.«

Fischer sagte nichts dazu.

»Ich werde Sie dann wohl lieber doch nicht überreden, es wieder mit der Polizei zu versuchen«, sagte Bühler, »mit der Disziplin haben Sie's nicht so.«

»Sie hatten vor, mich zu überreden?«

»Heute Abend noch. Aber Ihr Alleingang hier ... nun, es ist vorbei. So oder so. Suchen wir Alisa.«

Berndt und ein weiterer Weißkittel gesellten sich zu ihnen, als sie im Flur die Tür zum Weinkeller fanden.

Die junge Frau saß unten auf den Stufen der steilen Kellertreppe, das schwarze Haar war offen. Sie reagierte nicht sofort, als Bühler sie anrief.

Erst als er und der Arzt bis zu ihr hinuntergestiegen waren, und der Arzt ihr die Hand auf die Schulter legte, drehte sie ruckartig den Kopf.

»Sie steht unter Drogen«, sagte der Arzt. Fischer und Berndt, die oben geblieben waren, sahen sich an.

Es dauerte eine Weile, bis es die Männer geschafft hatten, Alisa hoch in den Flur zu bringen.

Dann führten sie sie schnell durch das Haus, am Wohnzimmer mit Hilperts Leiche vorbei in den Hof.

Man hatte einen Krankenwagen direkt vor die Haustür gefahren.

Bis Alisa auf der Trage lag, hatte sie kein einziges Wort gesprochen.

Fischer sah Bühler fragend an. Der nickte. »Ja, wir haben ihn mitgebracht.«

Bühler schickte Berndt vor das Tor, und Sekunden später standen Peter Schlemmer und Claudia im Hof.

Claudia trug Handschellen.

»Lebt sie?«, fragte Peter.

»Sie steht unter Drogen«, erklärte Bühler; dann führte er Peter und Claudia zum Krankenwagen.

Alisas Augen waren geschlossen. Peter kletterte in den Wagen.

Claudia warf Fischer einen Blick zu. »Danke für die Warnung«, sagte sie. »Gern geschehen«, antwortete Fischer. Dann wandte er sich an Bühler. »Keine Chance mehr bei der Polizei?«

Bühler lächelte. »Keine!«

»Gut, dann werde ich wohl doch eine Lizenz als Privatdetektiv beantragen müssen.«

Bühler blickte ihn an und sagte nichts.

Peter nahm Alisas rechte Hand, an der sie den Ring der *Wingertschützen* trug.

»Alisa!«, sagte er leise.

Da öffneten sich langsam ihre Augen. »Hans Herbert, bist du zurückgekommen?«

»Ich bin's, Peter!«

»Hans Herbert ...«

Claudia machte einen Schritt nach vorn. Peter blickte völlig verwirrt aus dem Wagen hinaus in die Richtung der anderen.

»Sie müssen Geduld haben«, sagte Bühler etwas hilflos. »Am besten ist, sie kommt erst mal ins Krankenhaus. Geben Sie ihr Zeit.«

Peter war zu geschockt, um im Wagen zu bleiben. Er kletterte wieder hinaus, ging ganz automatisch zu Claudia, die ihm ihre gefesselten Hände auf den linken Unterarm legte.

Als der Arzt die Klappe des Krankenwagens schließen wollte, begann Alisa unvermittelt mit monotoner Stimme zu reden: »Ich wollte nicht weg, Hans Herbert. Das hat nur so ausgesehen. Den Brief habe ich nicht so gemeint. Es ist gut, dass du wieder da bist ... ich wollte nie weg. Nie ... nie ...«

Der Arzt schloss die Rückklappe jetzt sehr schnell.
Bühler sagte: »Scheiße!«

Als in diesem Moment in Fischers Lederjackentasche die Marseillaise erklang, war er Edgar sehr dankbar.

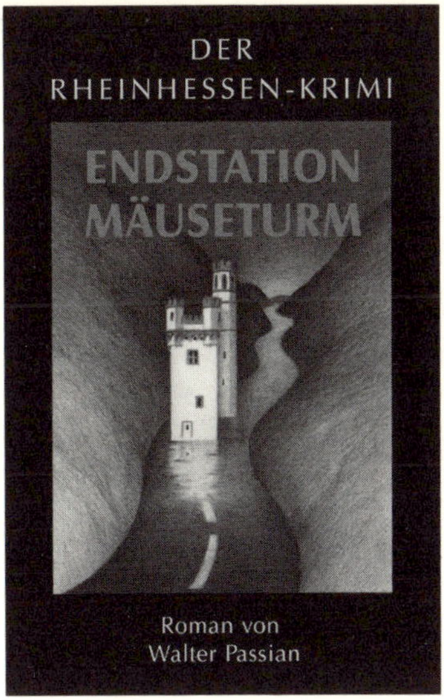

Erscheint im November 2006!

Der Rheinhessen-Krimi, Band V.

Walter Passian
Endstation Mäuseturm

ca. 240 Seiten
im Format 13,5 x 20,5 cm
ISBN: 3-935651-24-4

Preis: Euro 11,00

Weitere Infos unter:
www.rheinhessen-krimi.de

oder online vorbestellen unter:
www.kehl-verlag.de

In der berühmten Sage um den **Binger Mäuseturm,** geht es um einen Herrscher, der seinen Untertanen in Zeiten der Not nicht nur die Nahrung verweigert, sondern sogar töten lässt.

Der Wormser Privatdetektiv Lui Fischer hat mit Sagen nicht viel am Hut. Er sucht, ganz realistisch, mit Hilfe seiner Mitarbeiterin Annerose Neuwirth einen jungen Mann.

Doch dann vermischen sich Sagen und Wirklichkeit.

Fischer bekommt es mit zwei Gegnern zu tun. In einem von Ihnen könnte er seinen Meister finden.

Ein Lebensmittelfabrikant aus Bingen wird entführt und in eine weitere Entführung werden Fischer und Annerose verwickelt.

Und schließlich fährt ein Wormser Linienbus in einer regennassen Nacht, entgegen seines Fahrplanes, nach Bingen mit der **Endstation Mäuseturm.**

Erscheint demnächst!

Walter Passian
Passians Nachtwelten
Alb- und andere
Traumgeschichten

152 Seiten 13,5 x 21,0 cm
Hardcover **EUR 16,80**
ISBN: 3-935651-07-4

Online vorbestellen unter:
www.kehl-verlag.de

Wenn ein Autor den Auftrag bekommt, über einen Werwolf zu schreiben, er mit dem Thema aber so gar nichts anzufangen weiß, kann ihm vielleicht der Nachbar weiterhelfen.

Wenn ein gebildeter Vampir die Nibelungenfestspiele besucht und eine Dame trifft, die er zum Anbeißen findet, kann der Leser diese Geschichte sowohl in Hochdeutsch als auch im rheinhessischen Dialekt genießen.

Wenn eine Frau entdeckt, dass sich in ihrem Gesicht eine ästhetische Anomalie breit macht, ist das für andere vielleicht halb so wild, für die Betroffene aber ein Albtraum.

Diese und elf weitere fantastische Geschichten finden sich in diesem Band. Auch Privatdetektiv Lui Fischer, bekannt durch die Rheinhessen-Krimis, hat noch einen Fall zu lösen.

Und wenn Sie solche Geschichten früher am liebsten unter der Bettdecke gelesen haben, na, dann greifen Sie jetzt am besten zur Taschenlampe!